优游随笔

孙家洲 著

凤凰枝文丛 / 孟彦弘 朱玉麒 主编

凤凰出版社

图书在版编目（CIP）数据

优游随笔 / 孙家洲著. -- 南京 : 凤凰出版社, 2021.9
（凤凰枝文丛 / 孟彦弘，朱玉麒主编）
ISBN 978-7-5506-3489-3

Ⅰ. ①优… Ⅱ. ①孙… Ⅲ. ①随笔—作品集—中国—当代 Ⅳ. ①I267.1

中国版本图书馆CIP数据核字(2021)第172600号

书　　名	优游随笔
著　　者	孙家洲
责任编辑	张永堃
特约编辑	孙思贤
书籍设计	徐　慧
出版发行	凤凰出版社(原江苏古籍出版社) 发行部电话025-83223462
出版社地址	江苏省南京市中央路165号,邮编:210009
出版社网址	http://www.fhcbs.com
照　　排	凤凰零距离数字印前中心
印　　刷	苏州市越洋印刷有限公司 江苏省苏州市吴中区南官渡路20号　邮编:215104
开　　本	880毫米×1230毫米　1/32
印　　张	10.625
字　　数	213千字
版　　次	2021年9月第1版
印　　次	2021年9月第1次印刷
标准书号	ISBN 978-7-5506-3489-3
定　　价	68.00元

(本书凡印装错误可向承印厂调换,电话:0512-68180638)

孙家洲

孙家洲（1955—），山东莱州人。曾任中国人民大学历史学院教授、博士生导师。兼任中国秦汉史研究会副会长。2020 年 12 月受聘为教育部“古文字与中华文明传承发展工程专家委员会委员”。主要研究方向为秦汉史。撰有《命运与性格的对话——再品〈史记〉的人物、故实、思想》《两汉政治文化窥要》《插图本中国古代思想史（秦汉卷）》《西汉朝廷“大洗牌”》等多部著作。曾获聘中国人民大学“杰出学者”；荣获北京市优秀教学成果特等奖、教育部“国家级教学成果奖”二等奖；“首都劳动奖章”获得者；荣获国务院政府特殊津贴。

弁 言

“凤凰台上凤凰游”，是李白《登金陵凤凰台》之诗句，昔年我江苏古籍出版社立足南京、弘扬文史，而更名所由也。

“碧梧栖老凤凰枝”，是杜甫《秋兴八首》所吟咏，今日我凤凰出版社为学林添设新枝，而命名所自也。

30多年来，凤凰出版社围绕中华传统优秀文化，彰显传承文明、传播文化、服务大众、贡献学术的出版理念，坚持以整理出版中国文、史、哲古籍及其研究著作为主的专业化方向，蒙学界旧雨新知之厚爱、扶持，渐已长大成为“碧梧”，招引了学界“凤凰”翩然来栖。箫韶九成，凤翥凰翔！嘤其鸣矣，求其友声！

“凤凰枝文丛”是本社与学界同人共同打造之文史园地，除学术研究论文外，举凡学人往事、经典品评、学术札记之文化随笔，旧学新知，无所不包。是作者出诸性情而诗意栖息之地，读者信手撷取而涵泳徜徉之处。

“凤凰鸣矣，于彼高冈。梧桐生矣，于彼朝阳。”

愿“凤凰枝文丛”成为我们共同的文化家园。

2019.5.22

自序

首先，要感谢“凤凰枝文丛”主编之一朱玉麒教授的抬爱，命我提供一部书稿，以便参加到已负盛名的“文丛”中来，真是“与有荣焉”。

“优游”一词，有两种涵义。一是广为人知的解说，大致有悠闲自得（亦作“悠游”）、从容不迫、洒脱不羁、舒心游玩等相通或相近之义。在这层涵义上，我很喜欢来自古籍的两条说法。（1）《晏子春秋·内篇问下十八》：“事惰君者，优游其身以没其世，力不能则去。”（2）袁宏《后汉纪·灵帝纪下》：“仆愿先生优游俯仰，贵处可否之间。”如此论说“悠游”的佳句，不仅道出了一种生活状态，更描摹出一种胸襟意境。二是只在一个很小的地理范围内为人所知的——这就是我的老家山东省莱州市（掖县）东宋村一带的人才知道的一个涵义：一座小山的名字。东宋村，就坐落在优游山的东南山脚下。据父老乡亲们祖辈流传的故事，说这座山是宋朝的开国皇帝赵匡胤“微时”周游北方时所命名。而且优游山的南侧是“大宋村”，西南山脚稍远处还有一个“小宋村”。三个带有“宋”字的古老村庄环山排列，似乎在默证着它和大宋王朝之间真有某种史籍失载的关联。优游山的海拔仅有 114 米，只能算是一个“丘陵”。但是，由于它是附近几个乡镇范围内最高的山，而且又有扑朔迷离的“历史传说”，所以，优游山在当地算得上是一座地域性的“名山”。我在 1978 年考取中国人民大学之前的二十多年间，一直生活在优游山下。再加之，我是乡土观念很重的人，优游山在我的脑海深处就是“故乡”的代名词，从来未敢或忘。多年来，我在网络世界的自拟名号，先后有“寓京齐人”“齐人”“东莱游子”等，都是在强调“山东人”的自我定位，退休后改定的匿名是“优游散仙”，更是向故乡的心理回归。

因此，我以《优游随笔》为书名，是兼取“优游”以上两义。更准确地说是以此两义而自励，既有“优游”心态，也有“游子”情愫。

第一部分收录的是学林旧事。其中有对郑昌淦、李衡眉、冯其庸、谢桂华四位著名学者的追忆。在当年写作之时及此次收录过程中，都有强烈的个人情感在内。2005 年到 2008 年期间，我担任中国人民大学国学院的常务副院长，与我们的院长冯其庸先生有了长达数年的工作联系，我从冯先生身上学到了许许多多，真是受益匪浅。这是我的荣幸，也是真心引以为自豪的人生阅历。我选择的多幅照片，也可以体现出我对冯先生的敬仰之情。另有“书评”和“序跋”，既从一个角度记录了本人的学术成长过程，也可以折射出我和学界朋友的交往。其中，我给王子今兄长的大作写序，因为有点“以弟序兄”的“不合常规”，落笔时的忐忑之感，至今犹记；至于给薛小林博士的著作写序，那种导师对于弟子迅速成长而由衷欣喜的情感，也不自禁地流动于字里行间。

第二部分是足履山川的所见所思所得。初入学术之门，就知道“行万里路”对于治学的重要。我很庆幸，在四十多年的求学治学的过程中，我有效地利用了各种机会，远行国内外多地，做实地考察。把在实地所见与读书所得做联想思考，往往会灵光乍现，甚至可以称之为飞来神思！那样的“快感”，实在是文字难以表达清楚的。

第三部分是伏案读书的感悟，如果要和第二部分相比照，也可以说是“读万卷书”的所思所得。多是短文，时有己见。语不及义，学人之耻。人文关怀，不敢或忘。

第四部分是写家史、乡情与游子之情的。其中有五篇来自我的“微信朋友圈”。朋友们在表扬我的时候，时常用到一个词“性情中人”。我很享受这样的赞誉——也是“不能免俗”吧！在全书中比较，可能最集中表现我的个人性情的，在这一部分最多。看到“凤凰枝文丛”《弁言》所述，“是作者出诸性情而诗意栖息之地”，我就把这些微信文字移植到这部“随笔”中了。所记之事，所载之文，不见得有多少“诗意”，倒是含蕴了更多的“史影”。附见于其中的家史、乡情，不妨视为社会大变革之中“乡村中国”的一个缩影。其中的《〈莱州文史要览〉后记》，按照文章体例而言，本来应该归于第一部分的“序跋”之内，但是，我特意将它调整到“游子”这一部分中来。当时，我受邀主编《莱州文史要览》，就是想把编好这部书当作回报父老乡亲的献礼。至于最后的短文《退休感怀》，是我在退休之日写的一篇微信。带有对前半生做自我总结的性质，用在本书正文的结尾处，似乎也是“物尽其用”。

希望有幸结缘的读者朋友，喜欢这部小书。

我多年来分别发表在不同报刊的随笔文章，获得了结集出版的机会，有点“幸福来得太突然”的感觉。为此，我由衷感谢凤凰出版社。

目录

第二辑　游观·释古·私见

第三辑　伏读·顿悟·呓语

第四辑　家史·乡情·游子

第一辑　追忆·书评·序跋

郑昌淦先生小传

郑昌淦先生（1918.4.17—1998.6.11），男，汉族，中国人民大学历史系教授，历史学家，中国民主同盟盟员。

郑先生出生于福建省福州市一个城市贫民家庭，幼年丧父，家境清贫。他身处逆境，仍靠自己的聪颖和勤奋努力，于1937年考入武汉大学历史系。由此与严耕望先生结为同窗好友，并保持了长达半个世纪的诚挚友谊。在抗战时期，曾任河南叶县《华中日报》主任编辑、总编辑。1946年6月至1949年5月，在台北市台湾省立师范学院（后改名为台湾省立师范大学）史地系任讲师兼院长秘书。郑先生于1949年5月离开台湾，取道香港，6月14日到达北平。经中共中央统战部介绍，到华北大学政治研究所学习理论。1950年3月，转到由尚钺教授任组长的华北大学教育研究室中国史研究组任研究员。1950年中国人民大学建校之初，郑昌淦任中国历史课程的主讲教师。后晋

郑昌淦先生标准照

职为副教授、教授。“十年动乱”之中，郑昌淦遭到了一些冲击。中国人民大学复校之后，他作为历史系的主要学科带头人，在教学与科研的第一线上努力工作。还曾经担任校工会和校职工代表大会副主席的职务。1988 年 9 月离休。自 1992 年开始，郑先生享受国务院政府特殊津贴。

郑昌淦先生工作照

由于积劳成疾，郑先生不幸罹患肺癌，1998年6月11日逝世于北京。他的学术成就、学术影响以及推动学科建设的一片赤诚，直到现在依然是人大历史系的宝贵精神财富。

郑先生在史学园地辛勤耕耘数十年，积极参加了中国古代史分期问题、地主庄园经济问题、资本主义萌芽问题和中国政治思想史等重大历史问题的学术讨论，发表了一批有独特见解的论著，成为海内外有影响的史学家。

郑昌淦先生的主要著作有《中日甲午战争》《明清农村商品经济》《中国古代政治思想史》《怎样学习中国文化》《中国政治学说史》等。他还发表了《井田制的破坏与农民的分化》《唐宋庄园经济》《明末至清代前期的封建租佃关系》《中国封建社会经济结构的发展和变化》等史学论文30余篇。他提出的一些学术观点，受到海内外学术界的关注和重视。

关于中国古代史分期问题，郑先生认为必须在完整地、忠实地理解历史唯物主义理论的前提下，准确地分析中国古代的实际情况，才能得出正确的结论。20世纪60年代，尚钺教授提出“魏晋封建论”之时，郑先生是这一学术观点的主要阐述人之一；当尚钺教授和他的学术观点受到粗暴的批判时，郑先生没有因巨大的精神压力而改变自己的学术观点。到了80年代，郑先生依据多年来苦心钻研的结果，部分修订了自己的学术观点，将中国历史进入封建社会的起点，提前到东汉时期，由此而成为“东汉封建论”的主要代表人物。1986年8月召开的“北戴河古代史分期讨论会”，是在郑昌淦先生的筹划之下在中国人民大学北戴河休养所召开的。参与筹备工作的有北京大学的俞伟超、北京师范大学的何兹全等人。郑昌淦先生所作的以倡导学术自由、反对“一言堂”为重点的大会主题报告，引起了到会学者的高度重视和一致好评。

在关于“资本主义萌芽”问题的讨论中，郑昌淦先生也颇有建树。郑先生提出，至迟在明中叶，中国封建社会机体内部已经出现了显而易见的资本主义萌芽，到明末已经有了相当程度的发展。后来，由于社会文明程度较低的满族统治者入主中原，建立了清王朝，使得中国的资本主

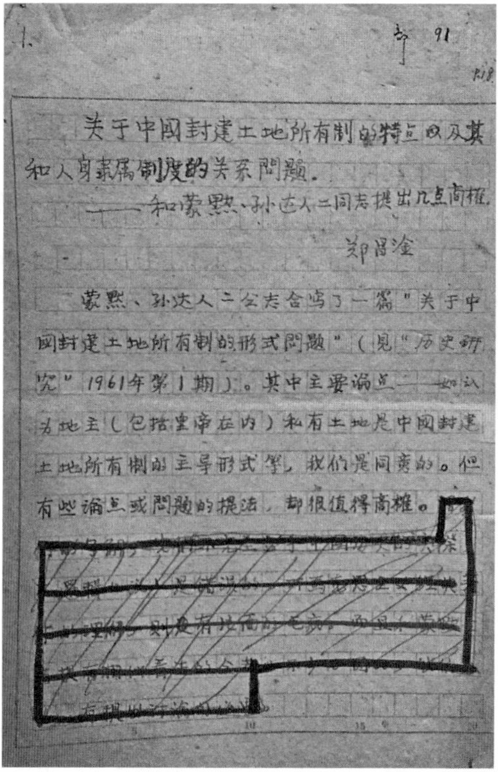

关于中国封建土地所有制的特点以及其和人身隶属制度的关系问题。

——和蒙默、孙达人二同志提出几点商榷。

郑昌淦

蒙默、孙达人二同志合写了一篇"关于中国封建土地所有制的形式问题"（见"历史研究"1961年第1期）。其中主要论点——如认为地主（包括皇帝在内）私有土地是中国封建土地所有制的主导形式等，我们是同意的。但有些论点或问题的提法，却很值得商榷。

[illegible]

郑昌淦先生论文手稿照片

义萌芽遭受了残暴的摧残，因而没有按照自然的发展趋势壮大起来，而一度处于发展缓慢甚至停滞状态。

郑先生作为尚钺先生最倚重的学术骨干，在编写教材、教书育人方面，发挥了重要的作用。特别是在编写《中国历史纲要》（尚钺主编）一书时，郑先生作为主要撰

作者与郑昌淦等先生在古北口长城下合影

稿人之一，为编订这部曾经在50年代引起全国史学界关注的通史教材，做了许多有益的工作。郑先生还在1979年主持了这部著作的修订再版工作。

郑先生的课堂讲授，学识渊博、幽默风趣，时有嬉笑怒骂之语，发人深思、令人回味，尽显名师风范，因而得到历届学生的欢迎。

郑先生几十年如一日，勤奋工作，忘我奉献，为中国人民大学历史学科的建设和发展，做出了重大贡献。

说明：郑昌淦先生在我读大学时，就给我们上过课；在我攻读硕士学位时，他是我的导师。对郑先生的感激和尊重，永存五内。中国人民大学多年前曾经出版过一套书，收录了一批本校知名教授的个人传记。郑昌淦先生的小传，由我负责撰写。这就是本文的写作缘起。当时学校给出的篇幅限制是1500字。由于我的水平有限，再加之有篇幅限制，我对这篇小传，并不满意。郑先生的学术影响，我在《“古史分期”与“百家争鸣”》一文中有所叙述，读者朋友可以参看。

李衡眉先生学述

一部约五十万字的《先秦史论集》(齐鲁书社 1999 年 10 月出版，以下简称《论集》)，标志着李衡眉先生的“学问规模”已经确立。凡是读过李先生论著的人，都对其学识之渊博、学风之严谨、思辨之敏捷，留下了深刻的印象。李先生多次在不同场合声称自己“半路出家，并非科班出身”。细品此语，在自谦之外，实在是隐含着一种“自傲”。如果把大学的专业学习视为“科班”出身，那么，李先生的自我评价不为无因：大学时代他的专业是英语，毕业之后多年的执教生涯仍是从事英语教学。然而，在步入中年之后，他两次投考于史学名师金景芳先生门下，潜心攻读一般人不敢问津的先秦史专业，于“不惑”之年取得硕士学位，年过“知命”之后荣获博士学位。有了这两次负笈求学的经历，李先生自称“非科班出身”，恐怕就有些自抑过甚了。当然，李先生步入史学研究领域较晚，

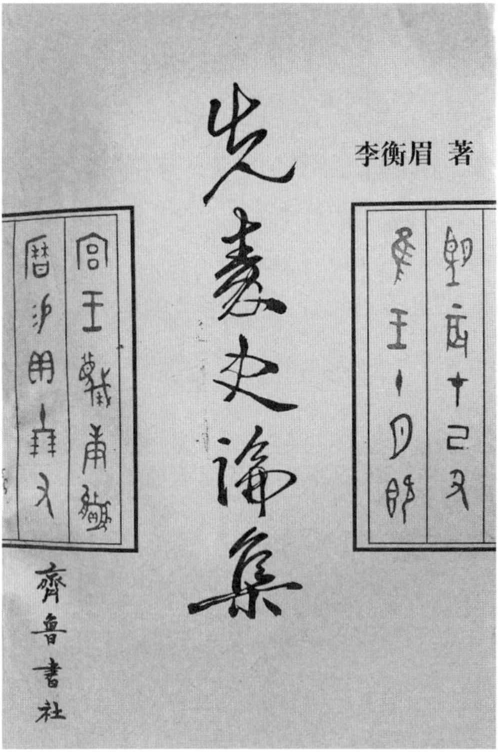

李衡眉《先秦史论集》书影

则为不争的事实。然而，我们回顾李先生的治学历程，却不得不为他的硕果累累而钦佩不已：从 1982 年发表第一篇学术论文起，迄今已出版学术专著 5 部、发表论文百余篇，其中相当部分的论著，都在学术界备受好评。如此“高质高效”的科研成果，竟是集中在不足二十年的学术生涯之中，使人不得不叹为奇才。仅此一点，在当今史学名流之林中，李先生就有他的独特之处。为此，我愿冒昧撰文，对李衡眉先生的治学历程和特点，略述愚见。

一、从三度改名看时代气息与人格魅力

李衡眉先生，山东省烟台市福山区人，1942 年出生于一个贫苦农民家庭。本姓张，名元勳，为了避免被人误称“勳”为“动”(動)，中学时代改用“张元勋”之名。

“文革”初期，他正在烟台师专英语科学习，作为一名品学兼优的学生干部，他对于大批学校老师和领导于一夜之间变成了“牛鬼蛇神”很不理解，写出题为《百分之九十五以上的老师和领导是好的》的大字报，因而成了“保守派”。后来，由造反派所控制的《狂飙报》(原《烟台日报》)刊出点名批判文章《敦促张元勋投降书》，使他在乡下务农的父母深为担忧。为了避免此后可能再出现被点名批判而累及父母，他改名为李横眉，“横眉”取之名句“横眉冷对千夫指”，“李”则取“立”之谐音，暗

寓“宁愿立着死，也不跪着生”之意。这一改名，当然带有鲜明的时代烙印，也反映出他的秉性特点。“文革”过后，他对“横眉”一名中的“文革”痕迹和霸气自感于心不安，再度改名为“衡梅”。本来的用意是表达对《咏梅》诗篇和梅花风骨的敬仰，但这一女性化色彩很浓的名字，也给他带来了可视作雅事轶闻的误会。他的两篇颇有影响的史学论文《我国原始社会婚姻形态研究》(《历史研究》1986年第2期)、《先秦继承制为选择继承说》(《学术月刊》1987年第10期)发表之后，只读其文而不知其人的学界同仁，推定作者是一位功力深厚的“老太太者”不乏其人，直到有机会当面切磋，才知是一场笑谈。为避免这种尴尬，他于1990年第三次改名，“李衡眉”的名字遂沿用至今。按他自己的解释，这是一个“纯粹的记名符号”。

我想李衡眉先生的改名换姓或许有其特定的内涵，“衡”字是否与王充《论衡》之说“如衡之平”有关？“眉”字是否可与三国名士马良“白眉最良”之谚产生联想？

二、选择学术重点和难点为攻坚方向

历史研究的创新和突破，从来都是在继承前人学术成果的基础上才能取得。一般说来，越是学术意义重大的问题，前人的学术积淀也就越加丰厚，所存在的学术分歧也就越难解决，学术突破的难度也就增加了。因此，相当多的学者，在选择学术主攻方向时，往往主张避开分歧太多的难点问题，开辟新的途径，拓展新的学术空间，这确实不失为一种事半功倍的方法。但从史学研究的整体需要而言，总需要部分功力很强的人，对传统研究中积淀下来的学术重点和难点作“攻坚战”。在这一领域，容不得任何急功近利的意念存在，而一旦取得突破，则必定具有重大学术价值。李衡眉先生从步入史学殿堂以来，就自觉地选择了攻坚之路，《论集》所收的文章，就足以反映出李先生的治学胆识和方法。

《论集》共收录论文 58 篇，分为六组。第一组是史前史研究的 7 篇文章，以《三皇五帝传说及其在中国史前史中的定位》《论两性在文明前夜的激烈争斗》为核心；第二组是婚姻家庭史研究的 17 篇文章，以《我国原始社会婚姻形态研究》《周代社会母系色彩浓重原因考》为重点；第三组是昭穆制度研究的 8 篇文章，以《昭穆制度与周人早期婚姻形式》《昭穆制度与宗法制度关系论略》为代表；第四组是关于孔子与儒学研究的 8 篇文章，以《先秦儒家婚姻观与中国传统文化》《孔子作〈易传〉之明证、补证与新证》为魁首；第五组是有关法制史研究的 7 篇文章，以《中国古代刑法渊源》《盟誓浅说》为重镇；第六组是其他方面研究的 10 篇文章，以《先秦继承制为选择继承说》《齐国得名原因再探》最为引人注目。本《论集》

所收论文的研究范围极为广博，但研究的两个重点却非常突出：其一，血缘关系与上古婚姻形式的研究；其二，先秦典章制度的研究。关于前者，李学勤先生在为《论集》所作的《序》中已给予高度评价："特别值得称道的是，李衡眉教授在先秦史研究中强调自血缘关系研究入手，令人有探骊得珠之感。"田居俭先生在《序》中，对此也有点睛之论："衡眉同志用力最勤，钻研最深，创获最多的是中国古代婚姻形式的变迁。"关于后者，我认为同样重要。

典章制度的研究，极为重要而难度很大。清代礼学名家凌廷堪有诗一首阐明其理："儒者不明礼，六籍皆茫然。于此苟有得，自可通其全。……稽古冀有获，用志须精专。"（《校礼堂文集》卷五《学古诗》）不通典章礼制，无法读懂古籍，更无力深研古史。李衡眉先生之所以能对先秦史研究作出特殊的贡献，首先由于他敢于对先秦典章礼制进行系统的探讨，终成一家之言。仅以《论集》所收文章而言，涉及先秦的国家礼仪制度、宗法与宗庙制度、昭穆制度、婚姻制度、刑法制度、盟誓制度、君位继承制度、赋税制度等许多重要的典制，其中每一制度的复杂艰难，都足以使一般人望而却步，而李衡眉先生却锲而不舍，终有大成。其中，关于"昭穆制度"的研究成果，最为学界所推重。昭穆制度，与宗庙、祭祀、墓葬、亲属继承、婚姻等礼制有多层面的联系，既是一种意识形态，更是一种文化内涵丰厚的社会制度。它的重要性不言而喻，但对它的研究和论述，虽积两千年之久而无定说。正如田居俭先生在《序》中所说：“自汉到清的许多儒家大师，一生皓首穷经也未切中肯綮，甚至博学如皇侃、雄辩如孙诒让等名家亦莫能外。”最令人感到遗憾的是，王国维先生《殷周制度论》一文，遍述西周礼制的重大创新，却对昭穆制度不置一词，或许也是因为“知难而退”？当代学者曹聚仁先生亦曾坦言：“古有‘左昭右穆’之说，何以要昭穆分明？就没有一位说《礼经》的人说得明白了。”（《中国学术思想随笔》，三联书店，1996 年，第 261 页）李衡眉先生《昭穆制度与周人早期婚姻形式》一文，就是为了把这个聚讼两千多年的典制问题说明白。他一改前人诠释《礼记》等古代礼书记载的传统方法，而是从分析周人早期婚姻形式入手，又成功地把刘启益先生《西周金文中所见的周王后妃》（《考古与文物》1980 年第 4 期）一文所提出的每隔一代的周王“就要娶一个姜姓女子为妻”的现象，予以全新的阐发，并引入了文化人类学家“两合氏族婚姻”的理论，得出了完全不同于前人的观点。他认为：昭穆制度当产生于原始的两合氏族婚姻组织向地域性的两合氏族婚姻组织转变的过程中，其产生的直接原因是由“男孩转入舅舅集团改变为转入父亲集团”而引起的。昭穆制度是为了严格区分相邻辈分之间的界限而设，其最初的意义是在“相邻辈分的男人（父亲和儿子）”之间树立一块明白无误的界标，借以区别二者氏族成员的身份。有了对昭穆制度起源及其实质的全新认识，其他聚讼不已的相关问题，都可得以迎刃而解。在该文中，李衡眉先生还指出：昭王之称“昭”，穆王之称“穆”，与昭穆制度中以排列次序为目的的“昭”“穆”无关，而是谥法上的专用名词，它说明，随着父权的加强，宗法制逐渐取代了昭穆制度的重要地位，昭穆制度似乎已经完成了它的历史使命，保留在墓葬和宗庙里的只是它的空壳而已。因此，原本用来区别父子氏族身份的“昭穆”，逐渐变为谥或号，并颠倒了它们的次序。这就解决了长期困扰史学界的一个重大难点问题。李衡眉先生的这一论断，引起了学界的高度重视，被认为是继吕思勉、李玄伯、李亚农、加藤常贤、张光直之后的一家之言（见王恩田《周代昭穆制度源流》，《第二次西周史学术讨论会论文集》下册，陕西教育出版社，1993 年，第 679 页）。其后，李衡眉先生又陆续发表了《兄弟相继为君的昭穆异同问题》《昭穆制度与宗法制度关系论略》《历代昭穆制度中“始祖”称呼之误厘正》等论文，都得到学术界的广泛关注。其中“兄弟同昭穆”的观点，已被学术界充分肯定。

此外，李衡眉先生对先秦的君位继承制度，也作了全新的探讨，提出了“选择继承说”的观点，他对散见于不同典籍的材料加以索隐探微，归纳出上古君位承袭实态中的七种选择方式：择贤，立长，立爱，行私，卜定，外援，攘夺。这就直接冲击了汉儒所总结的“立嫡以长不以贤，立子以贵不以长”（《公羊传·隐公元年》）的礼制传统，并突破了王国维等史学名家的原有论断，故被学界认定为一家之说。

又如，《国语·齐语》所记管仲辅佐齐桓公“相地而衰征”一事，现代史学家大多推定为是对“井田制”的突破，甚至有人据以讨论社会性质的转变，而李衡眉先生在《“相地而衰征”考辨》一文中，却从论证井田制下存在着不同模式的贡赋制度入手，对多种典籍中“相地而衰征”的记载逐一探研，并对古今学者的相关注释细心对勘，得出了如下结论：“相地而衰征”，就是要根据土地的“位置和土质”而定不同差等的力役之征和赋税之征，它不是管仲的新发明，而是一条相沿日久的古老井田制的赋役制度。它非但无法证明井田制被废除，恰恰相反，它有力地证明了这一时期的井田制度还是虎虎有生气的。这一与时贤定论大相径庭的赋税制度之说，能否被学界普遍认可姑且不论，本文考辨之精细却不得不使人敬服。

三、科学的治史方法

李衡眉先生治学不走偏锋，所论多为传统经学与史学中的重大问题，但他讨论问题的方法，却不是完全沿用传统的考据之法，而是充分运用文化人类学、考古学等相关学科的理论与方法，多作跨学科的综合研究，与时俱进，推陈出新。在《论两性在文明前夜的激烈斗争》一文中，衡眉先生用了四个标题："埃斯库罗斯笔下的两性的搏斗"，"自为牝牡的神兽与二性神的出现"，"禹的两种出生说与产翁习俗"，"单亲生育论与生殖器崇拜的移位"，具体地分析了东西方上古传说中的相似素材，分析了母权制向父权制过渡中的激烈斗争， 学术视野相当开阔。《古史传说中的帝王性别问题》一文，是李衡眉先生运用文化人类学的观点诠释神话传说的经典之作。继闻一多先生早年提出"五帝为女性说"之后，几位知名度很高的学者于 20 世纪 80 年代又先后著论，证成其说。特别是郑慧生先生《我国母系氏族社会与传说时代——黄帝等人为女人辨》（载《河南大学学报》1986 年第 4 期）一文， 影响最大。李衡眉先生的驳论，主要针对郑文"在母系社会，所有氏族首领都应该是个女人"这一似乎早成学界定论的观点而展开。他指出：凡持这种观点的学者，大多是受了西方早期人类学家如摩尔根等人关于母系等于母权学说的影响；而近期西方人类学家最新的调查材料和研究成果证明，在母系社会里，并不存在母权社会，而以男性普遍居于领导地位作为前提。李衡眉先生又大胆地把西方动物学家观察和研究的成果"优势原则"，引入对早期人类社会的考察之中，认为在与人类有物种亲缘关系的动物群体之间，雌性的主要任务是生育和照料幼仔，强壮好斗的雄性则负责狩猎和保卫领地，由此雄兽就成为群体的当然首领。他又大量征引各种人类文化学著作（包括精神病学家的研究结论），推论依据同样的“优势原则”，男性作为原始人群的首领也就成了顺理成章的事。嗣后，李衡眉先生又逐一对五帝的性别加以考定，指出：五帝时代即便确是母系社会，作为最高首领的五个帝王也肯定是男性。此论一出，实有打破成说之价值。在《野合习俗的由来》一文中，李衡眉先生对《史记·孔子世家》所载叔梁纥“与颜氏女野合而生孔子”之说，从文化人类学的角度，给予全新的解释，他不仅从我国的拉祜、瑶、苗、纳西、傈僳、黎等少数民族的婚姻习俗中寻得启示和旁证，而且还从苏联学者谢苗诺夫的著作中征引了大量材料，从而把“野合”界定为“在两合氏族婚姻时期曾经有过的一般的男女隔离，特别是性伴侣隔离的形形色色的遗迹”。又如，《先秦继承制为选择继承说》一文的观点之所以能独成一家，是因为作者首先引入了英国人类学家 W. H. 李佛斯的论点，继承可以区分为三种不同内容和性质的继承，并指出：正是由于三种继承互相影响，互相渗透，有时又扭结在一起，这就使我国古代的继承制度呈现出复杂、多样的状态，不是用某种继承方式所能规范得了的。这一理论，实际成为作者论述多种继承方式的思想基石。

可以毫不夸张地说，李衡眉先生之所以能在多个研究领域取得重大突破，与他熟悉并能运用国内外最新学术动态、理论模式，有着至关重要的关系。从某种意义上来说，青壮年时代他学习、执教英语的这段人生阅历，为他改行从事历史研究后直接接受国外的学术信息，实在是提供了一种语言工具上的便利。无独有偶，当代史学名家徐旭生、徐中舒、赵俪生诸先生，都从学习外语而转攻史学最终蔚成大家，这是否也昭示我们去反思史学“科班教育”可能存在着锢蔽思想的弊端？

此外，李衡眉先生治学严守学术规范的精神，也是值得充分肯定。他的每篇学术论文，皆是针对富有学术意义的问题而立论；对此前的研究状况有详细的介绍，对不同的学术观点于列述之中有评价、有取舍；既尊重先哲，又不迷信权威；在学术争鸣之中，观点非常明确，不含糊其辞，同时对论敌少有刻薄之语；观点新意迭出，而以公允、平实之语表达，不强作惊人之语以标新立异。他的学术创新精神与恢宏器度，都是史学后进应奉为楷模的。

作者附记：得知著名历史学家李衡眉先生于2001年3月27日去世，很感悲痛！李衡眉先生在世之时，我曾写过一篇评论李先生治学特点的文章，并曾送李先生过目，得到李先生的首肯。在先生远行之后，谨以此文表达深切的哀思。

责任编辑程奇立编后记：原烟台师范学院历史与社会学系主任、教授，《烟台师范学院学报》（哲社版）前任主编李衡眉先生不幸于2001年3月27日去世，享年59岁。李衡眉先生是我国史学界具有很高声望和影响力的杰出学者。他治学勤勉，著作等身，迄今已在《中国社会科学》《历史研究》《中国史研究》《孔子研究》《学术研究》《文史哲》《社会科学战线》《人文杂志》《齐鲁学刊》《光明日报》等报刊上发表学术论文130余篇，出版学术专著5部，主编著作14部。他有关中国古代家庭婚姻、昭穆制度和史前文化的研究成果博得了学界的广泛重视和高度评价。李衡眉先生生前还有许多学术研究宏愿，若天假以年，肯定将会成就许多学术盛事。他的去世不仅是我们学校的重大损失，也是我国学术界的重大损失。李先生去世后，学界的许多朋友均为李先生的英年早逝深感悲痛、惋惜和遗憾！现刊出中国人民大学孙家洲先生的《李衡眉先生学述》，以慰学界的悲悼之情。

原载于《烟台师范学院学报》2001年6月第18卷第2期

流金岁月

——冯其庸先生在人大国学院

2017年1月22日下午，北京大学朱玉麒教授来电，告知了冯其庸先生于午间逝世的噩耗。我尽管思想上有所准备，但是，依然抑制不住悲从中来！

我有幸认识冯先生，始于中国人民大学2005年创立国学院。当时，人大学校领导礼聘校友冯其庸先生担任首任院长。冯其庸先生早年间曾经在人大中文系任教，后来奉调离校，在中国艺术研究院担任副院长至退休。冯先生受聘为国学院的首任院长时，已经是他荣退十年之后了。也许，有的人会认为一位早已退出人大人事系统之外、已是81岁的高年长者所担任的国学院院长一职，应该是“荣誉性”的职位，既不会、也不必亲自过问学院的具体工作。但是，上述出于常识性的推测是不对的。冯先生在受命之初，就曾经非常明确地表示：“这个院长，我要么不做，要做就要认真负责地做、有职有权地做。我不是来担

国学院开学典礼授旗

任虚名的院长。”冯先生是如此说的，更是如此做的。我当时被人大校领导任命为常务副院长，主持日常工作。在冯先生的任期之内，我得以全程追随左右，目睹了冯先生为了国学院的成立与发展所做出的无私奉献、鼎力担当与杰出贡献。时隔十年有余，许多场景依旧历历在目。

一、把礼聘名师、组建高水平的师资队伍，作为办学的首要工作

人大成立国学院，在社会上引起了巨大的关注，但是，在成立之初，国学院的在职教师，仅仅只有七位，远

远不能胜任培养国学人才的要求。冯先生与各界人士多方沟通，人大领导也给予了引进人才的特殊支持，但是，在短期之内要改变教师队伍人才不足的局面，谈何容易！冯先生为此而多方筹划。

冯先生提出要聘请有学术成就和学术影响的退休老先生来国学院授课。这就是国学院五大“特聘教授”的缘起。这五位先生是：庞朴、傅璇琮、韩兆琦、王炳华、谢桂华。他们在历史与哲学、古代文学、西域考古学、简牍学的领域内，都有很高的造诣与声誉。冯先生提出的设想是：要请几位老先生真正进入人大，要给学生讲课、指导研究生，起码要给学生搞学术讲座。几位老先生的加盟，确实可以让学生领略名师风采，有效地提升了国学院的教育质量，提升了学术影响力。五位特聘教授之中，除了庞朴先生受聘到他的母校山东大学任教、谢桂华先生因患癌症而不幸逝世之外，其他的三位先生，都在国学院任教多年。其中，傅璇琮先生2006年指导的博士生卢燕新，日后完成的博士论文入选“全国百篇优秀博士论文”。

冯先生提出：要不惜重金聘请国内外的知名学者到国学院任教。他对我说过大意如下的话：“以重金聘请人才，是我们表达尊重人才的诚意。人大提供的工资，不足以吸引真正优秀的教授来国学院任教。你们负责用心物色人才，我来设法解决聘任人才的经费来源问题。实在不成，我可以卖字画来筹钱请人。”我当时听了，极为敬佩！在国学院的筹建过程中，北京大学的荣新江教授适时地给我们推荐了在国外工作了16年的沈卫荣教授。冯先生当机立断，对我说："荣教授是有眼光的人，他推荐的沈卫荣，我们要不计成本聘请过来。"冯其庸先生明确表态：要向人大领导申请给海外归来的沈卫荣解决住房问题，给他的工资按照年薪二十万元支付（费用从冯其庸先生向国家高层申请的经费中解决，见下）。在当时，二十万年薪在大陆的大学教授里面是相当罕见的。在冯先生的直接运作之下，沈卫荣教授于2006年4月从日本归国，受聘为国学院"西域历史语言研究所"的首任所长。沈卫荣教授又推荐了乌云毕力格教授加盟。很有学术特色的"西域历史语言研究所"，在国学院建成不到半年就搭建起了基本的人才框架，这与冯其庸先生力主从国外礼聘沈卫荣教授密切相关。引进一位杰出人才，打开了一个全新的研究领域。

在冯其庸先生逝世之后，我翻检出冯先生在2005年11月3日给我的亲笔信，睹物思人，感慨万千！冯先生的这封亲笔信，从书法欣赏的角度来看，已经是足堪传世的珍品。此信共计3页，书写在带有"瓜饭楼"标记的特制信笺之上，冯先生还在署名之下，钤印了一方印章，以示郑重。从书信的内容来看，更是珍贵无比：因为这是集中体现冯其庸先生办学首先重视人才引进的一封信件。其实，这是冯先生给我的指令，要求我一定要把宁夏考古所所长罗丰先生聘请到国学院工作。原信篇幅不长，敬

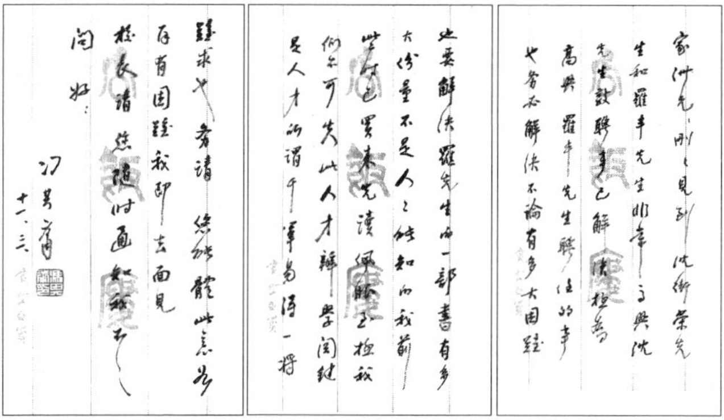
家洲兄：刚刚见到沈卫荣先
生和罗丰先生，非常高兴。沈
先生敦聘事已解决，极为
高兴。罗丰先生聘任的事
也务必解决，不论有多大困难
也要解决。罗先生的一部书有多
大分量不是人人能知的。我前
些时已买来先读，佩服之极。我
们不可失此人才。办学关键
是人才，所谓千军易得一将
难求也。务请您体此意。如
有困难我即去面见
校长。请您随时通知我知。
问好！
冯其庸
十一、三

冯先生给作者关于引进人才的信

录如下，以与读者朋友共同感受冯先生的爱才之心与担当之诚：

“家洲兄：刚刚见到沈卫荣先生和罗丰先生，非常高兴。沈先生敦聘事已解决，极为高兴。罗丰先生聘任的事也务必解决，不论有多大困难也要解决。罗丰先生的一部书有多大分量，不是人人能知的。我前些时已买来先读，佩服至极。我们不可失此人才，办学关键是人才，所谓千军易得一将难求也，务请您体此意。如有困难，我即去面见校长。请您随时通知我知。问好！冯其庸，十一、三。”

信中所涉及的两位中年学者，在冯先生面前都是晚辈后学。冯先生在这封信中，从用语到内涵，对他们表达了由衷的信任和推奖，甚至可以理解为敬意。冯先生所讲到的“罗丰先生的一部书”，是指罗丰的代表作《胡汉之间——“丝绸之路”与西北历史考古》（文物出版社，2004年）。冯先生似乎担忧掌握人事权的领导不了解罗丰和他著作的学术价值而可能影响到对罗丰的礼聘，所以，在信中三致其意，对罗丰的嘉许几乎到了无以复加的程度！为了聘请名家来国学院任教，冯先生真的是思贤若渴。接到冯先生的手书后，我和国学院的院长助理孟宪实老师与罗丰先生联系，得知他在兰州出差，我们二人立即前往兰州去拜访罗丰先生，转达了冯先生的诚意邀请。后来由于某种原因，罗丰先生未能如愿到国学院来，对国学院而言，当然是很大的遗憾！

冯先生逝世之后，远在银川的罗丰先生专程赴京参加遗体告别仪式。当天午间，我设私人酒宴招待罗丰等十多位前来参加告别仪式的朋友。在我出示了冯先生当年的这一通手札，和罗丰先生等人共忆这段感人的往事，在座的诸位好友都不胜唏嘘！我还扫描了冯先生的手书信札，面交罗丰先生收藏。

在冯其庸先生明确主张要不惜重金礼聘著名学者来国学院任教方面，还有一件往事，同样也是我无法忘怀的。我向冯其庸先生推荐王子今教授是中国古代史研究领域难得的学科带头人，应该礼聘到国学院来。但是，人大能够提供的工资待遇，使我无颜对王子今先生谈起聘请加盟之事。冯其庸先生翻看了我面呈的王子今先生的代表作，很快表态：“为了引进人才，多花钱是值得的。家洲，你认定王子今是可以做历史学的带头人，我相信你的判断。他的工资由我们国学院的西域所经费中解决，给他和沈卫荣教授同样的待遇。”这就是王子今先生调入国学院的缘起。后来，王子今教授成为国务院学科评议组成员，至今依然工作在国学院教学科研的第一线上。

二、极为重视国学院的课程体系与科研重点的布局

国学院的课程设置，经历过“三上三下”的讨论，人大校内外的教授和领导，都曾经贡献过各自的智慧。在我的记忆里，最核心的课程设计思路是由冯先生提出和完善的。这里面涉及两个基本问题：一是要多设置经典研读课。冯先生把自己青年时代在“无锡国专”读书的经验移植过来的。他非常明确地指出：“通论”和“概论”之类的课程要少设，要力争把重要的经典逐一开出“解读”课程，让学生直接接触经典自身。在这个基础之上，国学院出版了“国学经典解读”系列教材。由此形成了有特色的教学体系。二是要让学生走出去，所谓“读万卷书，行万里路”。这就是国学院师生“游学”的缘起。“游学”成为国学院师生津津乐道的“教学特色”，而为其他学院的同学所艳羡。

冯先生提出要办好高质量的“国学论坛”，请到真正

国学院领导班子向冯先生汇报工作

的名师给学生搞讲座。2005年12月14日下午，“国学论坛”举办了开坛仪式。此时，距离国学院正式挂牌的10月9日，仅有两个月的时间。我们邀请庞朴先生以《谈“无”说“玄”》为题做了首场报告，冯先生亲自到场致辞。现场气氛热烈，京城内外多家媒体广泛报道。人大“国学论坛”的美誉，得到广泛的传播。另外一次带有轰动效应的论坛，是2006年11月6日晚，叶嘉莹先生做了一场题为《小词中的儒学修养》的精彩学术报告。整个会场座无虚席，后来的同学由于没有座位，有的干脆坐在地上，有的一直站在后面，82岁高龄的叶先生讲得精彩投入，同学们听得聚精会神。我们的院长冯其庸先生不仅参加了这次国学论坛，还作了发人深思的点评和总结。

冯先生明确要求：国学院的科研必须有自己的亮点。在设置经、史、子、集的四个研究室的同时，冯先生发起成立了“西域历史语言研究所”。这既是冯先生晚年亲身参与西域探险与研究的学术兴趣和学术追求之所在，也是他“大国学”理念的重要体现。在这个领域，冯先生所作出的努力与贡献，北大的荣新江、朱玉麒以及人大的沈卫荣、孟宪实等教授，都有专文论及，此处不再赘述。沿袭至今，西域研究依旧是国学院的学术优势之所在。饮水思源，冯先生的开创之功，后人自当铭记不忘。

三、为筹措办学经费而尽心竭力

要高标准地办好国学院，需要大量的资金投入。在人大校方的财力投入之外，冯其庸先生运用他的个人影响力，努力筹措经费。若干细节，令人感动！

国学院从国家得到的第一笔专项经费一千万元，缘起于冯先生邀约季羡林先生联名上书党中央、国务院的领导，建议在中国人民大学国学院设立“西域语言与历史研究所”。两位著名学者的联名上书，很快就得到了胡锦涛总书记、温家宝总理的亲笔批示，都明确表示应该给予支持。经过一个阶段的具体工作程序，财政部下拨的“西域

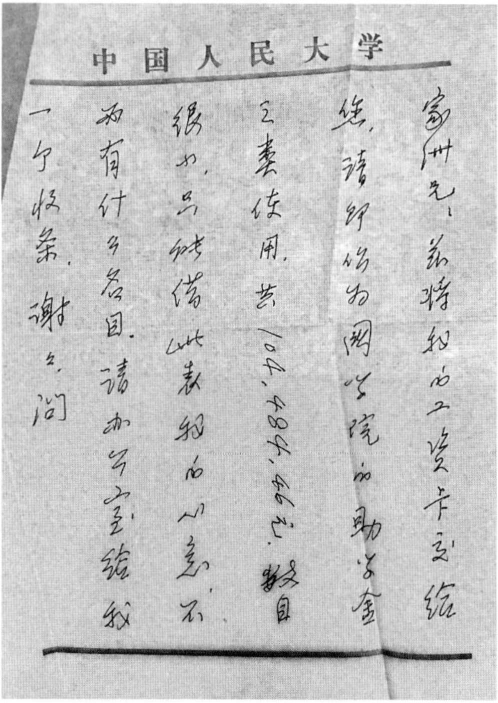

中国人民大学

家洲先生：兹将我的工资卡交给您，请即作为国学院的助学金之类使用，共104,485.66元，数目很小，只能借此表我的心意，不为有什么名目。请办公室给我一个收条。谢谢。冯

冯先生卸任国学院院长时，为退还校方三年薪金给作者的信件

语言与历史研究所专项经费”于2005年年底到位。

国学院创设之初的第一笔大额社会捐赠，也是冯其庸先生运用社会影响而筹得。山西晋城皇城相府集团无条件捐赠200万元，在国学院设立了“陈廷敬国学教学科研基金”。为国学院改善办学条件，争取到了一个极为难得的

作者在冯先生家中与先生合影

机会。

冯其庸先生的高风亮节，可以从一件事上再次得到确证：人民大学聘请冯先生担任国学院的院长，是有一笔聘金的。冯先生从接受之初，就非常明确地对我说：这钱，我只是暂时保管，等到我卸任之时，一定要捐赠给国学院，用于支持学生工作。到他卸任之时，把学校给他的聘金全部捐赠出来，成立了“冯其庸国学奖学金”。国学院的学子得以继续受惠于冯先生！冯先生对于国学院，没有索取，只有奉献与贡献。在卸任院长之后，冯其庸先生对国学院依旧用情很深……

为了撰写这篇追思冯其庸先生的文章，我几次翻检保存下来的工作记录。当年的点点滴滴，都令我一再感动！有的事情，回想起来甚至是五味杂陈！ 2006 年 6 月我写

作者与孟宪实、朱玉麒、纪峰三先生探望冯先生后在庭院内合影

无锡“冯其庸学术馆”开馆式后作者与冯先生合影

给人大学校领导的《工作总结》，这是在国学院工作一年的个人心声的流露。我愿意援引其中的一段话，作为本文的结束语：“冯其庸老先生以八十多岁的高龄，以无私的精神，投身于国学院的建设之中，他在扩大国学院的对外学术影响、争取各种社会资源等方面的能量和贡献，是一般书斋型大学教授所无法比拟的。我对冯先生的敬重与日俱增。”

附录：我校国学院院长冯其庸先生荣获中国2005年十大教育英才光荣称号

2006年2月18日下午，在中国政协礼堂举行了隆重的2005年中国十大教育英才颁奖典礼。我校国学院冯其庸院长荣获这一光荣称号。作为首名获奖者，冯其庸先生领先走上颁奖台。这一奖项，从年初开始推选，年底完成。该奖项是由《中华英才》半月刊社、全国政协教科文卫体委员会、中华全国工商业联合会、中国企业联合会、中国工业经济联合会、中国人民对外友好协会、北京大学、中国教育电视台、联合国教科文组织驻华代表处共同主办的。今年是第二年度，2004年度的十大教育英才之首是上海大学校长钱伟长先生。

十大教育英才的评选标准是：（1）在培养人才方面

成绩显著的教育者;（2）在教育改革、学校建设中有创造性成果的领导人;（3）在教育国际交流中成就显著者;（4）关心、支持教育事业发展，做出突出贡献的各界人士。评选范围是各类教育机构负责人、教育界人士和社会各界人士。而总的标准是立功、立德、立言、开拓、创新和卓越。冯其庸先生因为推动国学研究并出任中国人民大学国学院院长而获此殊荣。

这是一个系列奖项，全称为“中国十大系列英才”，除教育之外，还有创新、财智、管理、工商、建设、科技、诚信、新锐和魅力等。

（转录于中国人民大学2006年2月下旬的校内报道）

追忆谢桂华先生二三事

今年是著名简牍学家谢桂华先生诞辰 80 周年，也是他病逝 12 周年的日子。在接到会议邀请函之后，得知有“谢桂华先生诞辰 80 周年纪念座谈”的会议专题，谢先生的音容笑貌比以往更加清晰地浮现在我的眼前。

谢先生于 2006 年 6 月 12 日病逝后，有多位学界同仁和晚辈发表追思文章，表达对这位终身致力于简牍学和秦汉史研究的著名学者的敬意。于振波先生《怀念谢桂华先生》（首发于《简帛网》2006 年 6 月 18 日）一文，谈到了谢先生晚年在身患重病之后依然醉心于学术研究的动人场面，其中有若干段落都令人过目难忘。如：“谢先生非常推崇张政烺先生，佩服他学问功底之深，称赞他论证缜密严谨，说他的文章，就像剥笋子，层层深入，直达问题的本质，并为他不能把满腹的学问写出来留给后人而深深惋惜——谢先生说，他是带着这份崇敬与惋惜的感情而参与整理张政烺文集的。”文章还引用了北京大学吴荣曾教授评价谢桂华先生的一段话：“他为中国的简牍事业付出了很大的努力，不为名，不为利，纯粹是一种奉献。这种精神非常伟大，今天如先生者有几人？他提挈后进也是凭着自己热诚的心，这点也值得令人钦佩和学习！”

邬文玲研究员的《谢桂华先生的简牍学成就》一文（《求真务实六十载：历史研究所同仁述往》，中国社会科学出版社，2014年），对谢先生的学术成就做了全面的总结。特别是她在文章中讲到了谢先生晚年抱病撰写《额济纳汉简订误》的详细情况，更是与我的工作经历直接相关，与我对谢桂华先生满怀敬意的回忆直接相关。

兹将我与谢先生交往过程中印象最深刻的几件事草成一篇小文，与大家共同追思这位令人敬重的学术名家。

一、谢桂华先生与人大国学院“简帛学研究所”筹建的前前后后

2005年5月28日，中国人民大学正式发文决定成立国学院。冯其庸先生受聘为首任院长。6月间，我在完全没有思想准备的情况之下，被学校任命为国学院的常务副院长，主持学院的日常工作。我当时承受的思想压力很大，在两度辞拒不获批准之后，也只好勉力而为了。

我记得很清楚，第一次去通州张家湾拜访我们的院长冯其庸先生时，冯先生就明确地提出：要办好国学院，除了保证正常的教学之外，必须突出学术研究——特别是西域语言与历史的研究、简牍学的研究，因为这是站在学术前沿、并有巨大发展空间的学问。我对于冯先生的观点，完全赞同。冯先生还表示：对于西域语言与历史的研究，他本人有相当兴趣，并且与这一领域的著名专家素有联系，他本人可以直接负责这一领域的工作；而对于简牍学，尽管他很关注这一领域的新进展，但是与有关专家的联系毕竟不多。冯先生询问我是否与简牍学的专家有联系的渠道？我回答说：我与谢桂华、李均明等先生有几年的交往。冯先生高兴地表示：他通过《中国简牍集成》《居延汉简释文合校》等文献，早就知道谢桂华、李均明两位先生是简帛学的权威，如果能够请他们出面帮助工作，那是最好的。冯先生随即责成我主管“简帛学研究所”的筹建工作。根据我所了解的情况，李均明先生依然在中国文物研究所工作，一时无法分身；而谢桂华先生已经办妥从社科院历史所退休的手续，于是我拜访谢桂华先生，表达了聘请谢先生为国学院“特聘教授”并且担任筹建中的“简帛学研究所”所长的诚意，谢先生当即答复愿意考虑。

2005 年 8 月，中国秦汉史学会年会在内蒙古召开。会议期间，我到谢先生住处，与他有两个多小时的畅谈。

他不仅爽快地答应接受国学院的聘任，并且就“简帛学研究所”的组建以及前期启动工作，侃侃而谈，提出了许多建议。正是在这次畅谈之中，谢先生提议：应该组织一个“《额济纳汉简》研读班”。他特别强调，《额济纳汉简》虽然仅有五百枚，但是，我们有研究《居延汉简》《居延新简》的基础，完全可以在这一背景之下，把研读的学术深度拓展开来。随后，我又与当时参加会议的李均明、王子今、宋超、徐世虹、刘华祝、马怡、邬文玲等学者就此加以讨论，得到了诸位的一致赞同。这坚定了我办好研读班的决心，也是我参加这一届秦汉史年会的额外收获。

随后，我在谢桂华先生的指点之下，就筹建“简牍学研究所”做了若干具体的工作。谢桂华先生也按照预定的计划，以“特聘教授”的身份，参加了 10 月 26 日国学院的开学典礼（当时，中国人民大学为国学院聘请的特聘教授是：庞朴、傅璇琮、王炳华、韩兆琦、谢桂华）。但是，很遗憾的是，谢桂华先生不久就因病情反复，不得不住院治疗，以至于一病不起。

谢先生病逝前后，我为了筹建“简牍学研究所”而百般努力，也曾经把赵平安教授从北京师范大学文学院礼聘到了国学院（后来调离转到清华大学工作），我还先后与武汉大学的陈伟教授、社科院历史所的刘乐贤研究员、北京大学的李零教授就礼聘他们到国学院的简牍学

作者为谢桂华先生在呼和浩特郊区“青冢”前拍摄的照片

研究所工作，多次深入交谈以至于要发出商调函了，后来却由于种种原因，未能实现聘请他们到国学院工作的初衷。2008年我调离国学院，“简牍学研究所”的筹建也就停止下来了。

时隔多年，回忆起那段工作阅历，我依然为当初我和谢桂华先生共同努力筹建的“简牍学研究所”未能如愿成立深感遗憾，深感对不住谢先生抱病所做的努力与贡献！

我有时候还会有痴情不绝、“浮想联翩”——如果上苍眷顾，谢先生可以延寿至今，我们计划敦请的先生都可以如愿到位，由谢桂华、李均明、李零、陈伟、赵平安、刘乐贤诸位先生组建的学术团队，人大国学院简牍学研究所将是何等气象！言及此，如果谢先生地下有知，一定会和我有共同的感受：此事所谋不就，真是抱憾终生啊！

人算，不如天算！

二、谢先生带病主持国学院的“额济纳汉简”研读班

我按照谢先生的建议，促成“《额济纳汉简》研读班”在2005年9月25日正式开班。研读班每周六举办一次，到2006年7月结束，持续时间长达十个月之久。令我们痛心的是——读简班尚未结束，谢桂华先生就不幸病逝了。

在2005年9月25日研读班开班之时，谢先生做了一个主题发言。他说：“我是《额济纳汉简》释文的主要作者之一。由于时间过于紧张等关系，现在看来，释文的内容以及排版都存在着遗憾，对其中的纰漏，应该分别加以讨论和改定。我愿意在此首先自我批评，然后欢迎大家继续批评。”随后，他一一列举《额济纳汉简》释文和排版中的15条讹误，并提出自己的校改意见。这篇经过精心准备的发言，充分展示出谢先生的磊落胸怀与学术造诣，有效提高了研读班的学术水准。

中国人民大学国学院是2005年10月26日正式举行

开学典礼的，而我们的“《额济纳汉简》研读班”却是在此前就开班读书了。这是国学院筹建过程中的一个亮点。为此，当时的《新京报》曾经有过专题报道：

开学在后　研究先行

——《额济纳汉简》读书会开班，展示国学院的笃实学风

人大国学院虽然还没开学，但是研究已经先行一步。2005 年 9 月 25 日上午，在中国人民大学国学院会议室，由著名简帛研究专家谢桂华、人大国学院常务副院长孙家洲联合主持，一场别开生面的《额济纳汉简》读书会，拉开了人大国学院简帛研究的序幕。孙家洲表示：“在保证基本课程顺利展开的前提之下，西域历史与文化的研究将是国学院的重要研究课题，简帛研究所的研究工作近期也主要集中于西部发掘出来的简帛文献方面，争取实现这两个研究领域的有机整合。”

谢先生出于推动国学院工作的考虑，在接受有关媒体采访时，特意强调了简帛研究与国学研究之间的关系，他说：“简帛文献所包括的内容极为广泛，它涵盖了古人社会生活的各个方面，甚至还有自然科学方面的内容。此外，它利用的是考古学的发掘成果，属于最原始的资料，有些甚至改变了以往国学研究中的谬误。可以说，简帛研究为

国学注入了新的活力，也大大丰富了国学研究的内容。”

后来，谢先生患病住院，我去北京医院看望他，他很动情地说：“我不怕死，但是现在我还不想死，因为还有几件事应该做好，否则我死不瞑目。”他对研读班的成果应该如何安排，谈了他的看法。我看着他极度消瘦的身躯、依然执着的神情，真是百感交集，心中不由地浮现起孔子的感慨之语：“斯人也，而有斯病也！”

谢先生晚年所进行的最后一项大型科研工作，就是在国学院主持“《额济纳汉简》研读班”，可恨病魔无情，使得谢先生抱憾而逝。在倍感痛惜之余，我也把能与谢先生共同从事一件有意义的学术活动，至今引为荣幸。

参加“《额济纳汉简》研读班”的学者有：中国社会科学院的谢桂华、宋超、刘乐贤、马怡、邬文玲，北京师范大学历史系的王子今，北京师范大学中文系的赵平安，中国政法大学法律古籍研究所的徐世虹，北京大学历史系的刘华祝、罗新；中国人民大学、北京大学、北京师范大学、中国政法大学的十余位研究生也自始至终参与了研读。另外，来自中国文物研究所的李均明，中国社会科学院历史所的侯旭东、孟彦弘，中国人民大学的王贵元、韩树峰等学者也参加了部分时段的研读；甘肃省文物保护研究所何双全先生和安徽省天长市博物馆韩潮先生，曾应邀到读书班介绍当地新出简牍情况；日本学者大川俊隆、吉村昌之也特意到研读班上，发表他们的近期研究成果；韩国学

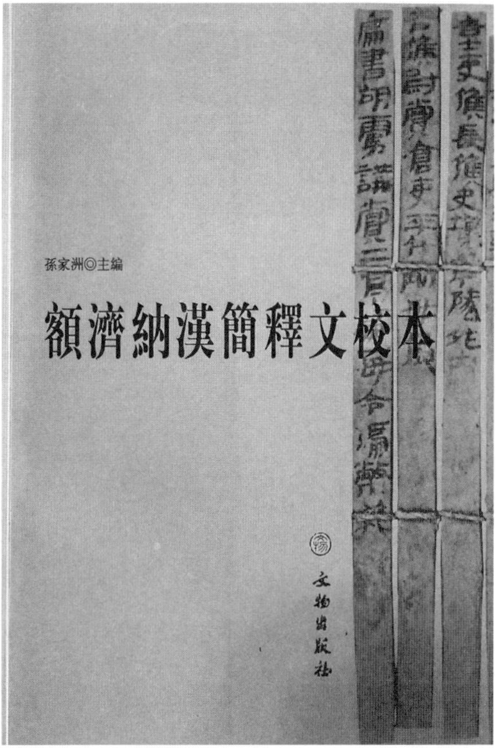

《额济纳汉简释文校本》书影

谢桂华先生的工作照

者金庆浩亦曾到访研读班。每当研读班开班之日，各位学者拨冗而来，人大国学院的小小会议室中，汇聚了一批潜心治学的著名专家与青年才俊，确实有蓬荜生辉之感。

我感谢参加研读班的每一位学者，尤其对驾鹤西归的谢桂华先生，更是充满了敬意和谢意。

“《额济纳汉简》研读班”的部分成果，以“读史札记 · 额济纳汉简研究”的形式，刊载于《历史研究》2006 年第 2 期和第 5 期。《额济纳汉简释文校本》（文物出版社，2007 年）则是研读班的最终成果，主要由两部分组成：一是额济纳汉简释文校正，汇集了读书班诸位同人提出的释读和校改意见，一共对五百余枚简中的近三百枚简的释文和说明文字作了校正。由邬文玲执笔整理而成。二是额济纳汉简研究，收录了读书班成员以额济纳汉简为中心的研究论文28篇，内容不仅涉及释文订误、术语考释、简牍形制等基础研究，而且广泛涉及了政治事件、法律制度及用语、文书运行、边境防御、社会经济、历史地理、生态环境、职官、数术、改元、历谱等诸多领域的应用研究，成为国学院成立初期的代表性成果之一。

三、谢桂华先生特别重视培养青年学者

有关情况，上举于振波、邬文玲两位青年学者的文章，都有涉及。我在此补充一个情节：早在1998年的年中，谢桂华先生专门对我说："明年社科院安排我招收一个博士生。社科院的导师很多，国家给的招生指标有限。博导要等若干年才有一次招生的机会。这是我首次招收博士生，下次招生不知要等到何时了。所以，我很重视这位入门弟子的人选。"谢先生委托我在所了解的应届毕业硕士生中，给他物色和推荐候选人。他还很认真地提了几个条件。我记得是：首先为人要诚实，有潜心向学的志向；其次，治学要有灵气，理解能力一定要强。

我听了谢先生的委托，当即答应：我推荐的学生，一定符合您的要求。

我所推荐的，就是我指导的一位应届毕业的硕士生——来自重庆师范学院的邬文玲。事后，经过严格的考试程序，邬文玲从众多的考生中脱颖而出，成为谢桂华先

生的第一位博士生，也是谢先生唯一指导的博士生。

在上文说到2005年的“《额济纳汉简》研读班”上，邬文玲已经是社科院历史所的副研究员了。从邬文玲跟随谢桂华先生读博士开始算起，短短六年的时间，邬文玲的学术发展已经是凯歌行进了。谢先生住院之后，研读班的同仁公推他的学生邬文玲做领读人，并负责记录整理大家的讨论意见。最后呈现给各位读者的《释文校本》的文本，就是由邬文玲执笔完成的。从她认真负责的作风，我们看到了谢桂华先生的影子。

时至今日，邬文玲作为谢桂华先生的衣钵传人，已经是社科院历史所的研究员、简牍学的学科带头人了。今天，在重庆师大，在邬文玲的母校，我们一起来纪念谢先生诞辰80周年，作为当年受嘱托向谢先生推荐好学生的本人，心里充满了对谢先生的思念之情，也对邬文玲不负谢先生的期望、不坠谢先生的门下学风，而感到欣慰。

谢桂华先生地下有知，也当与我有同感。

说明：本文是2018年我在重庆师范大学学术会议上的大会发言稿，后来刊发于《简帛研究》(2018秋冬卷)。我文章的最后一部分谈到了邬文玲获得谢桂华先生指导而学业进步的情况，担任《简帛研究》主编的邬文玲研究员出于自谦，把文章做了删节。借此出版机会，我恢复了文章的原貌。

读李元庆《晋学初集》感言

前不久，李元庆先生以近著《晋学初集》（山西人民出版社，2003 年）见赠。阅后油然而生的几点感悟，或许可与同好者一叙。两年之前，在山东师范大学参加“齐鲁文化国际学术研讨会”时，我得以与李先生相识。当时我与李先生、孟祥才先生两位前辈学者就地域文化研究问题有过一次愉快的私下交谈。李先生说：地域文化研究应该有理论构架；应该注意各个区域内部“亚文化区”的存在，避免“大而化之”的倾向；应该注意不同地域之间的对比研究，避免“各自为战”的倾向。我感觉，只有对地域文化研究有长期积累、并有深层思考的学者才会提出这样的想法。所以，印象极为深刻。而现在，当我展读李先生的这部新作的时候，我发现，李先生把他的上述思路，在著作中充分地落实了、拓展了。

《晋学初集》凝聚了李先生探讨晋文化的心血结晶，

体现了近年间晋学研究的理论升华。本书把“晋学”提升到“文化哲学”的层面予以界定：“晋学是以山西历史文化为研究客体的地域文化学科，属于文化哲学范畴的历史性学科。”从而明确了晋学研究的理论和方法体系。作者还提出了晋学研究的“宏观”“中观”“微观”三大理论层次的方法论构想，并以之形成本书的基本结构。力图在把握晋文化总体风貌的基础之上，把研究推向新的纵深层次。

对晋文化的横向剖析，体现了李先生的学术理念与学术功力。李先生对山西的自然地理环境和历史人文传统自古以来就存在南北差异的特点，有着清醒的认识。他把晋文化区分为两类“亚型”地域文化：南部以华夏——汉族农耕文化为主体，称“河东文化”；北部以北方“胡族”游牧文化为主体，称“雁门文化”。并且指出，它们“二位一体，便构成三晋地域文化区别于其他地域文化的显著标志”。从对晋文化做内部分解起步，得出的结论却是在与其他地域文化进行对比的基础上准确把握其特色。这种“有分有合”的研究思路，体现了一种全局在胸的大气。他进一步分解出“次亚型”地域文化，如，成功地论证了晋阳地处“雁门文化圈”与“河东文化圈”的参互错杂部位，其文化形态也就具备了边缘性的特点，具有不同文化交汇过渡型属性。

“地域文化比较研究”部分，集中体现了李先生研究视野的广博、研究思路的开放。围绕着“礼法之争”，作者讨论了鲁文化、齐文化、楚文化和晋文化的各自特点及其发展路径的异同；关于“三晋法家文化向秦文化的移植”、关于“齐晋发展道路之趋同”的专题讨论，作者的对比研究意识非常鲜明，其结论的理性程度，是自甘拘于一隅的地域文化研究者所难以比拟的。

本来是文化大省的山西，如果依然仅仅以能源大省著称，当然是一种遗憾。平心而论，三晋大地的历史文化遗产是极为丰富的，而在地域文化研究方面与楚文化、齐鲁文化、秦文化相比较，显然存在着差距。李先生这部著作的出版，可能使得这一局面有所改变。甚至，它是晋文化研究进入“井喷”状态的转机也未可知。至于从个人的研究成果而言，年过七旬的李先生笔耕不辍，继《三晋古文化源流》（山西古籍出版社，1997 年）之后，又出版了这样一部以探讨晋学理论为中心的著作，我们真应该对这位前辈学者表示敬意。专心致志于学术著述，不知老之将至，而且不断有新作问世——但愿我将来也有这样的福气与境界。

原载于《光明日报》2005 年 10 月 11 日

略读《前近代中国の刑罚》所引发的思考

近承日本京都大学人文科学研究所冨谷至先生雅意，以新近出版的《前近代中国の刑罚》一书相赠。

本书由日本著名学者梅原郁主编、京都大学人文科学研究所发行、明文舍印刷株式会社于平成八年（1996）12月25日出版。它是由梅原郁主持的“前近代中国的法制”共同研究班的成果报告书。该研究班从1991年4月始，至1996年3月止，在长达五年的时间内，以每周二定期讨论的方式，在京都大学人文科学研究所举行。先后参加这一共同研究的学者达二十多人，其中十五位学者的研究心得，汇成了本书。它不失为反映日本学者研究中国古代法制史最新成果的一部佳作，为了使国内学者了解本书的梗概，兹将作者及其论文篇目简介如下：

江村治树：《关于战国三晋诸国刑法典的特质》；永田英正：《关于睡虎地秦简秦律所见的隶臣妾》；角谷常子：

《秦汉时代的赎刑》；藤田高夫：《秦汉罚金考》；冨谷至：《秦汉二十等爵制与罚的减免》；佐立治人：《北魏的官当制度》；辻正博：《杖刑与死刑的关系》；梅原郁：《宋代的赎铜与罚铜》；长井千秋：《宋代路的再审制度》；德永洋介：《金元时代的流刑》；森田宪司：《约会的现场》（译者按："约会"是元朝的一种法律用语）；宫泽知之：《明代赎法的变迁》；谷井阳子：《明代审判机构的内部统制》；中村正人：《清代刑法的处罚构造》；矢木毅：《关于朝鲜初期的徒流刑》。

翻阅一过，我认为本书有如下特色可供我们借鉴。

其一，本书较为集中地讨论了与罚金、赎罪相关的刑制问题。此类论题，社会意义重大，但因资料分散、歧疑较多，治史者往往对之语焉不详。而本书的作者们却具有知难而进的勇气，他们所做出的有益探索，有望在这一领域的研究中留下精彩的一笔。

其二，持之以恒，锲而不舍的钻研精神，是提高成果质量的可靠保证。从课题设计而言，本书是梅原郁主持的"近代中国的法律与社会"共同研究班报告书（梅原郁先生的序言译文，发表于《中国史研究动态》1993年第9期）的扩展和深化。两个研讨班前后相承，历时十载，这种持久的科研组织形式，就不得不令人产生敬意。本书的作者，不论是享名已久的老一代学人，还是中青年研究者，他们的论文都立足于各自多年苦心钻研的成果之上，因而显示出了深厚的功力。如：年过六旬的永田英正先生，在研究秦汉史方面所取得的成就，是中日两国学界所公认的，他对居延汉简、东汉政治史的研究，博得了广泛好评。收在本书中讨论“隶臣妾”的新作，在论证这个歧说纷出的问题时，显得游刃有余，充满了自信。年仅四十岁的冨谷至先生，是日本中年学者中颇为引人注目的一位，他致力于研究简牍学和秦汉法制史，已有相当成就。曾先后发表论著数十种，收入本书的《秦汉二十等爵制与刑的减免》一文，从减免刑罚的实效性着眼，对秦汉爵制的一个侧面进行了富有新意的探讨。使读者在西嶋定生先生的《二十等爵制》（有武尚清中译本，国际文化出版公司，1992 年）之后，又见到了日本学者研究秦汉爵制的一篇佳作。辻正博则是更为年青的一代，自 1993 年以来，他在唐宋流刑研究方面，已连续发表了多篇文章。他围绕着一个选题，做长达数年的研究，从而保证了研究水平的不断提高。日本几代汉学家的这种不懈追求的学风，应是我们注意学习与借鉴的。

其三，本书注意广泛吸收中日两国学者既有的科研成果。仅从各篇文章的引文注释来看，可说在相当程度上涵盖了两国学界的名人名作。特别是他们注意及时利用新出土的考古资料及中国学者的研究成果，给人留下了深刻的印象。如：江陵张家山汉简《奏谳书》以及李学勤等的研究论文（分载于《文物》1993 年第 8 期和 1995 年第 3

期），都曾被多次引用。在对新出资料的运用上，日本学者几乎达到了和中国同步启动的程度。在对中国史学论文的搜集、编印、目录检索等方面，日本学界已达到快捷、全面、便于利用的程度。

其四，近年来，随着中日两国史学界交流的加强，日本学者的研究成果日益受到我国学术界的重视；但我认为，日本颇为盛行的“共同研究班”的科研组织形式，更应该引起我们的注意和借鉴。诚然，开展共同研究，最好有一定的基金资助做保障（如，据我在京都时看到的有关资料，梅原郁先生主持的共同研究班，不仅在立项时获得过一笔可观的资助基金，后来还有两次追加费用），但基金也并非进行共同研究的先决条件。访日时我就见识过两个并无基金支持的共同研究班，长期、有序地进行着正常的工作。一是在大阪关西大学由大庭修先生主持的汉简研究班，每周四下午定期开展讨论；二是在京都由谷川道雄先生主持的“六朝史研究会”，原则上两周举行一次，安排更为灵活。两个研究组织，都由著名学者主持，率领一批中青年史学工作者，研讨共同感兴趣的问题。这实在是一种提携后进的有效途径。“合作研究”近年来在我国学界也时有倡导，但似乎主要体现为由著名学者领衔，召集部分学者执笔著书，缺乏真正的共同研读过程，结果是，虽出了若干多卷本的著作，但内容缺乏深度、水平参差不齐，几乎成了通病。对于日本的合作研究，我们或许可以挑剔它在研究布局上的不尽完善、比例失调等缺陷，但我们无法否认它的两大优点：它在某些“定点”上是做了深入研究的；它确实造就了一批又一批的中国史研究专家。日本学界这种务实的共同研究，是很值得我们反思和学习的。

原载于《中国史研究动态》1998 年第 2 期

评丁鼎新著《〈仪礼·丧服〉考论》

在经历了半个多世纪的冷落沉寂之后，礼学研究出现了趋向繁荣的局面。近年间出版的礼学研究成果可谓形式繁复，既有通史体总论，也有专题探究，更有断代专著。然而，如果我们理智地对待“礼学复苏”的既有格局，就不得不承认其中存在着结构性缺陷：对古代礼学基本典籍的文献梳理和阐释之作少得可怜！这本来是礼学研究的根本和前提，这一治学的根基倘不奠定，奢谈礼学的复苏就难免有镜花水月之虞。令人欣喜的是丁鼎新著《〈仪礼·丧服〉考论》（以下简称《考论》）一书，弥补了学术格局的这种失衡。它称得上是深得礼学研究根要、考据与义理兼善的学术专著。

丁鼎先生几年前追随金景芳先生攻读博士学位，《考论》是在其博士学位论文的基础之上精心修改而成书的。于 2001 年被列入以出版高品位历史学术著作著称的《东方历史学术文库》，2003年7月由社会科学文献出版社正式出版。由于《仪礼·丧服》素称难读，又由于它所记载的内容——丧服制度与当代社会现实生活已相当疏远，因而对它的研究，在现代学术界已很少有人问津，尤其是以现代理论视角探讨《仪礼·丧服》的学术专著迄今一直付诸阙如，诚为憾事。这与《仪礼·丧服》所记载的丧服制度在我国古代社会中的重要地位和发生过的重要影响是很不相称的。有鉴于此，丁鼎博士综合运用历史学、文献学、人类学、社会学的研究成果对《仪礼·丧服》本身及其所记载的对我国古代社会影响甚巨的丧服制度进行了全面、深入、系统的考察和研究，积多年之功撰成《考论》一书。

通读全书，深感该书识广文雅、胜谊贯珠，既有严谨的文献考据，又有深邃的义理开掘，诚为一部不可多得的礼学研究专著。著名学者李学勤、晁福林两位先生欣然为该书作序，向学界隆重推介。李先生称赞其“优长之处，是既有深厚的文献功底，又能运用新的知识和方法，进行论析和印证……详密完备，难能可贵”。晁先生希望有志于史学研究的后继者，“像丁鼎同志这样将扎实的学术功力和敏锐的创新精神结合起来，将学术研究向前推进一步”。诚哉斯言！认真研读本书，便知李、晁二先生的赞许绝非溢美之词。

考证精审、论述中肯、新见迭出是本书最主要的特色。本书的许多论述发前人所未发，或发前人发而未尽之意。由于这些富有创见的论述大都是建立在精审严密的考证基础之上，因而既令人耳目一新，又令人信服。本书第三章对于《仪礼·丧服》经、传、记三者的关系加以多方面、深层次的考论，新论迭出。其中，作者对于《丧服传》与《礼记》论礼诸篇关系的考证论述尤为精辟。当代礼学大家沈文倬先生，曾经推测《丧服传》成书于《礼记》之后，而且其部分内容就是引自《礼记》论礼诸篇。其说在学界颇有影响。对于沈先生所提出的两条理由，丁鼎博士逐一提出了有理、有力的辩驳意见。他从事理逻辑推论，《丧服传》中部分内容与经文不一致而与《礼记》论礼诸篇相合的现象并不一定是《丧服传》抄录、引用《礼记》的结果，而完全有可能是《丧服传》与《礼记》论礼诸篇均师承于孔子所致。显然丁鼎博士对于《丧服传》与《礼记》论礼诸篇关系的论述，无论在考证的严密性还是在逻辑的合理性上都要胜于沈氏之说，很有说服力，可为定谳。

在研究方法上，本书将微观的文献研究与宏观的社会制度及伦理思想研究相结合，不仅对《仪礼·丧服》本身从文献学的角度进行了全面系统的研究，而且对《仪礼·丧服》中所蕴含的宗法制度、分封制度及与之相关的政治思想、伦理观念进行了深入的挖掘、研究和论述，精辟独到之见不胜枚举。如本书第六章《〈仪礼·丧服〉所反映的上古婚姻家庭制度》，对《仪礼·丧服》中“姨服重于舅服”“嫂叔无服”等现象，以及《仪礼·丧服》所使用的许多亲属称谓，进行了较为全面、深入的分析和研究。本书认为这些在后人心目中显得有些反常的现象和奇特的称谓都与原始婚姻家庭制度有关，是原始婚姻家庭遗俗在周代丧服制度中的反映。并指出之所以会出现这种现象，是由于《仪礼·丧服》所记述的丧服制度虽形成和确立于周代，但可能早在原始社会即已产生了萌芽状态的丧服习俗，因而《仪礼·丧服》所记录的周代丧服制度便不可避免地会带有原始社会遗留下的遗迹。又如本书第七章《〈仪礼·丧服〉所体现的周代社会关系和伦理观念》考察、分析、探讨了蕴含于《仪礼·丧服》中的周代宗法制度、分封制度和伦理观念，论证了“宗统”与“君统”的关系，指出了“宗统、君统合一论”的不合理性。这些研究和论述都持之有据，言之成理，解决了我国古史研究中的许多疑难问题，对于我国古代社会史和思想史研究都大有裨益。

注重对文献材料的充分钩稽和考索，力求达到辨章学术、考镜源流之境，是本书引人注目的又一重要特色。本书直接征引的参考文献就达 260 多种，其中既有我国古代传统的经史子集等传世文献，也有现代学者的有关著作，还有当代出土的简帛文献及有关研究论著；甚至《新旧约全书》这部基督教圣经中的有关内容也被作者作为相关材料所征引。这些丰富详赡的史料和参考文献体现了作者广博的学识和深厚的文献学功底。尤其值得称道的是本书作者的学术规范化意识非常强，凡书中所征引的参考文献必尽可能详载其编作者、刊刻（出版）时间、卷次、篇章名、页码。这些规范化的文献著录既体现了该书作者严谨的治学风格和治学态度，也为读者阅读和使用本书提供了很大的方便。

相信本书的出版不仅对传统礼学的现代阐释具有开拓性的作用，而且对于我国古代社会史和思想史研究都具有重要意义。期待着丁鼎博士以这种研究路数对《仪礼》的其他篇章进行研究的新成果早日问世，相信他会在新世纪的礼学研究中作出独特的贡献。

原载于《中国史研究动态》2004 年第 3 期

轻扣昔日少年心扉　触摸沉重历史一页

——初读《红底金字》

青年人生活在对明天的憧憬中，老年人生活在对昨天的回忆里。虽说记不清是谁说的大意如此的话，但它描述的应该是一种常规。所以，述说往事、撰写回忆录，通常是老者的“专利”。从唐代诗篇所见的“白头宫女在，闲坐说玄宗”（元稹《行宫》），到今天数不胜数的回忆录，莫不如此。而且所回忆的内容，大多与高层、大人物有关。这一常规，随着《红底金字——六七十年代的北京孩子》（作者刘仰东，中国青年出版社，2005 年）一书的出版问世而受到冲击。这是一部中年人写的回忆录，追记了“北京孩子”在那个充满激情与荒唐年代里的生活，包括他们“复课闹革命”的学习插曲，课外活动，各种自得其乐乃至于不乏恶作剧的“玩”法，由电影、小人书、字书构成的“精神食粮”，以乒乓球、自行车、游泳构成的“三大运动”，简单而又酸甜兼备的日常生活，以穿戴、打群

刘仰东《红底金字——六七十年代的北京孩子》书影

架、烟酒“享受”构成的当年“时尚”。书中没有正面记载惊心动魄的历史事件，而是把当年“小人国”里面的种种“风情”，甚至是有点难登大雅之堂的“鸡零狗碎”，细细地拣选出来，以散淡而优美的文笔，串连成别具特色的“少年社会实录”。它依靠细节的挖掘、精妙的点评，令人遐思不已。

单说《红底金字》的封面设计，就颇具匠心。以“毛体”书写的四个金字，题压在以红色为基调、间有黑色相杂的混沌世界之上，太容易使人联想到“红卫兵”袖章、特定年代的恐怖、令人敬畏的城墙。它在纷乱、浮躁之中，隐现着一种说不清、道不明却无处不在的“皇家威严”。《红底金字》尽管不是小说，但它以“京味”语言书写京城的世俗生活，从这个意义上说来，它与老舍、邓友梅、刘心武、王朔的京味小说，有异曲同工之妙。作者在《序》中开篇明义：“北京孩子没多大出息。”如果有谁认为这是一种“谦虚”，那就“上当”了；请看下文：“北京孩子较少‘于连性格’，说得直白一点，是北京孩子散淡。”何谓“散淡”？是不屑于苟苟钻营，是淡泊名利。在当下，难道不是一种美德？所以，作者的开篇自白，即便不是“自诩”，也是潜藏着自得的“自嘲”。北京人有资格自豪，乃至于自傲。即便是在全国大乱的年月，身在北京也可以享受“外地人”所不具备的“待遇”，至少“优越感”是存在的。譬如说，外地的“红卫兵”为了到北京接受检阅，是要远行千万里的，而北京的孩子则可以安享地利之便。至于书中所说到的，在重大节日，几十万的北京孩子要在广场充当“组字”的人山人海；外国元首来访，从机场到国宾馆几十里的“夹道欢迎”，也要由孩子们来扮演“迎宾”的角色。为了完成这些“政治任务”，当年参与其事的孩子们，现在说起来必定是感叹“太不值了”！然而回想当年，外地的孩子想要获此“殊荣”（或用现在的话来说“受那罪”），那是绝不可能的。生活在京城，你会身不由己地多听到一些什么，多想到一些什么，所以北京人的言谈无意间多了一点政治色彩。如果有意于让地域性、群体性的回忆录，多承荷一些社会意义，北京显然是“首善之地”。又譬如，书中多次讲到的胡同、大院以及发生在其中的故事，也是北京独特地域文化的体现。

因此，《红底金字》首先吸引的读者群，应该是现在50岁上下的北京人。这些被称之为当今社会“中坚”的人群，突然发现这样一部以他们的青少年生涯为记录实体的著作，一定是“眼前一亮”，阅读的过程就是怀旧的心理路程。我的妻子就是土生土长的北京人，我携带《红底金字》回家，她一看到书名，就毫不客气地一把抢走“我先看”。她几乎用了一个通宵看完此书，说了一句：“写得有点意思。”随后补充了一句：“里面说的孩子们干的事，我差不多都干过。”眉宇间竟然流露出少见的羞涩和自豪。我吃惊了：“一个女孩子？”回答是：“你以为怎么着？‘文革’最乱的时候，我们一个单元楼的人家，大人不是被关押审查了，就是忙着造反去了，十多个孩子都没有人看管。那会儿我下楼，根本不是走，而是骑在楼梯扶手上一路滑下来！拐弯绝对没有问题，技巧高明极了！”我只有目瞪口呆的份了！她意犹未尽，再次补充：“说到‘打群架’，有个问题书中没有说透：最常见的‘打群架’，是发生在大院孩子与胡同孩子之间。不同阶层之间的矛盾，在孩子身上都看得出来。”老天！紧急打住！再说，“阶级分析法”就要出来了！

《红底金字》的“京味”属性是明显可见的，但是，生活在其他省区的同龄人，也完全可以从书中寻找到自己的影子，也就有理由成为本书的“铁杆”读者。即以本人而言，直到1978年考取中国人民大学之前，我一直生活在山东省胶东半岛的一个农村，当时对北京和北京人是只有向往而没有了解的。但是，现在的我同样对《红底金字》的内容充满了强烈的认同感。追寻原因，大概有两个：其一，个人感情因素。我与作者刘仰东以及活跃于书中的黄新原、邢东田等人都是多年好友，看着他们由一部《红底金字》而“进入”历史载录，真是感慨良多。探寻他们孩提时代的点点滴滴，甚至想去发现当年他们“玩坏”的“劣迹”，也是我阅读的动力。其二，应该是更为重要的原因，我与书中多数主人公的年岁相当，我们有着大致相同的经历，心灵深处有着共同的时代烙印，这足以使我们跨越地域的分野而灵犀相通。书中所框定的年代，包含了一段历史上的荒唐时期。北京孩子们所身历目睹的苦难，包括心理创伤，生活在其他地区的孩子们也无法幸免。“斗校长”一节，说到月坛中学的女校长在被剃了“阴阳头”之后，唱着“语录歌”，从学校的楼顶上跳楼自杀。我读到此处，记忆立刻被牵回了“文革”初期。我当时是山东偏远农村四五年级的小学生。村头有一所中学，不懂世情的初中生们响应号召而“造反”了，将校长和教导主任双双批斗。教导主任不堪人格的羞辱，会后就在操场旁边的树上上吊自杀了。消息传开，我随着人群跑到那里，死者的惨状，深深地印在我的脑海中。多年之后，还有知情者以惋惜的口吻告诉我：“那位教导主任，教古文，讲得好极了！”北京的女校长、山东偏远农村中学的教导主任，不约而同走上了黄泉路。“文革”期间，全国有多少老师在自己学生的“革命”冲击之下而死于非命！暂且不说谁应该为此而负责任，《红底金字》把此类现象如实记录下来，就是在保留“信史”的一个侧面。它既是北京的，也是全国的。但愿我们这个民族不要患上健忘症；但愿我们还有揭开疮疤看从前的勇气！是否可以把《红底金字》视为孩子们的“文革”博物馆？让我们时常到此巡礼、反省！

《红底金字》固然可以视为一幅色彩斑斓的世俗风情画卷，但是，我在展读之际，感受最深的却是沉重！尽管作者尽量用轻松、调侃的笔调记事，而历史的沉重实在是无法用语言来掩饰的。孩子是什么？我们听到的优美赞语不知有多少：花朵、宝贝、豆蔻年华、英俊少年、二八佳人、祖国的希望、人类的明天……而我们通过《红底金字》所看到的孩子们，是面对着怎样的环境？品味着怎样的人生？展现着怎样的人性？鲁迅先生若在，是否还会发出那声呼喊："救救孩子！"

让我们看一下出现在古代文学作品中孩子的形象："煮茶童子闲胜我，犹得依时把磬敲。"（杜荀鹤《赠元上人》）"童子念经深竹里，猕猴拾虱夕阳中。"（贯休《山居诗》）"松下问童子，言师采药去。只在此山中，云深不知处。"（贾岛《寻隐者不遇》）"炉烟消尽寒灯晦，童子开门雪满松。"（李商隐《忆住一师》）"借问酒家何处有，牧童遥指杏花村。"（杜牧《清明》）"造物何如童子戏，写真聊发使君闲。"（苏轼《和人假山》）这些活跃在唐宋诗作名篇中的孩子们，与天真烂漫、田园牧歌乃至于闲散雅致融为一体。本来，这才是应该属于他们的生活。

在阅读《红底金字》之后，于有意无意之间，翻检唐诗，顿悟以下三首诗作之妙。白居易在年满五十岁时，有《寄山僧》之作，感叹："白首谁能住，青山自不归。百千万劫障，四十九年非。"孔子曾经有"五十而知天命"之说，白居易的通脱潇洒，可以算是真正"知天命"者。不过，还想说一句添堵的话：四十九年皆为非，五十之后又如何？至于那些从来不敢说自己有“非”的人们，实在应该细读《红底金字》。朱元《迎孙刺史》一诗借“童子”的“代际转换”之速，道出了时光无情：“今朝竹马诸童子，尽是当时竹马孙。”此句最切合现在的语境了——《红底金字》当中的孩子，现在已经是为人父母了，人生几何！《红底金字》让我们这一代人，阅读了自己的童年，引发的回忆已经是五味杂陈；那么，假设当着我们这一代人真的步入耄耋之年，其中又有人要提笔撰写传统型的回忆录之时，我们的青壮年生涯是在什么样的环境中度过？我们除了不得不应对环境而首先求得生存之外，又留下了什么值得后人敬重的一点东西？“他年白首当人问，将底言谈对后生？”唐代诗人齐己在《戒小师》一诗中的诘问，几乎是当头棒喝了。为了避免将来的尴尬，还是尽量做点事情吧——以前的那个时代，我们是孩子；而现在，我们不再是孩子了。为了让我们的儿孙不再承受本来不应该承受的迷茫、困惑与羞辱，我们确实有着一份责任。

作者以轻松之笔写就的书，怎么我越读越累了？是我把书读错了？还是从中读出了个真趣？于恍惚之间，恰恰听得流行歌曲自窗外传来：“我不知道！”

原载于《博览群书》2005 年第 10 期

《史记》学的第四次“结集”

由赵光勇、袁仲一、吕培成、徐卫民四位先生主编、数十位学者倾注多年心血完成的《史记研究集成·十二本纪》，经过西北大学出版社的艰苦努力，得以于2019年春季隆重推出。这套皇皇大作的出版，必定对推进“《史记》学”的发展、对拓展《史记》研究的空间，产生巨大影响，发挥重要作用。

有幸先睹为快，兹将初读的感悟，略述如下：

一、体例的“集成”与“创新”

“《史记》学”在我国的学术史上有独具特色的发展历程。其中的一个特点就是：每隔若干年，就会有汇总诸家研究成果的“集成”之作出现，从而将某个历史阶段的研究精华“凝练”和“结集”到一起，并且给后来的研究

《史记研究集成·十二本纪》书影

者提供便利，这是真正“嘉惠后学”的不朽之业。

“《史记》学”的第一次“结集”，以著名的“三家注”为其标志。

《史记》现存的早期注本，是南朝刘宋时期裴骃的《史记集解》，其次有唐朝司马贞的《史记索隐》和张守节的《史记正义》。三书原本单行于世，自北宋时被散列于《史记》各篇之下，合称为“《史记》三家注”。这套早期《史记》注释结集之作的“三家注”，致力于相关史事的考订和补正，对《史记》的宗旨、体例等问题，也有探讨，对《史记》的整理与传播，发挥了积极的作用。对之有系统研究和评价的今人著作——应三玉的《史记三家注研究》(凤凰出版社，2008年)值得关注。这是系统地研究《史记》三家注的专著。主要通过对《史记集解》《史记索隐》和《史记正义》的版本、注释以及相关情况的考释，旨在从整体上把握《史记》三家注的全貌。

“《史记》学”的第二次“结集”，出现在清代乾嘉年间。以梁玉绳的《史记志疑》影响最大(现有中华书局1981年版)。此书共36卷，是梁玉绳历时20年、五易其稿完成的心血结晶。它对于《史记》研究，不仅在文字上有探本溯源、匡谬正疵之功，而且在探讨史事真相、发掘史学价值方面均有建树。《史记志疑》，被认定为乾嘉史学的代表作之一，以考据学而著名的钱大昕推崇它可以与“三家注”并列为四家。此书所归纳的《史记》编写“通例”，得到了学林的高度认可；特别是以史料批判的精神而做“志疑”之说，梁玉绳综合运用多种资料对《史记》的相关记事做出分析，对习见之说提出自己的不同判断，其见识卓越，尤其令人敬重；梁玉绳对“三家注”等前人研究《史记》得失所做的讨论，在对比、鉴别的基础上，多有推陈出新的实效。所以，《史记志疑》虽然是梁玉绳的个人之作，但是从本书的内容而言，却无愧于“研究集成”的美誉。

“《史记》学”的第三次“结集”，出现在抗日战争期间，并且延续时间很长。日本学者泷川资言（1865—1946）编撰的《史记会注考证》一书，于1934年在东京出版，被日本学界视为奇宝。此书传入中国之后，反响评价不一。鲁实先教授于1940年出版了《史记会注考证驳议》，对该书做了严峻的批判。日本学者水泽利忠于1957年推出《史记会注考证校补》，针对鲁实先的指责，一一加以补正，纠正泷川资言的讹误，补出引用文献的出处，并增补了部分资料，使得《考证》的体例趋于完备（上海古籍出版社1986年出版的《史记会注考证附校补》，把泷川资言的《考证》、水泽利忠的《校补》汇于一编，很便于读者使用）。战后的中国学术界对《考证》的学术价值，有不同层面的肯定与判断。陈直先生曾经说：“泷川《考证》一书，其体例以日本官私所藏各旧写本，钩稽异同作校字。又用日人及我国注释《史记》者，汇合贯串作考证。在校字方面，将删佚之《正义》，全数补入，在考证方面，采摭众家，搜罗宏富，是其所长也。”（陈直：《史记新证·前言》）施之勉先生的《史记会注考证订补》，是订正日本泷川资言《史记会注考证》的一部力作。对泷川氏之书作了全面系统的补订匡正，在海内外学术界享有很高的声誉。

时光不居，学术日新。《史记》研究在最近几十年间经历了新的发展，带有时代特色的成果不断涌现，堪称蔚为大观。提出“结集”主要研究成果而承上启下、开拓来路的要求，成为顺乎学术发展的趋势和选择。就此而言，“《史记》学”的第四次“结集”之作，应该出现了——这就是《史记研究集成》应该具备的历史定位。也是我拜读《史记研究集成·十二本纪》部分内容之后的感悟。

如果统计《史记研究集成·十二本纪》所收录的研究著作总数，必定是一个庞大的数字，编纂者的意图是将古今中外研究成果的精华汇入一书。海量的汇总与收录，意味着编纂者付出了更多的搜集与涉猎，也是此书具备“研究集成”性质的坚实基础。广采学术精华，又以设计合理的框架统摄，使得此书具备了便利于读者的实用价值。

此书的编写体例安排，可谓匠心独运，在“继承”的基础之上，颇见“创新”。在每篇《本纪》正文之前，首列【题解】，收录古今学人的“点题”总论，可以使读者了解历代学者分析司马迁设置这篇本纪的用心之所在。罗列不避繁复，务在不遗要义。以《五帝本纪》为例，【题解】就收录了始于东汉应劭、止于今人陈蒲清共计26位学者的论断。其中吕思勉之说收录四段，顾颉刚之说收录三段。进入《史记》正文之后，每个“问题点”之所在，分别列出【汇校】、【汇注】、【汇评】三个部分，对疑难问题分门别类地加以处理，所列注释和评点，无一不是精选之文。特别是其中的【汇注】，诚如《凡例》所言，“所有部分，皆不惮其繁，一一罗列各家之言”，极为便利读者。在正文结束之后，又有《研究综述》和《引用文献及资料》两个部分，各有不可替代的学术价值。由以上所述几个部分构成的全书体例，周备精当，立足于为读者提供尽可能完备的学术信息，提供最有效的使用便利。

二、内容的“兼容”与“开拓”

内容的“兼容”，主要体现在对不同学术观点的兼采与包容。试举两例为证：

（一）《五帝本纪》中涉及的上古“圣王”的历史真实性问题，一直是研究中见仁见智的问题，聚讼纷纭，难有定说。对此，编纂者不强加裁断，而是在【汇注】和【汇评】中注意兼采各家的不同观点。既采用顾颉刚等“古史辨”人物的质疑性论断，也保留有针对性的驳论之说。“金景芳、吕绍刚：《尧典》所记尧舜禹的史迹基本上是可信的。说尧舜禹是神话人物，《尧典》是战国秦汉人精心编造的，古代中国的历史是层累地造成的，这一观点我们认为是错误的。《尧典》有重要的史料价值，研究中国古代史舍《尧典》不用，是极大的失误。”（第 494 页）司马迁在《五帝本纪》篇末的“赞”中“传疑”而不做明确论断的态度，古代学者也有精道的议论，编纂者也将之收录其中。“锺惺：《五帝本纪·赞》不作一了语，其一段传疑不敢自信之意，往往于运笔虚活承转处见之。字字是若存若亡光景，使人读未终而先得之，其引证原委又似历历有据，正其不敢自信处。盖多闻而后能阙疑，多见而后能阙殆也。‘好学深思，心知其意’是作史之本；‘择其言尤雅者’是作史之法。一部《史记》，要领尽此矣。”（第 492 页）真正善于独立思考的读者，阅此数语，就该顿悟研读《史记》，钻研古史必须有通达的学识和眼光，不可过于拘泥。

（二）《秦始皇本纪》中对秦始皇的评价，也同样保留了不同观点的论断。针对“焚书坑儒”之事，既保留了傅玄严词批评之说：“秦始皇之无道，岂不甚哉，视杀人如杀狗彘。狗彘，仁人用之犹有节，始皇之杀人，触情而已。其不以道如是，而李斯又深刑峻罚，随其指而妄杀人。秦不二世而灭，李斯无遗类。以不道遇人，人亦以不道报之。”也保留了李贽的独特之论：“始皇出世，李斯相之，天崩地坼，掀翻一个世界。是圣是魔，未可轻议。”（俱见第 203 页）编纂者又以“编者按”的形式，发表对此重大问题的看法：“以思想言论罪列于刑罚，著之法律，这应该说是始皇帝的一大发明……始皇帝将妄言、挟书、诽谤、偶语列入法律，且处以族、弃市等重刑，是极为突出的。”

内容的“开拓”，所在多有，主要体现在《研究综述》部分。为此，编纂者付出了极大心血。不仅仅高度概括了前贤时哲的研究精义，也启示了今后研究可能的发展方向。其中不乏精彩之说，确实可以给读者提供有益的借鉴。我们不妨以《吕太后本纪》的《研究综述》为例，来体悟编纂者“开拓”学术发展之路的追求。全文分为“概说”“本传的主题是什么”“司马迁为什么给吕太后立本纪”“如何评价诛灭诸吕？”“本篇的艺术手法”“研究新角度”“从《汉书》看《史记》”和“结论”等八个问题。或许其中出现的个别看法还有从容讨论的余地，但是这篇文章确实涵盖了吕太后研究的方方面面。作者提出的如下结论，我是很赞同的：“吕后去世后，围绕着权力中心所展开的斗争，是《吕太后本纪》描述的重心，诛杀诸吕是一场严酷的政治斗争，风云波谲曲折，其文字之张弛有道，人物个性描述之精彩，堪称千古奇文……此本纪成为绝妙好文，读之令人难忘。”（第 186 页）其学术研究的内涵，是值得重视和肯定的。

作者在陕西韩城《史记研究集成·十二本纪》发布会发言

我之所以对《吕太后本纪》和这篇《研究综述》给予更多的关注，有一个特殊的原因：我今年刚刚出版了一部小书《西汉朝廷“大洗牌”——汉文帝入继大统前后的政治博弈》（中国人民大学出版社，2020年），许多史料来源于《吕太后本纪》，我对其中一些问题的思考，也和《研究综述》作者有相通之处，由此也就更能体悟其用力之勤和探求之深。

原载于《中华读书报》2020年11月4日，总第621期；《新华文摘》2021年第4期全文转载

《中华名门才俊》序言

源远流长的历史，是中华民族的骄傲。注重对传统文化的继承、借鉴、发展，是中华民族的历史得以绵延不绝的重要原因。如果说历史是一幅斑斓多彩的辉煌画卷，其自身内涵的深邃和丰厚，决定了对它的展示与欣赏可以有不同的层次、不同的角度。国史、方志、谱牒、家乘，乃至于回忆录和口述史，无疑都是历史的载体，都有其不可取代的价值。令人心驰神往的历史，不仅是一种“过去”的客观存在、史官的秉笔记载，更是恒存于人们心中对祖先的敬意和解读。敬重祖先，本来就是尊重历史的表现之一。“数典忘祖”之所以受到批判，就是因为它意味着背叛传统。

《中华名门才俊》丛书的出版，为当今的读者开启了一扇窗口，透过它，可以欣赏我国悠久历史文化的一个侧面，领略历代名门才俊的旷世风采。从书的性质而言，它应该属于传统的“谱牒—姓氏之学”的范畴，但编著者谋求突破与创新的意图，是每位细心的读者可以感受到的。借用宋代大名士辛弃疾《水调歌头·赋松菊堂》的词句“却怪青山能巧，政尔横看成岭，转面已成峰。诗句得活法，日月有新工”来表述本人先睹为快之后的感觉，是恰如其分的。

丛书之名的两个关键词——“名门”与“才俊”，其实是值得品味的。

“名门”，与之相近的概念当为“名族”“高门”，通常是指一个家族之内迭出名士、名臣而形成了稳定的社会荣誉和社会地位。名门得到舆论确认的必要前提是“德业相继”“累叶载德”（《后汉书·杨震传》），其子孙据此可以得到社会尊重，甚至得到政治优遇，这无疑是在分享先祖的余荫。与“门第”相关联的特殊性，在某种程度上是可以为社会大众所承认的，因为这是对“积善之家，必有余庆”的一种历史注脚。如果名门子弟自恃门第高贵而骄纵，势必走向家门败落。“门阀政治”在魏晋南北朝时期的盛极而衰，就是有力的历史明证。拥有崇高社会地位的家族或个人，在安享其权利的同时，其实最不应该忘记的是：必须承担相应的责任——一种超出于常人之上的荷载，其中也包括要多承担来自世人的关注与评判。稍一不慎，就有辱没祖先、累及子孙之患。唐代出身于名门的智者柳玭，就深知其中的奥妙，故以家训告诫子孙曰：“夫门地高者，一事坠先训，则异它人，虽生可以苟爵位，死不可见祖先地下。门高则自骄，族盛则人窥嫉。实艺懿行，人未必信；纤瑕微累，十手争指矣。”“夫名门右族，莫不由祖考忠孝勤俭以成立之，莫不由子孙顽率奢傲以覆坠之。成立之难如升天，覆坠之易如燎毛。”（《新唐书·柳公绰传附柳玭传》）此语何等睿智、何等明快！然而，历代名门之中均不乏不肖子弟，将好端端的一个家业付诸东流。因此，“名门”是一个有深刻内涵的历史概念，更是一个具有警示价值的文化符号。

“才俊”，是一个令人容易产生敬意的身份性称谓，特指拥有才气的杰出之士。也许是出于对人才的喜爱，古人从智能高低的角度做了细致化的判分，由此评判其“等第”的不同。如《淮南子·泰族训》就对英、俊、豪、杰做了“量化”的定义：“故智过万人者谓之英，千人者谓之俊，百人者谓之豪，十人者谓之杰。”其中关于“俊”的内涵被规定为：“德足以教化，行足以隐义，仁足以得众，明足以照下者，人之俊也。”德才足以服众、且有榜样示范作用，应该是“人俊”的基本特征。仔细琢磨古人对“才俊”的论述，大概可以区分为狭义、广义两个层次。狭义的“才俊”是指文学修养方面的才气和灵性，如称道曹植“子建思捷而才俊”（《文心雕龙·物色》）。广义的“才俊”是指出类拔萃的精英人物，“江东子弟多才俊，卷土重来未可知”（杜牧《题乌江亭》）中的“才俊”，是可以泛指英雄人物的。

与“才俊”最为接近的概念当为“名士”。事功型的名士，一定是以天下为己任的济世之才。西汉的御史大夫桑弘羊论“天下名士”的风范：“智足以强国，勇足以威敌，一怒而诸侯惧，安居而天下息。万乘之主，莫不屈体卑辞，重币请交，此所谓天下名士也。”（《盐铁论·褒贤》）显然是把显赫的事功作为首选的标准。那是怎样的一番气度？请看宋代词人廖行之的神来之笔：“平生壮志，凛凛长剑倚天门。郁积胸中谋虑，慷慨尊前谈笑，袖手看风云。唾手功名事，诗句自朝昏。”（《水调歌头·寿武公望》）文化型的名士，大多恃才傲物而又怀才不遇，于是对社会、对当政者往往持不合作乃至于批判的态度，于是有了他们标志性的处世风格——风流倜傥而不拘小节、落拓不羁而敢于蔑视权贵。他们张扬的个性也许不为社会多数所认可，但是他们不惜以生命相搏的人格尊严，却是何等的宝贵！如果没有这样的“名士”存在，古代社会的“奴气”又会是何等的可怕！当然，在两类名士之间，原本没有一条鸿沟，如魏晋时期的大名士阮籍，“本有济世志，属魏晋之际，天下多故，名士少有全者，籍由是不与世事，遂酣饮为常。”（《晋书·阮籍传》）社会上层的黑暗势力确实可以迫使名士改变初衷，走上消极的人生之路。但是，他们实在无法人云亦云、浑浑噩噩，于是他们的心灵只好继续承受着拷问——这就是“名士”无法摆脱的使命感。对于天下名士的这种执着，也许当政者并不真心欣赏，但是，对于国家和社会的根本利益而言，两种类型的名士才俊同样是不可或缺的。西晋时期的政论家刘颂，早就把这个道理讲得很透彻。刘颂“世为名族”，并且在同郡名士之中号为冠首。他指出了造成社会弊端的两个根本性问题，“阎闾少名士，官司无高能”。并且力图揭示两者之间的关联：“清议不肃，人不立德，行在取容，故无名士。下不专局，又无考课，吏不竭节，故无高能。无高能，则有疾世事；少名士，则后进无准。”（《晋书·刘颂传》）缺少名士，后来者就没有学习的楷模，官风的恶化也就在所难免。名士的作用就是如此重要！一个压抑名士、摧折名士的时代，不可能构建和谐有序的社会秩序，也不可能造就奋发有为的时代精神。

言谈及此，以下的想法就可以展开了：

其一，与昔日注重讨论“精英文化”的取向不同，在关注“大众文化”“基层文化”成为风尚的今天，出版以“名门才俊”为选题的丛书，是否有必要？结论应该是肯定的。“名门才俊”在历史上的盛衰演变姑且不论，由于他们占有了优越的政治背景、文化素养，进而可以施展其才干和影响力，因此他们在历史上留下的印痕就非常突出，从尊重历史的本来面目出发，给“名门才俊”以特殊的关照，自然有其必要。更何况，本丛书对“名门”只是借用了姓氏的历史资源而已，所叙述的对象本不以上层贵族为限。综合观察，丛书更接近以姓氏为经的人物集传。

其二，本丛书对“名门才俊”标准的把握是相当宽松和灵活的。古人对“攀附名门”往往有所讥责，目的在于保持高门血缘的纯洁和高贵。而丛书的作者，却给出了极大的空间。如，在《刘氏名门》之中，不仅为刘汉王朝的帝王留出了足够篇幅，还述及十六国时期的匈奴刘氏、五代十国时期的沙陀刘氏；在《萧氏名门》之中，不仅写到了西汉名相儒宗、南朝的帝室贵胄，也为辽朝的皇后世家、将相名门立传。从不同民族之间姓氏的交融，完全可以折射出中国作为统一多民族国家的历史进程。

其三，本丛书的体例安排，不仅打破了古今界限、民族分野，甚至还跨越了国家樊篱。如，《李氏名门》中，新加坡实业家李光前家族、总理李光耀家族都赫然在目。这固然可以从华夏文化对海外的传播寻得历史的依据，更重要的是体现了作者“尚通”的学术追求。

一部成于众手的丛书，读者对其质量的评判见仁见智本在情理之中。但愿以上絮叨之语，可以为多数读者所接受。

斗胆置喙，有“逾制”之实、“汗出如浆”之感，惶恐致谢。

原载于《中华名门才俊》丛书，车吉心主编，泰山出版社，2005—2007 年

《学苑春秋》序言

在“国学热”方兴未艾的形势下，任士英教授主编的《学苑春秋——20世纪国学大师档案》一书，应时出版，值得庆贺。

士英教授命我作序，我本该谢绝——人贵有自知之明，不具备写序的资格而厚颜为之，难免贻笑大方。但是，在与士英教授几番交谈之后，我还是斗胆应承了下来。这里有两个原因：其一，我尊敬士英教授和他的学术责任感。士英教授与我是相交多年的朋友，我敬重他对学术的敏感和执着。他慨然谈及《学苑春秋——20世纪国学大师档案》的编写宗旨“向大众普及国学大师的有关知识，传承大师的精神和思想，弘扬大师的道德和文章，唤起社会尤其是青少年对文化的温情与敬意”。这是一个有意义的工作，对愿意用心做这一工作的学者，我们应该表示感谢。其二，本书的内容与我的工作密切相关。中国人民大学国学院成立之后，我被任命为常务副院长，在学校领导和冯其庸院长的信任与支持之下，主持国学院的日常工作。转眼就是一年的光景，其中的酸甜苦辣，诚不足以为外人道。我相信，对“国学”的体悟，是因人而异的。对我而言，它意味着深奥精妙的知识体系，背景各异的学术论争，不容推卸的社会责任。即以后者而言，我在中国教育电视台所做的一个现场节目中，曾经有人提问：“你对国学院学生毕业之后找工作的前景如何判断?”应该说这是一个有挑战性和预测性的问题。我当时有大意如下的答复：“这主要取决于两个方面：首先是社会上对国学重要性的认知程度，其次是我们的教育质量。如果大多数人认定国学是当今中国人非常重要的人文素养，如果人大国学院的学生被认定为这个学科领域最好的学生，那么我们完全可以相信，他们的择业前景将是一片光明。”作为建立自信的两个前提之一，国学的社会认知程度如何得以提升？显然，需要有人孜孜不倦而又扎扎实实地做好国学知识的普及和宣传工作。

同样的话题还出现在“百度国学频道开启仪式”之上。我以嘉宾身份参加了这一仪式。主持人发问“可不可以把国学办成一个类似于汉堡包似的东西”，我接过了话题：“我理解我们的主持人是在调侃，其实他要表达的是国学知识普及化的诉求，希望国学能够走出学术的象牙塔，而为社会大众所喜闻乐见。我个人认为，现在推广国学应该是有不同层次的，精深的专业研究当然不可或缺，同样我们也有责任让更多的人了解国学。”

我之所以较为强调面向社会宣传国学的重要性，是因为我们必须承认一个基本事实：在经历了半个世纪的冷落之后，国学作为一门讲究整体性的学术体系，在国人的视野中已经被淡忘了，甚至受到部分人士的排拒。在这一背景之下，如果真正有志于振兴国学，就必须从使国人重新接触国学、接纳国学开始。在这个意义上说来，普及是精深研究的基础和前提。

以中国人民大学国学院的成立为契机，在教育界、文化界形成了讨论国学的热潮，引起了社会舆论的高度关注。有媒体因此而将 2005 年称之为“国学年”。进入 2006 年之后，关注国学的热情有增无减。《光明日报》开辟了《国学》专栏，作为一种意蕴深刻的文化信息，受到海内外的广泛关注，本在情理之中；若干与国学研究相关的论著出版之后销量大增；已经有多所大学准备兴办国学专业；多位原被称为“文学家”“历史学家”“哲学家”“书画家”的著名学者，被改称为“国学家”乃至于“国学大师”；由中国人民大学和复旦大学联合举办的“国学与和谐社会”学术讨论会，在上海浦东举行，其关注国学与现实问题的价值取向引人注目；在中国人民大学国学院主办的“国学的历史、现状与未来”的学术讨论会上，来自不同学府的多位教授，在发言中呼吁有关领导部门尽快批准设立国学专业，以适应国学教育发展的需要；“北大乾元国学教室”的高额收费以及报名者依然踊跃的现象，一度引发纷纭议论；新浪网“乾元国学博客圈”的推出，给国学讨论提供了一个开放的网络平台。上述文化现象足以证明，国学继续是社会舆论关注的焦点问题，是不争的事实。

与《学苑春秋——20 世纪国学大师档案》一书关联最为密切的文化事项，大概应该首推由国学网、中国人民大学国学院、百度网联合主办的“我心目中的国学大师”网上评选活动。它吸引了包括台湾、香港及海外华人学者在内的广大网友参与讨论，共收到来自海峡两岸以及海外华人的 120 多万张选票。我注意到，在网上的讨论中出现了几个较为集中的问题：什么是国学？国学是否就是儒学？国学大师的标准是什么？某些人物（如鲁迅）被称为国学大师是否合适？这些问题的学术底蕴都是很丰厚的。在一个崇尚理性思考、尊重多元文化的社会中，我们应该欢迎在这些问题上的见仁见智。我无意去求证《学苑春秋——20 世纪国学大师档案》的编写与此次网上评选活动是否有内在的联系，但我相信，编写者对以上讨论意见，应该是有所思考、有所借鉴的。一为网络世界的开放式讨论，一为传统出版物，两者相得益彰，是否可以称之为 2006 年国学知识普及教育的两件盛事？

今天，对抱憾于传统学术的中衰和有志于追慕前贤的人而言，了解 20 世纪的国学大师的治学特点、人格魅力、传记资料乃至于轶闻趣事，都是富有意义的。我认为，可以与读者一道用“开卷有益”来表达对《学苑春秋——20世纪国学大师档案》的期望。它对读者的启迪应该是多方面、多层次的，其中也可以包括对本书的内容所引发的思考。如，鲁迅先生是否应该入选“国学大师”，就是一个有争议的话题。如果从其学术旨趣而言，鲁迅先生对中国传统文化抨击之激烈，是学者所熟知的，从这一角度说来，假如鲁迅先生地下有知，得知他被列为“国学大师”，也许他会“吹胡子瞪眼”；如果从其研究对象与研究水准而言，仅凭《中国小说史略》《汉文学史纲要》两部名著，鲁迅先生被尊为国学大师也有足够的理由。由此一例可见，提出一个明晰而无争议的“国学大师”标准，似乎并非易事。

借着关于鲁迅先生的话题，我愿再赘数语。当年的鲁迅先生，曾经对部分以传承传统文化自命的学人出语讥讽，但对王国维先生却另有一番评价：“中国有一部《流沙坠简》……要谈国学，那才可以算一种研究国学的书。开首有一篇长序，是王国维先生作的，要谈国学，他才可以算一个研究国学的人物。”（《鲁迅全集》第一卷，人民文学出版社，1981 年，第 400 页）这里面最应该引起我们注意的，不是鲁迅先生对王国维先生个人的评价，而是他的学术眼光——重视运用新出简牍资料来重新认识传统文化的人，才是真正的国学栋梁。如果我们认可鲁迅的思路，就应该得出一个观点：那些仅仅把整理传世文献视为国学之业的人，视野与胸襟均难免偏狭之讥。生活在21世纪的我们，对国学的态度，应该是充满着理性。国学应该是我们的研究对象，而非崇拜对象。国学当然是中国人自立于世界民族之林的根本基因，更是中国学人应该具备的素养，但只有把它置于文化多元的格局之下才有意义，如果有人意图把国学与当代文明割裂开来、对立起来，则是愚蠢的举动。研究国学的具体方法，则应该是与时俱进的。只有站在学术前沿的研究，才是有价值的。

我们这一代人，对于国学存在着"先天不足，后天失调"的重大缺陷，这是以否定传统为荣，甚至宣称要与传统"决裂"的时代所造成的悲哀。但愿年轻的一代，可以在宽松、宽容的气氛中，自由地学习国学，从中汲取为人处世的精神财富。

借鉴前辈学术大师的治学经验，可以使后人在学习和探索的过程中有所遵循，减少失误。仅从这一意义上说来，《学苑春秋——20世纪国学大师档案》也是应该向广大读者真诚推荐的。当然，本书的价值，应该由潜心读过的人加以评说。

原载于任士英主编《学苑春秋——20世纪国学大师档案》，河南人民出版社，2006年

《王子今学术经典文集》序言

王子今教授的最新学术文集《王子今学术经典文集》即将出版，这是值得庆贺的事情。承蒙子今教授抬爱，嘱我写一篇《序言》。在感谢信任之余，我理所当然地表示“稍有自知之明，我就不敢承担《序言》的撰写”。因为，在我的“常识”中，有资格撰写《序言》的先生，其年资阅历、学术能力与影响，要比论著的作者高一些（至少是“高一点”），才符合常情常规。而王子今教授年长我五岁、学术造诣和影响更是远在我之上。所以，我来执笔写《序言》，按照惯例，是不合适的。子今教授却依然督促，并且说明他的想法，他最近出版的著作，分别请彭卫、宋杰两位先生作序，也有记录同龄好友学术缘分的想法在内。得到如此解说，我倒是很愿意为子今教授的这本文集来写个序言了。避开“冀附骥尾”之类的表达，我倒是意识到了由我来撰写这个序言，或许也有一个“优势”：我与王

《王子今学术经典文集》书影

子今教授很熟悉，对于他的治学之路，我也有自己的思考。于是，我就抛开顾虑，信笔写出下面的文字。不管是否得当，权且充作一篇序言。

一、我与子今教授是多年的至交，深知他的学术成就由“天赋”与“勤奋”两个因素共同构成。

王子今教授学术视野开阔、成果丰硕，在当今历史学界已经是共识。通常说来，某位学者的“学术经典文集”，应该是毕生（或者至少也是“大半生”）学术精华的精心拣选与汇编，而子今教授的这部文集，所收录的文章，最初发表时间最早的是 1995 年，最晚的则在 2012 年，时间跨度仅有 17 年。而且，其中相当部分的论文，是最近五六年间发表的作品。如果我们再考虑到，从 2004 年至今，他的学术文集已经出版者多达 8 部、即将出版者还有 3 部（请参看本书的《后记》），在为这部“学术经典文集”选择论文时，他还有意识地避免出现“重复”选编——这足以从一个侧面印证子今教授学术成果之丰硕。在选编“学术经典文集”时，他可以如此从容淡定。这份潇洒首先来自他的学术自信，他可备选录的论文实在是“所在多有”啊！我的脑海中突然出现了“长袖善舞”“多金善贾”两个成语。

能够与子今教授成为无话不谈的好朋友，是我引以为幸的事情。我们是同行、同事、酒友，而且我现在的若干位好朋友，当初都是由子今教授的居间介绍而结识的。能够有如此缘分的朋友，真的不多。

子今教授体魄雄健，天资聪慧，好友之间大多以“天禀异常”来做描述和感叹；我除了赞同此说之外，感叹更多的是：子今教授能够拥有如此学术成就，还有勤奋努力的原因在内。我们时常在一起开会和喝酒，往往有这种情况发生：在晚间十时酒宴结束之后，一班朋友只能是“安然入睡”了，而子今教授却又开机写作了；子今教授有不吃早饭的习惯，当我们一批常人去吃早饭的时候，子今教授又在电脑上文思泉涌了。我仅举一个例子：今年4月底，我和子今教授共同参加了某单位组织的俄罗斯考察活动，为了尽量压低考察成本，我们两个人同居一室。子今教授的勤奋，给我留下了难忘的印象。我摘录4月30日的一篇日记，可以佐证我的感受：“晨间6∶30，自然醒来。子今兄比我还醒得早。他怕影响我休息，一直待在床上。看到我醒来，互相一打招呼，稍事寒暄，他就开机写东西了。我也打开电脑，开始记录这段生活。在进入工作状态之前，我还给子今老兄拍了一张照片。他半裸状态下的工作照片，或许我是唯一的拍摄者。他的才华与勤奋，都让我感佩！”俄罗斯的早上六点半，多数人还在酣睡之中，子今教授却已经在勤奋工作了。如果子今教授同意，我很愿意把这张难得的“子今教授凌晨半裸工作照”贡献出来，作为这本文集的插图。我坚信：天才，就是这样炼成的！

二、子今教授所接受的考古学系统训练，对于他在中国古代史研究领域取得成功有明显的推进作用。子今教授读大学时在西北大学考古专业接受了四年的系统训练，毕业后致力于中国古代史的研究。以考古学为基础，使子今教授在中国古代史研究领域具备了得天独厚的优势。他的若干研究成果，都带有考古学的视野、考古学的方法、对考古资料的诠释与运用。这部文集，也不例外。大约半数的内容，是综合利用地下出土资料与传世文献资料对相关问题加以深入研究的成功案例。其中对三杨庄遗址和曹操"高陵"的相关讨论，还有跟踪最新考古发现、关注学术新热点的色彩。

三、子今教授的史学论文，在搜求史料方面，有"竭泽而渔"的特色。我愿意举出《"郑国渠"命名的意义》一文为例加以说明。在"郑国开渠利秦"一节中，他不仅引用了《史记·河渠书》的原文，还三引《史记索隐》、一引《史记集解》，并且引用了宋代和明代学者个人文集中的内容。武汉水利电力学院、水利水电科学研究院1979年编写的《中国水利史稿》也在他引用的范围之内！广征博引，是当今史学界很认可的著述方法，然而，在对这个问题的研究中，假若由其他人操刀捉笔，大概很难广征博引到如此程度！此外，在观点考辨中，他又引用了翦伯赞、林剑鸣等当代学者的观点，还有他自己的按语。

四、子今教授的研究，往往对常见的史料（甚至是其他人容易忽略的史料）独具慧眼，他加以梳理与解读，形成了全新的结论。这里体现的是他读书精到、眼光敏锐的高明之处。在本文集中，以《神秘的“四十六日”:〈史记〉时间寓言试解读》《“斩蛇剑”象征与刘邦建国史的个性》两篇最有代表性。有心的读者，只要用心研读，应该得出与我一致的结论。

五、子今教授的“宽厚”学风，我也十分佩服。本文集的最后一篇——《崔家的“豆瓣酱”——说译之不易》，堪称是这种宽厚学风的代表作。这篇文章对几部较有影响的学术译著出现的译文失误给予纠正，涉及的都是“中国古文献的回译问题”。众所周知，写作商榷性、批评性的文章，话语尺度的掌握，很有难度。就效果而言，“用语”技术性的处理，几乎与批评者的“动机”同样重要。一旦处理不当，就容易形成批评者与被批评者之间的“意气之争”，造成有违学术批评初衷的负面影响。子今教授的高明之处，不仅通篇的语气特别平和，对原译者的尊重之意贯穿始终；而且，他在文章的结尾部分，信手拈来“吴玉贵译《唐代的外来文明》时的一段趣话”，顺理成章地得出了这样的结论:“可以看到，吴译与原文差距并不很大，原诗的韵味大体得以保留。可是，如此高水平的译家毕竟不多见。所以我们还是希望能够直接体味古人的原作。吴玉贵在无奈情况下被迫试译的接近成功，以及读者来信指示原作的热诚，可以传为译史上的一段佳话。这一故事也告诉我们，在面临回译的情形时完成圆满的译作，

作者与王子今教授等在莫斯科红场合影

是何等的困难，又是何等的有意义。……上述意见，只不过想提醒学界朋友注意，凡涉及中国古文献的地方，务请查核原文，理解原文，以避免内容的缺失和文意的扭曲。”我想，被子今教授指出了失误的原译者和众多的读者，都可以体悟出他作为批评者的善意与厚道。

上述五点，是我对子今教授治学特点的一种解读。但愿这样的解读，可以得到读者的共鸣，或者至少可以引发读者的关注和思考。

不避“冀附骥尾”之嫌而写下了上面的文字，客观上还是有这样的效果——我居然给子今教授的大作写序了，心中除去忐忑，隐然也有点自得和窃喜。这种感觉，就如同我们结伴横穿塔克拉玛干沙漠之后，吃饭时我居然比子今教授吃得还多！当时，我也很是得意，口占打油诗，其中有“子今饭量仅次我”的自傲话语。我可以为此而自得，高人雅士也可以付之一笑，都无伤大雅。能够与子今教授时常把酒论交，是我的快乐。至于序言的内容是否得当？此时的我，已经放下了。

原载于《王子今学术经典文集》，山西人民出版社，2014年

“报答春光知有处，应须美酒送生涯”

——《酒史与酒文化研究》第一辑（代序）

“酒史与酒文化”，在我国，有着悠久的传统、丰富的内涵。

从历史学的视角，运用多学科相结合的方法，倡导运用历史学、考古学、古代文学、文化人类学、宗教学、养生学等相关学科的知识体系与研究方法，全面认识和深入诠释“酒史与酒文化”在中国传统文化中的特殊地位，有大量的工作可作，而且可以开拓一个全新研究领域。

一、酒文化在华夏文明体系中占据重要地位

河南舞阳“贾湖遗址”距今八千多年地层所出土的盛酒实物，证明了我国的酒史与“华夏文明”的形成史同样久远。它远比上古传说中“仪狄作酒”“杜康造酒”的年代更为久远。

在早期文明形态之下，酒曾经是沟通人神两界的桥梁与法器。

商周时期的青铜礼器之中，酒器占据了相当大的比重。这从一个侧面，佐证了酒文化在礼制体系中的特殊地位。

宋代人朱肱在其《酒经》中所论酒的重要作用：“大哉，酒之于世也！礼天地、事鬼神、射乡之饮、鹿鸣之歌，宾主百拜、左右秩秩，上自搢绅，下逮闾里，诗人墨客，渔夫樵妇，无一可以缺此。”[①] 所论固然涉及酒与社会各界的关系，但是，前列数项，均可视为“礼制文化”的范畴之内。

在先秦礼制社会中，贵族成员的饮酒，有严格的制度规定。如：“君若赐之爵，则越席再拜稽首受……君子之饮酒也，受一爵而色洒如也；二爵而言言斯，礼已；三爵而油油。”[②] 这里强调的是，连饮三爵的全过程，都是庄严肃穆的。

《清华大学藏战国竹简（壹）》中的《耆夜》一篇，有周武王致毕公的诗：“乐乐旨酒，宴以二公。纴仁兄弟，庶民和同。方臧方武，穆穆克邦。嘉爵速饮，后爵乃从。”[③] 使得我们可以了解西周初年高级贵族饮酒的礼仪文化。

① 朱肱：《酒经》卷上，中华书局，2011 年。

② 《礼记·玉藻》，《十三经注疏》，中华书局，1980 年。

③ 清华大学出土文献研究与保护中心编：《清华大学藏战国竹简（壹）》，中西书局，2010 年，第 150 页。

因此，饮酒之时，一定要谦让守礼，就成为对贵族——君子的基本要求。这就是《诗经》中所说的“兕觥其觩，旨酒思柔。彼交匪敖，万福来求”[①]。

当然，在实际的饮酒过程之中，饮酒过量，甚至于在酒酣之后举止失态，也是常见的真实场景。《诗经·宾之初筵》就如实记载了贵族饮宴时，宾主由酒宴初开时的彬彬有礼到酒酣耳热之后的大呼小叫。诗篇中充满了生活气息。

宾之初筵，温温其恭。
其未醉止，威仪反反。
曰既醉止，威仪幡幡。
舍其坐迁，屡舞仙仙。
其未醉止，威仪抑抑。
曰既醉止，威仪怭怭。
是曰既醉，不知其秩。
宾既醉止，载号载呶。
乱我笾豆，屡舞僛僛。
是曰既醉，不知其邮。
侧弁之俄，屡舞傞傞。
既醉而出，并受其福。

①《诗经·小雅·桑扈》，《十三经注疏》，中华书局，1980年。

醉而不出。是谓伐德。

饮酒孔嘉，维其令仪。

凡此饮酒，或醉或否。

既立之监，或佐之史。

彼醉不臧，不醉反耻。[①]

在《诗经》中，我们还可以看到其他描写醉酒的诗篇。如："既醉以酒，既饱以德。君子万年，介尔景福。"[②]"尔酒既清，尔殽既馨。公尸燕饮，福禄来成。……旨酒欣欣，燔炙芬芬。公尸燕饮，无有后艰。"[③]

"乡饮酒"之礼，是我国古代的"九礼"之一。[④]《礼记》中有《乡饮酒义》一篇，具体记载了"乡饮酒"之礼的礼仪与程式。"乡饮酒之义，主人拜迎宾于庠门之外，入，三揖而后至阶，三让而后升，所以致尊让也。"[⑤]在礼制传统中，"乡饮酒"强化的是长幼尊卑的等级秩序和等级观念："乡饮酒之礼者，所以明长幼之序也。"[⑥]"乡

①《诗经·小雅·宾之初筵》。

②《诗经·大雅·既醉》。

③《诗经·大雅·凫鹥》。

④"冠、昏、朝、聘、丧、祭、宾主、乡饮酒、军旅，此之谓九礼也。"见《大戴礼记·本命》。

⑤《礼记·乡饮酒义》。

⑥《礼记·射义》。

饮酒之礼废，则长幼之序失，而争斗之狱繁矣。”[①]“凡斗辨生于相侵陵也，相侵陵生于长幼无序，而教以敬让也；故有斗辨之狱，则饰乡饮酒之礼也。”[②]正是由于这个基本的礼仪规定，我们看到古代礼书中所见到的“投壶”之礼，施行于“旨酒嘉肴”纷呈的饮宴场所，但是，它的一言一行、一举一动，均有严格的礼仪规定。“投壶之礼，主人奉矢，司射奉中，使人执壶。主人请曰：‘某有枉矢哨壶，请以乐宾。’宾曰：‘子有旨酒嘉肴，某既赐矣。又重以乐，敢辞。’主人曰：‘枉矢哨壶，不足辞也。敢固以请。’”[③]

历代深明治道的政治家、思想家，对包括乡饮酒礼在内的“礼文化”的政治功能，洞悉无遗。东汉明帝永平二年三月，“上始帅群臣躬养三老、五更于辟雍。行大射之礼。郡、县、道行乡饮酒于学校，皆祀圣师周公、孔子”。李贤注引郑玄注《乡饮酒礼》曰：“今郡国十月行乡饮酒礼，党正每岁邦索鬼神而祭祀，则以礼属民而饮酒于序，以正齿位之礼。凡乡党饮酒，必于民聚之时，欲其见化知尚贤尊长也。”[④]上至高层贵族，下及乡民百姓，乡饮酒之

①《礼记·经解》。

② 王聘珍：《大戴礼记解诂》卷七《盛德》，中华书局，1983年。

③《礼记·投壶》。《大戴礼记·投壶》也有相同记载。

④ 司马彪：《续汉志》志第四《礼仪志上》刘昭注引郑玄注《乡饮酒礼》，中华书局，1965年。

礼，均可收到强化等级秩序、改善人事氛围的作用。饮酒之事，如仪如礼，确实有大学问、大文化。

仅就以上所述，说酒文化是礼制文化的重要组成部分，当无疑义。

二、酒文化在古代政治史上闪耀着独特的光彩

酒与酒文化在历史中发挥的作用，我们应该给予高度的关注和评价。“酒”字，在“前四史”中，出现1700多次。

饮酒与政治人物、政治事件密切相关的记载，不计其数。仅举几个著名典故为例说明：

汉高祖刘邦在起兵反秦之前，先有“斩蛇”的豪举。而他的斩蛇，就是以酒后胆壮为其背景的。“高祖被酒，夜径泽中，令一人行前。行前者还报曰：‘前有大蛇当径，愿还。’高祖醉，曰：‘壮士行，何畏！’乃前，拔剑击斩蛇。蛇分为两，径开。行数里，醉，因卧。”[①] 这是何等传神的历史传奇。

刘邦称帝之后，“群臣饮酒争功，醉或妄呼，拔剑击柱”，引起了刘邦的忧虑与不安。叔孙通自请臣弟子共起朝仪。在朝仪之中，就有关于在朝堂之上饮酒的礼仪规定，时称“法酒”“酒令法”。实行的结果是“竟朝置酒，

① 司马迁：《史记》卷八《高祖本纪》，中华书局，1982年。

无敢喧哗失礼者。于是高帝曰：'吾乃今日知为皇帝之贵也。'"[①] 这里反映的是喝酒的礼仪规定及其在政治中的运用。

刘邦晚年最得意之事，就是他在平定英布之叛后，返回故乡，与旧时乡亲纵酒高歌，并且留下了他唯一的诗篇《大风歌》："高祖还归，过沛，留。置酒沛宫，悉召故人父老子弟纵酒，发沛中儿得百二十人，教之歌。酒酣，高祖击筑，自为歌诗曰：'大风起兮云飞扬，威加海内兮归故乡，安得猛士兮守四方！'令儿皆和习之。高祖乃起舞，慷慨伤怀，泣数行下。谓沛父兄曰：'游子悲故乡。吾虽都关中，万岁后吾魂魄犹乐思沛。'"[②] 此时的刘邦，真情流露，既有开国皇帝的得意，也最具人性的光彩。

再联想到：刘邦一度占领项羽的都城彭城之后，"日置酒高会"的张狂；"鸿门宴"上巧借酒宴与项羽虚与委蛇；战事方殷，他拒绝接见"貌类大儒"的郦食其，得知郦生瞋目案剑叱使者，自称"高阳酒徒"，刘邦立即盛情迎客；开国之后与群臣欢饮而有"南宫论功"之举，我们可以说，刘邦的政治生涯始终与酒相关。

刘邦逝世、吕太后当政。她主持饮宴，令朱虚侯刘章为酒吏。刘章自请曰："臣，将种也，请得以军法行酒。"

① 司马迁：《史记》卷九十九《叔孙通传》。
② 司马迁：《史记》卷八《高祖本纪》。

吕太后批准了。“酒酣，章进饮歌舞。已而曰：‘请为太后言耕田歌。’”刘章所做的“耕田歌”，大出吕太后的意外：“深耕概种，立苗欲疏；非其种者，锄而去之。”他的借酒言志、以农事暗喻政治，吕太后当然明白，却只好以默然相待。席间，诸吕有一人醉，逃酒退席，刘章追赶，“拔剑斩之而还，报曰：‘有亡酒一人，臣谨行法斩之。’太后左右皆大惊。业已许其军法，无以罪也”。[①] 刘章的胆识与智慧，由此酒会而驰名于朝廷。也是“酒与政治”之一例。

汉初名相曹参，是治国高手。他的政治智慧、人生风采，与酒的关系极大。“参代何为汉相国，举事无所变更，一遵萧何约束。择郡国吏木诎于文辞，重厚长者，即召除为丞相史。吏之言文刻深，欲务声名者，辄斥去之。日夜饮醇酒。卿大夫已下吏及宾客见参不事事，来者皆欲有言。至者，参辄饮以醇酒。间之欲有所言，复饮之，醉而后去，终莫得开说，以为常。相舍后园近吏舍，吏舍日饮歌呼。从吏恶之，无如之何，乃请参游园中，闻吏醉歌呼，从吏幸相国召按之。乃反取酒张坐饮，亦歌呼与相应和。”[②] 曹参入为相国后的所作所为，是他信奉黄老之学的体现，与他治齐时的“贵清净”有一脉相承之处；但仔细想来，曹参的日饮醇酒，标榜无为，似乎也是一种自保之

① 司马迁：《史记》卷五十二《齐悼惠王世家》。
② 司马迁：《史记》卷五十四《曹相国世家》。

术。在汉高祖刘邦死后，惠帝受制于吕太后，不可能真正有所作为；而吕太后对功臣集团素来忌惮，恨不能悉数诛灭而后快。曹参恰恰在此时入朝为相，他本来就得到众多武将的拥戴，自然就成了功臣集团的领袖。吕太后自然也就会对他猜忌、防范。以谨慎为自保之术，萧何已经运用到了极致，曹参如果继续沿用，难免有东施效颦之嫌，况且也与曹参的武将本色不符。设身处地为曹参筹划，似乎也只有日饮醇酒不理政事，才是高明的自保之道。曹相国的风采睿智，全在饮酒之中。

西汉中期的名臣于定国，官至御史大夫，作为司法长官，他与西汉前期的张释之齐名，朝廷之上有“张释之为廷尉，天下无冤民；于定国为廷尉，民自以不冤”之说。他的为人特点是“为人谦恭，尤重经术士”。他执法审案的特色是“其决疑平，法务在哀鳏寡，罪疑从轻，加审慎之心”。他性喜饮酒，酒量奇大，而且酒后的工作效率最高，“定国食酒至数石不乱，冬月请治谳，饮酒益精明”。[①]堪称真正的好酒之人。

以上所举事例，仅仅是西汉的几个典型的片段。就中国古代史的范围而言，酒与政治关系至重的例子，当然应该首推北宋初期的“杯酒释兵权”了。

① 班固：《汉书》卷七十一《于定国传》，中华书局，1962年。

三、戒酒之约与禁酒之令的文化解读

这是讨论酒文化必须面对的一个重要议题。嗜酒、沉湎于酒、纵酒，就存在着走向生活腐败、误事败国的可能，甚至可能导致朝代鼎革、江山易主。历史上许多励精图治的政治家，胸有卓识的思想家，甚至是生活在基层社会却有所成就的普通人，都对饮酒可能误事误人的潜在危险，保持着足够的警惕，在不同的范围之内，发布戒酒之约与禁酒之令。对这一历史事实和文化内涵，研究酒文化的人，尤其应该认真对待、严肃诠释。

其实，戒酒之约与禁酒之令，首先来源于历史借鉴，带有鲜明的政治色彩，而不是个人的饮食习惯、保健意识。真实可信的官方禁酒令，首见于西周初期的《酒诰》，当无疑义。出于“尚古”“托古”的思维习惯，我们的先哲，把“戒酒”“禁酒”的意识，推到了传说中“酒神”造酒时代。《战国策》就有如下典故：“梁王魏婴觞诸侯于范台。酒酣，请鲁君举觞。鲁君兴，避席择言曰：‘昔者，帝女令仪狄作酒而美，进之禹，禹饮而甘之，遂疏仪狄，绝旨酒，曰：后世必有以酒亡其国者。’”[1] 按照这个记载，早在“仪狄作酒”刚刚获得成功时，大禹就预言了“后世必

① 刘向辑录：《战国策》卷二十三《魏策二》“梁王魏婴觞诸侯于范台”条，上海古籍出版社，1998 年。

有以酒亡其国者”。这当然是神话而非史实。

西周建国之后，全面总结商纣王亡国的教训，认定纣王沉湎于酒是导致亡国之祸的原因之一，因此，有《酒诰》专令的发布。大政治家周公，以诰令的形式，并且借用“文王教”的尊严，约束周人“不腆于酒”。特别是严格限制“群饮”，“群饮，汝勿佚。尽执拘以归于周，予其杀”[①]。对触犯禁令的“群饮”者，处以诛杀。处罚之严重，触目惊心。这是因为借鉴了商纣王纵酒亡国的历史教训。周公还在返政成王之时，告诫年轻的周天子：“呜呼，继自今嗣王，则其无淫于观、于逸、于游、于田，以万民惟正之供……无若殷王受之迷乱，酗于酒德哉！”[②]以商纣王为前车之鉴的重点还是不可纵酒乱德。

这些记载表明，酒文化早在西周前期，就与国家政令密切相关。而禁酒令从来源上说来，就是西周最高统治者的政治行为。

周公的禁酒令，尤其注重对“群饮”的制裁，这一防范之举，对后世的影响极为深远。汉代法律就有处罚“无故群饮酒”的规定。汉文帝在即位之初发布的赦令中，就有特许天下吏民饮宴五日的内容：“朕初即位，其赦天下，

① 孙星衍：《尚书今古文注疏》卷十六《周书·酒诰》，中华书局，1986年。

② 孙星衍：《尚书今古文注疏》卷廿一《周书·无逸》。

赐民爵一级，女子百户牛酒，酺五日。”文颖注引汉律："汉律，三人以上无故群饮酒，罚金四两，今诏横赐得令会聚饮食五日。”[①]

商纣王因为喜爱酒色而亡国，作为一种历史鉴戒，被不断传播和放大。如，汉代的皇宫之中，设宴之所的皇帝御座之旁，就有一幅屏风画，内容是“画纣醉踞妲己作长夜之乐”。班固的先人班伯参加宫禁之中的宴饮之会，在座的“侍中皆引满举白”，酒意甚浓。皇帝突然指着屏风画询问班伯：“纣为无道，至于是虖?”班伯回答：“《书》云‘乃用妇人之言’，何有踞肆于朝？所谓众恶归之，不如是之甚者也。”上曰：“苟不若此，此图何戒?”班伯对答：“《诗》《书》淫乱之戒，其原皆在于酒。”皇帝喟然叹曰：“吾久不见班生，今日复闻谠言!”[②]班伯把纵酒说成为淫乱的本源，批判可谓犀利。

纵观古人对饮酒之风的批判，主要在于“无节制”，也就是破坏了礼制要求。西汉后期的名臣谷永，借着议论永始元年九月丁巳发生的一次日食，就向朝廷发出饮酒无度的政治警告：“谷永以京房《易占》对曰：‘元年九月日蚀，酒亡节之所致也。独使京师知之，四国不见者，若曰，

① 班固：《汉书》卷四《文帝纪》。
② 班固：《汉书》卷一百《叙传》。

湛湎于酒，君臣不别，祸在内也。’”①

尽管发出警告的智者，历代多有，但是纵酒而失德失政的君主同样不绝于史。三国时代的孙权，不失为英主，但是贪酒害政之事，也是史家所引为鉴戒的。张昭正色批判孙权嗜酒之事，也就令人敬重不已了。“权于武昌，临钓台，饮酒大醉。权使人以水洒群臣，曰：‘今日酣饮，惟醉堕台中，乃当止耳。’昭正色不言，出外，车中坐。权遣人呼昭还，谓曰：‘为共作乐耳，公何为怒乎？’昭对曰：‘昔纣为糟丘酒池，长夜之饮，当时亦以为乐，不以为恶也。’权默然，有惭色，遂罢酒。”②

曹操则与孙权明显不同，他远承周公之意，制定了禁酒的政令。为此，名士风度的孔融多次上书驳论，史称“多致侮慢之辞”。孔融与曹操辩论的文书，也值得一观：“酒之为德久矣。古先哲王，类帝禋宗，和神定人，以济万国，非酒莫以也。故天垂酒星之耀，地列酒泉之郡，人著旨酒之德。尧不千钟，无以建太平。孔非百觚，无以堪上圣。樊哙解厄鸿门，非豕肩钟酒，无以奋其怒。赵之厮养，东迎其王，非引卮酒，无以激其气。高祖非醉斩白蛇，无以畅其灵。景帝非醉幸唐姬，无以开中兴。袁盎非醇醪

① 班固：《汉书》卷二十七下之下《五行志下之下》。
② 陈寿：《三国志》卷五十二《吴书·张昭传》，中华书局，1982年。

之力，无以脱其命。定国不酣饮一斛，无以决其法。故郦生以高阳酒徒，著功于汉；屈原不餔醩歠醨，取困于楚。由是观之，酒何负于政哉。”①

余论

从历史上来考察，酒与酒文化，在人的精神世界里，占据有特别重要的位置——在无数的历史时期，酒与社会各个阶层人们的喜怒哀乐密不可分。酒对名君、名臣、名士、隐士、名僧、名道、名媛的人格铸造、事业成败，都发挥过极大的作用。仅以文学名作直接反映人们的情态心志而言，“酒”字在《全唐诗》出现5485次、《全宋词》出现4892次；“醉”字在《全唐诗》出现3253次、《全宋词》出现4377次。其中有多少传诵千古的名言佳句！“李白斗酒诗百篇”，诗仙的豪气、才气，何尝不是与酒气相互依托、相得益彰？仅以李白的名篇《将进酒》而言，给后人留下了多少歌咏不尽的豪气与情思：“人生得意须尽欢，莫使金尊空对月。……将进酒，杯莫停。与君歌一曲，请君为我侧耳听。钟鼓馔玉不足贵，但愿长醉不复醒。古来圣贤皆寂寞，惟有饮者留其名。……五花马，千

① 范晔：《后汉书》卷七十《孔融传》注引《孔融集》。

金裘，呼儿将出换美酒，与尔同销万古愁。”① 杜甫的名句，“报答春光知有处，应须美酒送生涯”②，“白日放歌须纵酒，青春作伴好还乡”③，无不酒香扑鼻！聂夷中的《饮酒乐》：“日月似有事，一夜行一周。草木犹须老，人生得无愁？一饮解百结，再饮破百忧。白发欺贫贱，不入醉人头。我愿东海水，尽向杯中流。安得阮步兵，同入醉乡游！”④ 道出了雅趣和通脱！

再以我国的古典小说而言，哪一部少得了“酒文化”的支撑！关羽、张飞的勇冠三军，无酒不成其威；武松、李逵的豪侠果敢，无酒不成其勇；孙悟空、猪八戒形态各异，无酒不成其趣；史湘云醉卧芍药圃，无酒不成其雅。

所以，在某种意义上说来，研究酒史与酒文化，就是研究古老华夏文明史的一个重要侧面。因此，我们创立“酒史与酒文化研究中心”，就是决心在这一领域，为探讨相关的学术问题、社会问题，作出自己的贡献。

原载于孙家洲、马利清主编：《酒史与酒文化研究》第一辑，社会科学文献出版社，2012 年

① 李白：《将进酒》，《全唐诗》第十七卷，中华书局，1960 年。
② 杜甫：《江畔独步寻花七绝句》其三，《全唐诗》第二二七卷。
③ 杜甫：《闻官军收河南河北》，《全唐诗》第二二七卷。
④ 聂夷中：《饮酒乐》，《全唐诗》第二六卷。

《酒史与酒文化研究》第二辑前言

酒史与酒文化研究，有其独到的学术价值，更有其特殊的内涵和韵致。我们曾经编辑出版了《酒史与酒文化研究》（第一辑），由社会科学文献出版社于2012年推出，得到了不同专业的学者和各界读者的关注和肯定。不断有朋友向我们致信督促，希望看到本专题的研究论集继续出版。相隔六年之久，我们才编辑出版了这本第二辑，相对于朋友们的期望和嘱托而言，这是一份迟到了的“答卷”。为此要请督促我们早出新论的朋友们原谅。

本辑共收录了20篇研究论文。付梓在即，我们心中也有几分慰藉。本辑所收录的文章，有如下几个特点：

一、根据考古发掘所得实物和出土文献资料，展开对酒史与酒文化讨论的文章，就有7篇之多，李零、闫勇、仲雨、曾磊、刘莉、马利清、王子今等先生的文章，各有精彩。他们运用新材料，讨论新问题，在研究结论上多有突破。其中有的观点，或许会引发不同意见的争鸣，我们也很高兴——不同意见的讨论是由我们编辑出版的研究文集而引发的，对此我们乐观其成。

二、研究视野更加开阔，选题方向更加多元。讨论所涉及的问题，除了上述考古学、出土文献研究选题之外，孙家洲、赵瑞民、孟宪实、葛承雍、李华瑞、郭旭、段真子、何一凡等作者的论文，从“酒史”的特殊角度，对政治史、军事史、制度史、文化史、历史人物品鉴、历史文献学、佛教史等“传统”历史研究选题，独辟蹊径，重新解读。我们更是欣喜地看到有4篇“跨学科”的研究文章进入了本辑的研究论题之中——中国科学院自然科学史研究所前所长刘钝先生的文章，从几何学的原理出发来研究印文和秦汉酒骰，这无疑是一个开创性的研究成果；傅宁博士的文章，从三个方面解读了《红楼梦》中的酒文化，似乎是此前的“红学研究”未曾有人深入研究的全新视角，此文不仅把研究范围由“历史学”扩展到古典小说领域，而且带有女性文化研究的学科特色；徐凤文先生的文章，则从地方文化研究的角度，对天津酒文化作了富有新意的论证与概括；侯深博士的文章，则是从她“生态史学”的学科立场出发，对啤酒和青岛地域酒文化作了具有批判精神的诠释。

三、作者撰文，是分别独立完成的，但是，所关注的问题，也有若干的交集之处。例如：李零教授的文章，是在讨论北大藏秦简中的“酒令”；傅宁博士在讨论《红楼梦》酒文化的过程中，对“酒令”有大篇幅的关注和研读；段真子博士的文章，则是介绍了中国人民大学图书馆所收藏的一个不为外界所知的古代“酒令”文本。无意中形成了一组“酒令”的研究文章。从考古资料和出土文献研究的角度而入选的几篇文章，不约而同都关注“酒”与民俗问题的研究；孙家洲、赵瑞民、孟宪实三位教授的文章，对以“饮酒”而著名的人物精神风貌的解读，也有灵犀相通之处；侯深博士和徐凤文先生的两篇文章，也可以归类于“地方酒文化研究”的专题。这些无意中出现的“巧合”，似乎在启发我们：今后的酒史与酒文化研究，也可以有意识地针对某些专题做集中的布局组织。

四、本辑文章的作者，既有多位年逾花甲的著名学者，也有年富力强的中年学者，还有几位崭露头角的青年学者。其中的何一凡还是中国人民大学国学院的在读博士生。作为编者，我们衷心感谢每一位作者，尤其要感谢刘钝、李零、王子今、赵瑞民、葛承雍、李华瑞等年过花甲的著名学者，他们精心撰写的文章，使得本辑的“学术含金量”明显增加。我们祝福已经加入我们这个研究阵营的青年学者有更好的学术发展前景。

本辑的文章排序，大体按照论题所涉及的历史年代先后为序。

中国人民大学历史学院对我们的专题研究一直给予关注和支持，资助了本辑的出版。社会科学文献出版社文史分社的宋月华社长和责编李建廷先生，为了此书的出版付出了大量的心血。在此，我们一并表示衷心的感谢！

原载于孙家洲、马利清主编:《酒史与酒文化研究》第二辑，社会科学文献出版社，2019 年

《里耶秦简博物馆藏秦简》序言

由中国人民大学出土文献与中国古代文明研究协同创新中心与里耶秦简博物馆合作完成的《里耶秦简博物馆藏秦简》一书，付梓在即，略赘数语如下。

2002年6月湖南省龙山县里耶遗址一号井出土了一批珍贵的秦代简牍，数量多达3万余枚。这批简牍主要是秦朝洞庭郡迁陵县的公文档案，“内容丰富，涉及政治、军事、民族、经济、法律、文化、职官、行政设置、邮传、地理等诸多领域，极大地丰富了人们对中国历史上起承前启后作用的秦王朝有关制度的了解和认识，对秦史研究有不可估量的意义”，被誉为“近百年来秦代考古最重要的发现之一”是当之无愧的（参见《里耶发掘报告》）。次年初，《湖南龙山里耶战国—秦代古城一号井发掘简报》和《湘西里耶秦代简牍选释》两文，分别发表于《文物》和《中国历史文物》2003年第1期，及时向学界通报发掘情况，刊布发掘简牍的精华及释文。2007 年 1 月，岳麓书社出版了由湖南省文物考古研究所编著的《里耶发掘报告》。2012 年 1 月，湖南省文物考古研究所编著的《里耶秦简（壹）》由文物出版社出版，与之同时，陈伟教授主编的《里耶秦简牍校释》也由武汉大学出版社出版。两书“同步出版”，无疑创造了奇迹。

里耶秦简博物馆成立于 2010 年 10 月，藏有简牍 200 余枚，这些藏品是从湖南省文物考古研究所调拨而来的。2015 年 4 月，王子今教授与我同时受聘为里耶秦简博物馆的学术顾问，成为我们与里耶秦简博物馆合作的起点。我们在会议期间与彭成刚馆长就继续推进实质性学术合作的问题，进行认真而诚恳的沟通。两个单位之间的第一次合作，是 2015 年 6 月间，我和韩树峰、张忠炜、孙闻博等同事带领数位研究生到访里耶秦简博物馆。我们举行了“出土文献与中国古代文明研究协同创新中心中国人民大学中心里耶教学科研基地”的揭牌仪式，随即由我和彭成刚馆长共同主持了中心在博物馆的第一次学术活动“读里耶秦简”。在读简活动期间，我和彭馆长开始探讨合作整理与出版馆藏秦简的可能性。其后，我们又经过多次的协商，达成了合作协议，商定重新整理并出版馆藏秦简——亦即《里耶秦简博物馆藏秦简》一书。

以高新设备采集图像，汇聚群贤保证释文，精心研究以揭示价值，是本书的三个特征，也是本书的价值所在。

在李学勤教授和赵平安教授的支持下，我们借用了清华大学出土文献研究与保护中心的红外扫描仪及拍照设备，同时聘请贾连翔先生负责图像采集，并由忠炜及刘自稳、孙思贤、谢振华等师生协助。忠炜实际发挥着担纲者的角色，统筹全书，孙闻博博士也做了大量的工作。以图像采集为基础，并参照陈列释文，忠炜进行释文初校。为了保证释文的质量，我们先是聘请邬文玲研究员复核，后又请胡平生、李均明两位先生把关，并于3月下旬在敝校举行“审稿会”，邀请老中青三代学者共同审定书稿。参加审稿会议的校外知名学者有胡平生、李均明、刘绍刚、李守奎、张春龙、邬文玲、陈剑、郭永秉、陈侃理。审稿会上，看到与会的学者围绕着某个字的释读，反复斟酌推敲，务求稳妥可信，我内心充满了感动。有了这么多可敬可爱的学者认真地参与其中，是本书质量的保证。在此，请允许我代表中国人民大学出土文献与中国古代文明研究协同创新中心，对那些在馆藏秦简的拍摄、释读、复核、定稿等环节上给予我们以大力支持与帮助的各位学者表示由衷的敬意和谢忱！

刘绍刚先生既是简牍研究者，也是著名的书法家和篆刻家，有幸得到他的援手为本书题签，我们特别高兴，在此一并致谢！

我们还要向中西书局的各位朋友特别是秦志华先生表示由衷的感谢！2016年3月5日，我和王子今先生到兰

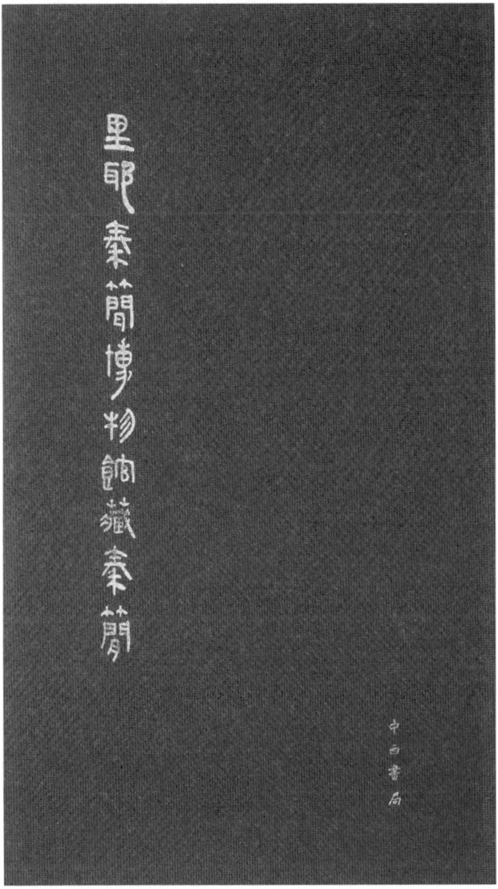

《里耶秦简博物馆藏秦简》书影

州参加《肩水金关汉简（五）》的定稿会期间，很仓促地与秦志华先生商谈是否有可能在6月间出版此书时，我们自己心中充满了忐忑——事先未列入出版计划、时间又是如此紧迫，我们如此提出要求，实在是太不近人情了。感谢秦志华先生以出版家的胸襟与魄力，以最快的速度决定承担本书的出版。此后在整个出版过程中，又为我们实实在在地解决了某些难题，保证了此书的正常出版。

我相信，有了这次整理和出版馆藏秦简的愉快合作，我们与里耶博物馆以及其他合作单位之间的交流会更加通畅，合作会有更大的发展空间。

只是本书成书匆忙，问题恐怕在所难免，热诚欢迎各界读者朋友给我们提出批评意见。

原载于《里耶秦简博物馆藏秦简》，中西书局，2016年

《史记》是一部奇书

《史记》成书之后，西汉朝廷一度把它审慎典藏，秘不示人。汉成帝时，东平王刘宇曾奏请朝廷颁给《太史公书》(即《史记》)，朝廷重臣反复讨论后，驳回了东平王的奏请。理由是：此书有战国纵横权谋，以及汉初的谋臣奇策等内容，不宜扩散给诸侯王。

一部史书的典藏与流传，竟成了朝廷议事的“要务”，岂非一大历史奇观?

两千年来，围绕着一部《史记》，上至帝王权贵，下及文人墨客，争得纷纷扬扬。尊之者奉为“二十四史之首”“史学双璧”之一；贬之者则罗织罪名，百般挑剔。更有意思的是：褒贬双方都承认，《史记》有巨大的感染力。它可以控制读者的情绪和情感，使你身不由己地喜、怒、哀、乐，甚至于拍案而起！这种亘古仅见的魅力，来自何方？但愿有兴趣打开这本书的读者，与我一道去追寻探索。

司马迁写人，虽涉身世和阅历，但尤为着力表现的却是每个历史人物的性格特征和丰富的内心世界，并且，揭示出性格往往与每个人的命运息息相关。这就使《史记》充满了灵气，绝无一般史书那种千人一面的枯燥感和雷同感，或许这正是两千年来《史记》备受人们喜爱的原因所在。

司马迁著史，绝不自甘于做一个客观记述的“述史者”，他以自己的人生阅历和炽热的感情，去解读历史，褒贬人物，去创立自己的“一家之言”。任何时代的史论史评，都容易触发现实政治的某些敏感神经，司马迁的《史记》有相当一部分属于“当代史”，发表评论总不能不有所顾忌，所以，对汉代历史或人物的评议，司马迁常用较为隐讳的方式，这就是后世学者总结出来的“寓论断于序事”的方法。读史者只要稍微留意，就不难体味出司马迁的感情。司马迁并不满足于这种曲折地宣泄情感的方式，只要稍离文网，他都不吝于将真情实感赤裸裸地表达出来，或慷慨激昂，或扼腕叹息，或冷嘲热讽，无不入木三分，感人肺腑。譬如，司马迁仰慕齐相晏婴的功业和人品，在其列传的赞语中，直抒胸臆：“假令晏子而在，余虽为之执鞭，所忻慕焉！”后世著史者，谁曾如此坦诚地表达自己的爱憎？正如李长之先生的评论：“他那更根本的一点内心的宝藏，那便是他那浓挚、奔溢、冲决：对一切在同情着的感情。”（《司马迁之人格与风格》，第325页）真情流露，并能广泛地引起人们的心灵震颤和共鸣，或许正是《史记》独具生命力的原因之一。

历史，实际上存在着若干不同的层次：有历史上真实发生过、后人已无法完全洞察的历史；有史学家载入典籍、却不知是否完全“真实”的历史；更有读者心灵所感知的历史。读者的阅历不同、秉性各异，往往对于取舍和判断各异。这其实是读史者和著史者之间的一种心灵交流和撞击。清代史学家赵翼，有《读史》（《瓯北集》卷二八）一诗：

一刹那间便一生，
何须恩怨苦分明。
老来自笑犹闲气，
动为前人抱不平。

说的就是他读史论人的冲动。读史若无所动、所感，必是感情麻木之人，或是看破红尘的超人。我年过不惑，自然与“老”尚有一段距离；前辈老宿高贤读史都情难自禁，我等论史略有“不平”之气，也就不难为自己开脱了。我读《史记》，就时常触发某些“灵感”，它往往可以超越原有的历史事件和人物之上，而形成一种对人生价值、处世方式的体悟。我认为，说历史对人生有垂鉴、启示作用，这种个人的感悟，应是主要内容。我相信，每位读史者心中，都会有两个"《史记》的世界"，至于本人呈现给读者的这本小书，是否能得到大家的认可，我不敢多作奢望，但由衷地希望读者能有如此一说：此书体现了作者的秉性和感情，对《史记》的精髓有自己的理解。

历史学曾被长期看作统治者的庙堂资治之学，甚至还被某些人视为玩弄政治权术的渊薮所在。在这种大背景之下，即便是呈现着"重视"历史的假象，也只能是对历史的践踏。政治权力硬把无私的历史贬为侍婢，还有何历史学繁荣可言？历史应当重返社会，归属人民。所以，本文的写作，在文字表述上，力求通俗易懂。实际上，司马迁写《史记》，本来就很注意文字的通俗化表达，他引用《尚书》等上古典籍时，都用当时人所能理解的文字做了"今译"；又大量引用谚语、俗语甚至于方言，来表述和评论历史。时至今日，向社会介绍《史记》，如果再迷恋于"高文典册"，岂不违背太史公的初衷？所以，本书所引《史记》原文，大多用现代语译出，其中通俗易懂或经典式的短句，则保留原貌；史料来源在各章之后一并注出。

希望读者朋友，能喜欢这本小册子，更期盼对书中的缺陷和错误，提出批评指正。

说明：这是我为自己的一部小书《性格与命运的对话——再品〈史记〉的人物、故实和思想》所写的《前言》，该书由中国人民大学出版社于1998年出版。饶有趣味的是，此文后来被收入上海市“高级中学课本 拓展型课程教材”的《语文综合学习》。其中的第五单元是《无韵离骚写春秋》。该单元共收录了三篇文章：《李将军传》，作者司马迁；《霍光传》，作者班固；《〈史记〉是一部奇书》，作者孙家洲。我曾有“自吹式”调侃：区区在下的一篇文章，得与两位伟大历史学家的文章并列，真是荣幸之极！

中国古史中的“权势”“权术”与“人性”

《史说心语》的书名，化出于《世说新语》，寓意“论说古史，将一己心得告知同好”。副标题表示的是入选文字的大致标准和范围。

“权势”“权术”与“人性”，是一组有意思的关键词。

“权势”，对于“大人物”而言，实实在在是“做事”的基础，它的可怕之处在于其巨大的“诱惑性”：已经“权势”在手的人，为了巩固它而不惜千方百计、不择手段；而那些觊觎“权势”的人，为了追逐它同样是不辞辛苦、孜孜以求。若干或威武雄壮，或诡异莫测的历史风云即围绕着它而展开。

“权术”，是与“权势”密切相关的“技术”与“手段”，也可以尊称为“政治智慧”。道家之祖老子论及“君人南面之术”津津乐道、入木三分；法家理论的集大成者韩非奢谈“君臣利异”“御下之术”而令人毛骨悚然。被誉为“千古明君”的汉文帝、唐太宗、康熙皇帝，其实都是善于运用“权术”的高手，所谓“运用之妙，存乎一心”，境界高出于常人之上。如果说“权术”是“控制术”，那么，它自然就会派生出“反控制术”。我个人认为，智诈、谋略被运用为“权术”之争，是完全正常的，假如道德、信用、荣誉也被“权术化”了，那就是非常可怕的事了。换一个轻松的话题：君臣、上下之间的斗智斗力，不仅构成了历史的重要内容，甚至可以被市井小民所“喜闻乐见”，并且随意加以演绎和嘲笑，“大人物”的生活背景被“小民”当作消磨时光的“谈资”，也算是一大奇观。从单口相声“君臣斗”到时下被贬为“戏说”的历史影视作品，把君臣之间的“权术”之争“娱乐化”，其实也从一个特殊的角度折射出历史进步的轨迹。如果历史还滞留在传统社会，按照“大不敬”之罪论处是没有问题的。

“人性”，是一个令人充满了敬畏、同时也充满了迷惑的概念。古代圣哲关于“性善”“性恶”“性无善恶”的若干论争，至今在学术圈内依然是见仁见智。在本书中我所关注的是：在“权势”“权术”的诱惑、裹挟之下，不同的人对为人处世之道的选择。如何选择，是当事人的权利；如何评判，则是后人的权利，或者是史家的权利。在我的论述中，我不愿意做一个单纯的历史事件的叙述者，而乐于把自己的褒贬意向直截了当地表述出来。我不赞成简单地以“道德”论事论人，但是，基本的道德底线必须信守。

读史、著书的旨趣，因人而异，“修身养性”“知人论世”“经世致用”，都有其价值，也是我愿意努力的方向。呈现给读者的这部小书，分为两部分：《迷离于“权势”与“权术”之间的人生》，是文笔相对灵活的历史人物评说，是首次发表的新作；《读史一得》，是若干篇读史札记的结集，大多数文章在报刊上发表过。本书并非体例严谨的史学论著，但是它确实凝结着我的读史心得，寄寓着我的人生感悟。如果读者能够从中得到为人处世的某种体悟，我都会感到欣慰。

说明：这是我为自己的一本小书《史说心语》所写的“开篇絮语”。该书由长春出版社于2007年12月出版。

薛小林《争霸西州——匈奴、西羌与两汉的兴衰》序言

薛小林博士的第一部学术著作即将出版，我很高兴受邀写序。

小林的学术根基是在兰州大学历史文化学院打下的。从本科生到攻读硕士学位期间，兰州大学历史文化学院的老师，特别是他的硕士导师乔健先生为了培养小林付出了许多心血。小林于2012年在人大获博士学位后，响应母校的召唤，返回兰州大学历史文化学院任教。六年之后，他的这部著作得以出版，同样也体现出兰州大学的老师们对他的期望与鼓励。

我和小林的师生情缘，开始于2009年9月，小林考取了中国人民大学历史学院的博士生，研读秦汉史，我是他的导师。直到2012年6月他获博士学位离校为止，先后四年的时间，从学术到生活，我们都可以从容交谈；当然也少不了把盏聚谈。现在回想起来，还有一种温馨

的感觉。

小林的博士论文题目是《两汉的“西州”经略与国势研究》。当初，我们两人商定这个题目之后，我曾经不无担忧：这个题目跨度和难度偏大，小林是否能够胜任？当他完成了大部分初稿给我审阅时，我就大为放心了。后来，在博士论文答辩时，果然获得了答辩委员会先生们的一致好评。我心中充满欣喜。现在准备出版的这部著作，就是在当年博士论文的基础之上，经过修改和完善而形成的。我有意比较过两者的文本内容，欣喜地发现：小林的学术积累和学业进步，在其中体现得很明显。

小林在读书期间，就表现出对专业研究的全身心投入，他的阅读范围很广，敢于质疑问难，行文也有气势。我早就认定他是一个“读书种子”。在大学当老师、指导研究生的时间长了，在比较熟悉的老师之间，会有一种私下交流的说法：遇到好学生，是老师的幸运。就此而言，我很愿意说，有薛小林这样的学生，我确实很高兴。

小林毕业离校之后，我们也保持着很密切的联系和交流。他想到的学术论文的题目，在动笔写作之前，时常会征求我的意见，是否可以写？他的文章初稿在向其他人征求意见时遇到批驳式的回馈意见，郁闷之时，他也会打电话向我告知情况。近年间他发表的几篇文章，我都是文章修改过程的见证者。

我一直有个看法：作为大学老师，一定要有很好的课堂讲授能力，在授课效果方面应该有严格要求。提高科研能力与提高授课水平，应该放在同等重要的位置来看待。就此而言，我曾经对小林的授课效果有所担心。因为，小林讲话有轻微的“期期艾艾”。2015 年夏季，我们一道在成都市参加秦汉史的一个学术讨论会，小林有一个会议发言，我在现场悉心静听。他把自己的研究心得表达得近乎圆满。他的发言自始至终充满自信和激情，现场的“气场”很强大。我由此推知，他在大学的讲台上授课，也一定很受学生的欢迎。他一定可以成长为一位优秀的大学老师。

小林的这部学术著作出版之后，读者一定会予以关注。作为最早的读者之一，我感觉本书有几个亮点：

一、讨论问题的视角很好。他注重以两点立论：一是深入到草原去理解游牧，二是深入到汉朝政治内部去理解边疆与中心的互动。他在“西州”这个古已有之的地域概念下，对草原部族与农耕国家的互动，对汉朝边疆与中心的互动做了一个较为全面的多层次研究。他论证了西州是游牧与农耕文明冲突、交流和融合的典型区域，是影响汉代国势脉动的重要区域，是进行两个互动观察的很好对象。

二、他研究问题的眼界比较开阔，对学界既往的重要成果多有学习和借鉴。他对欧文·拉铁摩尔、巴菲尔德、狄宇宙、杉山正明、江上波夫、丹尼斯·塞诺等学者的内亚史研究的成果，从方法到结论都细心揣摩。唐晓峰对拉铁摩尔“将长城地带看作核心，思考它的双向影响，特别是到草原社会去‘发现历史’，其学术意义不容低估”（唐晓峰：《长城内外是故乡》，《读书》1998 年第 4 期）的学术判断，对小林思路的开拓有重要的启发意义。王明珂先生的三部著作《华夏边缘：历史记忆与族群认同》《游牧者的抉择：面对汉帝国的北亚游牧部族》《羌在汉藏之间——川西羌族的历史人类学研究》，对小林完成研究课题更有直接的指导意义。如果说，小林的这部著作有理论研究的深度，与他广泛地阅读学术经典，并据以展开自己的讨论，直接相关。

三、小林的研究结论和表述，多有自己的心得，可以给人以启发。他认为，所谓的“西州”问题，既涉及地方与中央的关系，也涉及异族与汉族的关系，双重关系的交错使得西州问题显得异常复杂。“西州”在西汉和东汉均是朝廷面临的“大问题”，西州问题是一个可以将两汉四百年历史贯通起来的轴承。他侧重于透过西汉与东汉不同的西州经略及西州对中原腹地造成的不同反馈结果，以比较西汉、东汉两朝在政治、经济、军事、社会结构等方面的差异。

四、我很欣赏他的两篇附文。特别是第二篇附文——《边兵的失控——东汉董卓、北魏六镇及唐代安史三次边

薛小林《争霸西州——匈奴、西羌与两汉的兴衰》书影

兵叛乱之比较研究》。这篇文章，是他六年前的博士论文中所不见的，也就是小林的最新研究所得。不仅是对他的博士论文的发展，而应该视为他的研究思路的一种拓展和跨越。他的结论："东汉西北的凉州兵团，北魏北边的六镇，以及唐代东北的军镇，在经略边疆、保境固土方面，都曾发挥重要作用，但后来都衍化成失控的边兵，对东汉、北魏以及唐政权分别造成致命性的影响。"值得注意的是，他进一步认定，这三次边兵失控引发的大变局，"三者具有一定的可比性，对它们的发生以及背后复杂的边疆形势、内政局势及胡汉互动情形进行综合的比较研究，或有助于深化对中古时期政治、军事、民族及文化问题的认识"。我很希望今后可以看到他沿着这个思路，继续做出跨越断代史的研究成果来。

小林的著作，凝聚着他多年来的研究心得。我作为他的导师来写序言，自然有喜悦之情，更希望和感谢学界的朋友，对小林今后的成长多多给予关注和指导。

祝福小林在学术发展之路上，阔步前行。

原载于薛小林《争霸西州——匈奴、西羌与两汉的兴衰》，社会科学文献出版社，2020 年

第二辑　游观·释古·私见

合阳“伊尹故里”试说“伊尹之谜”

我们的考察团队于2018年5月2日到达陕西合阳县。发现这里打出的地方文化名片之一就是“伊尹故里”。这立即引发了我的兴趣。这不仅因为伊尹是夏商之交著名的政治家、商王朝的开国元勋，而且他的一生充满了传奇性。在他的身上，至少凝聚着四大“历史谜案”。这就是——出生地之谜、“微时”社会身份之谜、是否充当过商汤间谍之谜、“伊尹放太甲”的真相之谜。分别梳理如下。

一、伊尹出生地之谜

说法之一，指伊尹出生于“空桑”。《列子·天瑞》称：“后稷生乎巨迹，伊尹生乎空桑。”这里的“巨迹”与“空桑”显然都带有神秘色彩，“巨迹”涉及周人远祖后稷的出生神话，我们略而不论。“空桑”之说的本意，在《列子集释》中有言简意赅的解说："伊尹母居伊水之上，既孕，梦有神告之曰：'臼水出而东走，无顾！'明日视臼出水，告其邻，东走，十里而顾，其邑尽为水，身因化为空桑。有莘氏女子采桑，得婴儿于空桑之中，故命之曰伊尹，而献其君。令庖人养之。长而贤，为殷汤相。"大致相同的记载，又见于《吕氏春秋·本味篇》。引文从略。

在这个神话传说中，伊尹之母无疑是一位圣女，在得到大神的梦中预警之后，她好心营救了邻人逃生之后又"违背神谕"而转头回顾居住之地，遭到神灵处罚而化为"空桑"。从"空桑"中容得下诞育的婴儿来推测，所谓的"空桑"应该就是有朽洞的一株老桑树。这一则古老的神话故事，对于解答伊尹的出生地，本来没有提供有效信息。说他的母亲生活在"伊水之上"，伊水源远流长，何以测定其所在之地？古人对神话的解读，历来有"出于虚幻而推定落实"的本事。于是，"神罚"之幻的"空桑"，后来却被诠释为具体的地名。被"指实"的空桑，通常认为是在河南杞县的空桑村。如《河南通志》记载："伊尹，名挚，夏末商初人，生于杞之空桑（今杞县葛岗乡西空桑村），别称伊尹村。"《河南历代名人史迹》："空桑城，在杞县县城西十三公里的西空桑村，旧名伊尹村，传为伊尹出生地。"

说法之二，指伊尹出生于"有莘氏"之地。"有莘氏"是多部先秦古籍中有记载的上古时期的古国。"有莘氏"

之国的地理位置在当今何地？学界并无一致的看法而是歧见并存。因此，伊尹出生之地，就有陕西合阳、河南陈留、偃师、嵩县、伊川、栾川、山东曹县、莘县等多种说法。

其中的伊尹出生于陕西合阳的传说，至迟在明代就已经流传开来了。近年来，当地有关部门为此做了大量的工作。根据《陕西省第三次全国文物普查丛书》记载，现在合阳的莘村和秦庄各有一座伊尹墓。合阳县政协文史资料委员会还出版了《千秋贤相伊尹》。据说在合阳县莘村中的马家祠堂还存放有伊尹神道的断碑。我们此次考察未曾前往探访此碑，刻碑年代不详。陪同我们考察的合阳县党史办的副主任王先生，就是莘村人，据他自称：当地人坚信伊尹就是出生在他们的村里——这是历代流传下来的说法。

问题是，按照近现代学者的研究，“有莘氏”古国，应该属于“东夷集团”的范围之内，而陕西合阳无法归入“东夷集团”的活动范围之内。

在传世所见的商代史书中，并无伊尹出生地的明确记载。所以，以上诸说，从根本上说来，都无法坐实。不论传说中的伊尹出生地，都有伊尹墓、伊尹村、方志记载等相关“地方性文物和文献”，其实都是“民俗类”的资料，其形成时间都离商代很晚，实际上无法成为破解伊尹出生地之谜的可靠依据。那么，最好的办法可能是：让各地的传说，继续流传下去。“各美其美，美美与共”。

二、伊尹“微时”社会身份之谜

公元前1600年前后，伊尹辅助商汤推翻了夏桀的统治，是商王朝的开国元勋。但是，伊尹在功成名就之前，他的社会身份如何？在战国时代，就有不同的说法。

传说之一：伊尹是“有莘氏”君主的家内奴隶，以厨艺精妙而知名。后来，“有莘氏”君主的女儿出嫁商汤，伊尹是以“媵臣”的身份随同自己的女主人同往的。所谓“媵臣”，就是如同陪嫁的嫁妆，是说不到有“人”的尊严。此时，伊尹的身份就是家内奴隶。后来，伊尹在商汤面前以谈论美食烹制为切入点，进而探讨治国之道，商汤极为欣赏他的见识与才干，伊尹由此而被破格提拔为辅政大臣。这个传说的影响很大，记载这个传说较为系统的历史文献是《吕氏春秋》的《本味篇》。请看伊尹论菜肴制作的一段文字：“调和之事，必以甘酸苦辛咸……鼎中之变，精妙微纤，口弗能言，志不能喻。若射御之微，阴阳之化，四时之数。”可谓穷尽了厨艺之道，而且暗中含有治国原理在其中，“调和鼎鼐”也就成为明言厨艺而暗寓执政大臣的特殊用语。

另外，《墨子·尚贤上》也言简意赅地说到了这段佳话：“伊挚，有莘氏女之私臣，亲为庖人，汤得之，举以为己相，与接天下之政，治天下之民。”

因为有这个传说，伊尹被奉为厨师的行业神和保护

北京市万丰路上的“伊尹海鲜大酒楼”

神。直到现在，在通都大邑还有高规格的酒店，径直以“伊尹”的大名用作店名和招牌。

传说之二：伊尹是“有莘氏”之国耕于田野的“隐士”。此说见于《孟子》的《万章篇》，万章向孟子请教“伊尹以割烹要汤”的传说是否属实，孟子断然否认：“否，不然。伊尹耕于有莘之野，而乐尧舜之道焉。非其义也，非其道也，禄之以天下，弗顾也；系马千驷，弗视也。非其义也，非其道也，一介不以与人，一介不以取诸人，汤使人以币聘之，嚣嚣然曰：‘我何以汤之聘币为哉？我岂若处畎亩之中，由是以乐尧舜之道哉？’汤三使往聘之，既而幡然改曰：‘与我处畎亩之中，由是以乐尧舜之道，吾岂若使是君为尧舜之君哉？吾岂若使是民为尧舜之民哉？吾岂若于吾身亲见之哉？天之生此民也，使先知觉后知，使先觉觉后觉也。予，天民之先觉者也；予将以斯道觉斯民也。非予觉之，而谁也？’思天下之民匹夫匹妇有不被尧舜之泽者，若己推而内之沟中。其自任以天下之重如此，故就汤而说之以伐夏救民。”孟子不能容忍伊尹出身于厨子的传说流传于世，一定要赋予伊尹身怀尧舜之道的“高级隐士”身份。商汤慕名而遣使礼聘，曾经遭到伊尹的坚决拒绝。直到商汤第三次遣使敦聘，伊尹才以“救世济民”之心改变了原本的高隐之志，成就了“救民于倒悬”的政治伟业。这个君王多次礼聘隐士的传说，几乎可以视为“三顾茅庐”的源头。孟子对伊尹的崇拜之情，由此可见。

与“家内奴隶 + 厨师”之说相比较，孟子所极言的伊尹为“隐士”之说，无疑提升了伊尹的社会身份。但是，在后世的传说中，人们似乎更多愿意选择第一种说法。也许是出于传奇性更强的原因吧？

三、伊尹是否为商汤充当间谍之谜

《孙子·用间篇》明确讲到伊尹为了商汤开国事业曾经到夏桀身边充当间谍：“故三军之事，亲莫亲于间，赏莫厚于间，事莫密于间，非圣智不能用间……知之必在于反间，故反间不可不厚也。昔殷之兴也，伊挚在夏。周之兴也，吕牙在殷。故明君贤将，能以上智为间者，必成大功，此兵之要，三军之所恃而动也。”这是兵家经典为了强调“用间”在战争中的作用而“举例”说到了伊尹充当间谍的故事，难免“语焉不详”，那么，《吕氏春秋·慎大篇》的如下文字，则是带有强烈传奇性的，几乎可以作为影视剧的素材来看待了！“桀为无道，暴戾顽贪，天下颤恐而患之……桀愈自贤，矜过善非，主道重塞，国人大崩。汤乃惕惧，忧天下之不宁，欲令伊尹往视旷夏，恐其不信，汤由亲自射伊尹。伊尹奔夏三年，反报于亳，曰：‘桀迷惑于末嬉，好彼琬、琰，不恤其众，众志不堪，上下相疾，民心积怨。’……汤与伊尹盟，以示必灭夏。伊尹又复往视旷夏，听于末嬉。……伊尹以告汤。商涸旱，汤犹发师，以信伊尹之盟，故令师从东方出于国，西以进。未接刃而桀走，逐之至大沙，身体离散，为天下戮，不可正谏，虽后悔之，将可奈何？汤立为天子，夏民大说……尽行伊尹之盟，不避旱殃，祖伊尹世世享商。”按照这个记载，商汤指令伊尹前往夏朝充当间谍，为了增强伊尹从商汤身边“叛逃”的可信性，还上演了一场商汤亲自箭射伊尹的苦肉计。其间还有伊尹两度往返于夏商之间的传说，最令人意料不到的是：伊尹还和商汤身边“红颜误国”的美女末嬉联手，盗取夏朝的机密情报直接送达商汤。从而确保了商汤灭夏行动圆满成功。伊尹后来在商王朝世世享受祭祀，就是要酬谢他充当间谍直接导致夏商改朝换代的大功劳。

但是，传奇性太强的历史故事，大多出自后世人的编造和“层累式”叠加，其可信性不高。

孟子则从古代君臣“双向选择”的角度，解释了伊尹在商汤与夏桀之间臣属关系多变的现象。《孟子·告子下》：“居下位，不以贤事不肖者，伯夷也；五就汤，五就桀者，伊尹也；不恶污君，不辞小官者，柳下惠也。三子者不同道，其趋一也。一者何也？曰：仁也。君子亦仁而已矣，何必同？”他列举了三位古代的贤哲伯夷、伊尹、柳下惠对待仕进之道的不同选择，强调他们都是出于仁心。其中说到伊尹居然是“五就汤，五就桀”，也就是在商汤与夏桀之间有五次改变臣属关系。即便古代圣哲有“贤臣择主而事”的自由，在两位君主之间如此频繁地背叛与投靠，无论从哪个角度都是很难理解的。所以，我以为，《孟子》书中的这个说法，带有鲜明的战国游说之士的语言风格，夸张有余，不足凭信。

在夏商改朝换代的过程中，伊尹是否有过到达夏都从事某种政治活动的可能性？是一个值得探讨的问题。不同的古籍留下了各有异同的记载。《尚书·胤征》有如下文字：“伊尹去亳适夏。既丑有夏，复归于亳。入自北门，乃遇汝鸠、汝方。作《汝鸠》《汝方》。”其中的“亳”，是商汤的都城所在。从其文意玩味，伊尹应该有过离开商汤依附夏桀、后来去而复返的过程。只是，《胤征》篇属于伪古文范围之内，从清代考据学家开始到当代研究《尚书》的权威学者，都不愿意以此篇文章作为研究商代历史的依据。有意思的是，在《竹书纪年》（此书问世的过程，参见下述）中，有很明确、很重要的记载。据王国维《古本竹书纪年疏证》：帝癸（即夏桀）“十七年，商使伊尹来朝”，“二十年，伊尹归于商及汝鸠、汝方，会于北门”。伊尹此次到夏都的身份很明确，他是商汤的使者；但是，奉命出使的时间却长达三年，却很不合情理。给研究者驰骋想象力留下了很大空间。

四、“伊尹放太甲”的真相之谜

伊尹在先秦—汉魏时期，曾经享有极高的地位和声望。《尚书》中有多篇文献，是以歌颂伊尹的功业为背景而写定的，诸子的许多著作对伊尹给予了高度评价，特别是《墨子》《孟子》《吕氏春秋》三部重要子书，都对伊尹推崇备至。《墨子·贵义》：“昔者，汤将往见伊尹，令彭氏之子御。彭氏之子半道而问曰：‘君将何之？’汤曰：‘将往见伊尹。’彭氏之子曰：‘伊尹，天下之贱人也。若君欲见之，亦令召问焉，彼受赐矣。’汤曰：‘非女所知也。……而子不欲我见伊尹，是子不欲吾善也。’因下彭氏之子，不使御。”《孟子·万章下》称赞“伊尹，圣之任者也”。也就是“圣人”行列中敢于任事、有担当的典型。《吕氏春秋·赞能》：“得地千里，不若得一圣人。舜得皋陶而舜受之，汤得伊尹而有夏民，文王得吕望而服殷商。”还可以举出一例，《荀子·臣道》的评价是：“殷之伊尹，周之太公，可谓圣臣矣。”

入汉之后，司马迁著《史记》，在《殷本纪》中大段摘录《尚书》中歌颂伊尹的文字入史，更加扩大了伊尹在历史上的影响。

古人为何如此推崇伊尹？主要有两个原因：一是伊尹辅佐商王朝开国，功勋卓著。二是在商汤去世之后，伊尹扶立汤的嫡长孙太甲即帝位，可是太甲失德失政，败坏商汤法度，伊尹竭力规劝而无效，于是采用断然措施：以国家重臣的身份，将太甲流放到桐宫（商汤的陵墓所在地）加以软禁。伊尹自己执掌国家的最高统治权力。同时，伊尹诱导被软禁的太甲反思过失。经过三年的时间，伊尹判定太甲确实改过向善了，又迎接太甲返回都城，伊尹把统治大权奉还给太甲，而自归臣位。伊尹还写了一篇文章给太甲，内容是告诫他该如何做一个好天子。这个过程，在《史记·殷本纪》中有简明扼要的记述：“帝太甲既立三年，不明，暴虐，不遵汤法，乱德，于是伊尹放之于桐宫。三年，伊尹摄行政当国，以朝诸侯。帝太甲居桐宫三年，悔过自责，反（返）善。于是伊尹乃迎帝太甲而授之政。帝太甲修德，诸侯咸归殷，百姓以宁。伊尹嘉之，乃作《太甲训》三篇，褒帝太甲，称太宗。”

古人认为，伊尹的一生，辅佐商汤开国，功劳最大；而扶立—放逐—迎归太甲，难度最大。伊尹被歌颂为“圣人”“圣臣”，最主要的原因在于后者。以国家重臣的身份废立天子，而自己执掌政局，在一般意义上说来，属于“以下犯上”，当然是“非常”之举。伊尹之前未曾有过；伊尹以天下为重，断然决策，开创未有之举，为后世做出了表率。西周初年，周公仿效伊尹典型而秉国，西汉后期又有霍光废立皇帝而大权独揽。由此形成了一种政治模式，这就是后世史家所称誉的“伊尹周公之事”“伊尹霍光之事”。

但是，这种以国家重臣而废立天子的运作形式，在后代也有畸形发展——有的权臣，甚至是篡杀之臣，喜欢用伊尹、周公的形象来伪装自己，给自己专断朝政制造舆论。西汉末年的王莽、东汉末年的曹操，都曾经以伊尹、周公自况。

战国时代的儒学名师孟子，在讨论伊尹的历史定位时，围绕着臣子是否可以废立君主的问题，就提出：“有伊尹之志，则可；无伊尹之志，则篡也。”（《孟子·尽心上》）对照王莽、曹操的所作所为，不得不感慨孟子真有远见卓识，他似乎预见到后世某些政治家玩弄的伎俩。

先秦—汉魏时期，人们对伊尹的历史叙事和评价，没有异词，也无异议，但是，到了西晋武帝（司马炎）太康年间，在河南古汲郡境内，有一位名叫“不準”的盗墓者，盗掘了一座古墓，由此出土了一批古代竹简古书。后来朝廷派出有学问的官员，负责整理这批《汲冢书》，其中就有一部被命名为《竹书纪年》的古代编年体史书。此书的记事范围，上起传说中的黄帝时代，下及战国后期。经过学者的研究，出土这部珍贵古籍的古墓，应该是战国后期魏国安僖王的墓葬，这部史书应该是由魏国史官所写的。值得注意的是：《竹书纪年》所记的古史，与传世文献的记载相比较，有许多不同之处。涉及商代前期的历史，它的记事文字，对于伊尹“忠心秉国”的政治家形象无疑具有“颠覆”的意义！

请看《竹书纪年》的记载：“伊尹放太甲于桐，尹乃自立，暨及位于太甲七年，太甲潜出自桐，杀伊尹，乃立其子伊陟、伊奋，命复其父之田宅而中分之。”据此，伊尹放逐了商汤的长孙太甲自立，太甲在桐宫被关了七年，后来伺机从桐宫逃回王都，杀了伊尹，恢复了王位，还宽宏大量地对待伊尹的两个儿子，让他们分了伊尹的田宅。

随着《竹书纪年》的问世，就不得不面对一个重大问题——如何看待伊尹的历史定位？他是忠心耿耿的辅政重臣？还是如同后世王莽、曹操一类的权臣？甚至是篡位之臣？——这是个问题！于是，自隋唐以下研究经史之学的学者，都要面对和回答这个问题。

唐代经学名家孔颖达在《尚书正义》的《太甲下》篇，针对《竹书纪年》对伊尹的记载，做了驳论。他的基本观点是：根据《太甲下》篇经序的记载，“伊尹奉太甲，归于亳。其文甚明。《左传》又称：‘伊尹放太甲而相之。’……伊尹不肯自立，太甲不杀伊尹也。”按照孔颖达的意见，尽管他知道《竹书纪年》异说的存在，但是，他判定，原有的经史之说可信，而《竹书纪年》的新出之说是受战国流俗妄说的影响而改写了古史，故不可信。

值得注意的是：清朝中期，有一位著名的考据学家崔述（号“东壁”），在他的遗著中，就针对伊尹和太甲的关系写有一篇考论专文，名字就叫“太甲不杀伊尹辨”。他力主从《尚书》到《史记》的古史文献以及先秦儒家和诸子的记载可信，而《竹书纪年》的另类记载不足为凭，或许是战国史官受当时君臣关系的影响而臆写商代前期历史（参见：《崔东壁遗书》之《商考信录》有“太甲不杀伊尹辨”条），他的基本思路与孔颖达相似而论证更为完善。

如果说，孔颖达和崔述之说，代表的是经史学家的基本观点，那么，宋代大文豪苏轼的《伊尹论》，则代表了文史学家对这个“疑案”的基本判断。

《伊尹论》首先高度评价伊尹是具备大德大才的国家栋梁之材：“办天下之大事者，有天下之大节者也。……夫天下不能动其心，是故其才全。以其全才而制天下，是故临大事而不乱。”又具体论述伊尹对太甲的非常之举：“夫太甲之废，天下未尝有是，而伊尹始行之，天下不以为惊。以臣放君，天下不以为僭。既放而复立，太甲不以为专。何则？其素所不屑者，足以取信于天下也。彼其视天下眇然不足以动其心，而岂忍以废放其君求利也哉？”

我们在当下讨论伊尹的历史地位问题，除了要继续关注传统之学的研究成果之外，更要注意商代甲骨文和出土简牍的新材料、新成果。

考察安阳出土的商代甲骨文的记载，伊尹的地位是很尊崇的。在甲骨卜辞中屡见致祭伊尹的记载，有学者做过统计，有130多片卜辞的记载与祭祀伊尹相关。其中，有一片卜辞是同时祭祀大乙（成汤）、伊尹的。这些可以说明，卜辞所见的伊尹地位之尊贵，介于“殷先王”与“先公”之间。当代以研究商代历史与文化著名的张光直先生还对“祭祀伊尹，大多在丁日”的卜辞记事展开了独到的研究，从而对殷商王制提出了全新的判断（参见：张光直《谈王亥与伊尹的祭日并论殷商王制》，载氏著《中国青铜时代》）。张光直先生所讨论的问题是更为深刻的大问题，这里无法展开讨论。只就本题所论的“谜案”而做简单的推理：假如说《竹书纪年》所载为实，伊尹是争权失败被杀的权臣，那么太甲和他的后世子孙，只会斥之为“权奸”，完全没有必要历代都以尊崇的礼仪来祭祀他，向他表达敬意。或者换用另外的表达：我们根据历代商王在祭祀中对伊尹表达的虔诚之意，只能得出一个结论：伊尹在他们的心目中，是功勋卓著、德高望重的社稷大臣。如此，《竹书纪年》中所见的伊尹形象，就不值得相信了。

最近几年，《清华大学藏战国楚简》正在逐年出版。其中，多见与伊尹有关的先秦文献。在第一辑整理报告问世后，围绕着伊尹问题的讨论就出现了多篇有研究深度的文章。据我见闻所及，就有虞万里《由清华简〈尹诰〉论〈古文尚书·咸有一德〉之性质》、田旭东《尹挚与伊尹学派——以出土文献为考察中心》、廖名春《清华简〈尹诰〉篇的内容与思想》、郭永秉《清华简〈尹至〉“至在汤”解》、孙飞燕《也谈清华简〈尹诰〉的“惟尹既及汤，咸有一德”》等多篇有新意的文章刊发。此后，在第三辑和第五辑中又有新的材料公布，这些战国时流行的“伊尹故事”，一共有 5 篇新出文献了。这些新出的材料，都是将伊尹为贤相作为其基础的。都可以与《吕氏春秋》《史记》的记载相互印证。而目前学者的研究，也都秉持相同或者相近的判断。

总结历代学者的考论意见，特别是吸纳甲骨学、简牍学提供的新材料以及研究结论，我认为伊尹的历史定位基本可以得出结论了：伊尹是秉正辅国的社稷重臣，而不是玩弄权术失败被杀的权臣。《竹书纪年》的异说，不足以颠覆先秦—汉魏时期众多典籍的基本结论。

再赘述一句：针对商代某个历史人物的评价，传统文化经、史、子、集四个部类的文献都有涉及，并且在甲骨学、简牍学以及金文（本文未曾展开）等学科中都有新发现——这样的人物，似乎只有伊尹一位。这是多么有独特魅力的特殊人物！

说明：原载于王子今、高从宜、孙家洲、杜维民著：《出入龙门——晋陕黄河右岸的历史与文化》，西北大学出版社，2020 年。收录于该书时，编辑曾经加以压缩删改，此次按照原文收录。

太史公墓前感悟的“班马异同”

对于研究秦汉史和“《史记》学”的人而言，位于韩城市南 10 公里芝川镇南门外、梁山东麓的太史公司马迁的墓和祠，无疑是一方圣地。有幸参加这次考察活动，我得以再次拜谒司马迁的墓和祠，心中当然充满敬仰和温情。

司马迁的墓祠，背靠峻拔的山体，俯视雄浑的黄河，满目树木苍翠，尽得天地风水之盛。由山下宽阔的“太史公广场”开始，拾级而上，牌坊、山门、祠门、献殿、寝殿、松柏环绕的墓冢，历历在目；洋溢着敬仰之情的匾额题记，扑面而来：清光绪十二年（1886）的“汉太史司马祠”的木牌坊额书，清康熙十年（1677）“高山仰止”的木牌坊额书，祠门之上 “太史祠”额书，分外醒目，献殿之前排列有序的历代重修碑记和歌咏碑刻——呈现人望凝聚之重。郭沫若先生 1958 年前来拜谒时留下的题诗

陕西韩城梁山司马迁广场的青铜塑像

作者在韩城太史公司马迁祠前留念

碑刻，时常吸引了游客围观。其诗曰："龙门有灵秀，钟毓人中龙。学殖空前富，文章旷代雄。怜才膺斧钺，吐气作霓虹。功业追尼父，千秋太史公。"当代学人对郭沫若先生的评价已经是褒贬不一，他在诗中对司马迁表达的仰慕和追尊之情，因为代表了许多人的共同心声而足以流传千古。

中国古代的历史著作，号称"汗牛充栋""浩如烟海"；受人敬重的历史学家，前后辉映，人数众多。但是，就墓地规格之高、拜谒者人数之众而言，太史公司马迁独居魁首！置身于青砖包砌、状若穹窿的太史公墓前，我突然对中国古代史学史上一个有影响的术语"班马异同"有了新的感悟。

"班马异同"，又称之为"《史》《汉》优劣"。特指比较司马迁与班固以及他们的代表作《史记》与《汉书》的异同与高低。

司马迁与班固，堪称是中国古代史学史上双峰并峙的泰山北斗。"班马异同"的问题，由何而来？对比研究的重点所在是什么？围绕这两个问题，以下三个思路，也许值得关注：

其一，"班马异同"的缘起：班固对司马迁的批评引发的回应。

班固曾经从政治立场和维护"汉家正统"的观点出

发，对司马迁与《史记》有严厉批评："汉绍尧运，以建帝业，至于六世，史臣乃追述功德，私作本纪，编于百王之末，厕于秦、项之列。"《汉书·叙传下》班固还曾经从学术标准有偏差的角度，指责司马迁："是非颇谬于圣人。论大道，则先黄老而后六经；序游侠，则退处士而进奸雄；述货殖则崇势利而羞贱贫，此其所蔽也。"（《汉书·司马迁传》）不难看出，班固对司马迁的批评，既涉及体例问题，更着重于"思想"与"立场"。有的言辞，相当激烈和尖刻，甚至有"周纳构陷"入人以罪的嫌疑。譬如说，班固指责司马迁将汉王朝"编于百王之末，厕于秦、项之列"，这是在批判司马迁降低了汉王朝的历史地位。平心而论，司马迁写的是"通史"著作，只能以编年为序来安排各个王朝的位置，也就是只能按照"由古而今"的顺序来记叙历史。汉王朝是司马迁面对的王朝体系中最为"晚出"的历史阶段，他把汉王朝的历史安排在秦王朝和楚霸王项羽之后来书写，是完全顺理成章的——编年纪事而已。而班固却不惜使用带有政治重压的语言，对司马迁展开如此无情的批判，真是令人齿寒与痛惜！司马迁生活在西汉，班固生活在东汉，班固以晚辈的身份如此指责和批判前贤，那么，生活在班固之后的学者，自然就要经过自己的对比和研究来判断班固对司马迁的批判是否可以成立。就此而论，"班马异同"争论的肇始者，就是班固本人。

由于班固对司马迁的批评涉及他们两位在历史观和著

述宗旨的诸多不同，因此，“班马异同”之争，延续到了当代，就带有“思想史”研究的鲜明色彩。从而使得这个内涵成为讨论的精华之所在。

其二，“班马异同”的外延：“通史”与“断代史”体例高下之争。

司马迁撰著的《史记》，是“纪传体通史著作”，班固为主要撰著人所完成的《汉书》，是“纪传体断代史著作”。要分析和比较两位伟大历史学家的“异同”和“优劣”，从史书体例入手展开讨论，自然就成为一个很重要的研究方式。

后世学者，偏偏有推崇“通史体”与褒奖“断代体”的两种学术路数的存在，于是，司马迁和班固所开创的史书体例谁高谁低，也就成了无法取得共识的议题。

宋元之际的史学评论家郑樵，在所著《通志·总序》中，集中阐述了史学的“会通”之义。郑樵力主编写通史，竭力反对断代为书，认为历史犹如长江、黄河延绵不断，如果断代为书将造成“周秦不相因，古今成间隔”的状况。从这一基本观点出发，他在评价《史记》《汉书》的过程中，明显表现出尊马抑班、提倡通史而轻视断代史的思想倾向。郑樵指责班固为“浮华之士也，全无学术，专事剽窃”，甚至于说到，如果要比较司马迁和班固，“如龙之于猪”。郑樵带着主观偏见来贬抑班固和《汉书》，当然是不公正的。

而唐代的史学评论家刘知幾是推重断代史体例的，所以，他对于班固的《汉书》褒奖有加：“如《汉书》者，究西都之首末，穷刘氏之废兴，包举一代，撰成一书。言皆精练，事甚该密，故学者寻讨，易为其功。自尔迄今，无改斯道。”（《史通·六家》）

平实而论，两种史书体例，无论是通史，还是断代史，都各有其优点。两种不同的著史体例，都应得到尊重。司马迁以“通史”的视角，把黄帝到汉武帝时代的历史做了天才的梳理与记述；班固沿用了司马迁的“纪传体”的体例而“断汉一代为史”，推出了第一部“断代史”，后世史家援为楷模，累代继作，遂有“二十四史”的“正史”体系辉煌传世。就此而言，司马迁与班固，于中华史学体系的形成与发展，皆有大功。时至今日，如果有谁还试图从“通史体”和“断代史体”的对比来做“班马异同”的讨论，未免不够通达。

其三，“班马异同”的精微：以文字对勘比较撰著能力的高低。

这种对比角度的出现，有其特殊的内涵：司马迁的《史记》和班固的《汉书》，在记事范围上，有一个“重叠时期”——这就是西汉高祖开国到汉武帝时代。同样的历史阶段，涉及同样的人物群体、同样的政局演变，《史记》

和《汉书》都有记载，审视的角度和重点有变化，记事的文字有异同，其中寄寓的史家观点也有差异。对比和玩味其中的差异，岂不是“班马异同”研究的题中应有之义？于是，自古及今，都有学人在做着这样的工作——以文字对勘的方式来比较司马迁与班固的异同与高低。值得称许的是：明代学人许相卿完成了一部功力深厚的著作《史汉方驾》，将《史记》和《汉书》相同记事的内容，依据文字的异同而排列为一书。具体的“排版方式”如下：两书记事文字完全相同的，以大字居中排列，两书文字凡有不同者，则以小字分行夹注的方式左右排列，《史记》的文字居右，《汉书》的文字居左。如此“排版”，把两书的异同，以最为直观的方式呈现出来了，有“一目了然”的效果。真是难为了作者的一片苦心！书名中的“方驾”，寓意为“并驾齐驱”，表示作者不存主观的褒贬，这是很好的治史态度。

《汉书》写作在后，当然对《史记》的文字有借鉴、有继承、有改写。凡是改写的内容，自然是班固刻意要表达的与司马迁之不同。按照常见惯例，著述应该是后出者转胜，但是也不尽然。后世的研究者发现，班固所修改的文字，与司马迁的原文相比较，有一部分反而不及原作精彩——当然，这里存在着见仁见智的问题。

以原作的文字对勘，来比较司马迁和班固两位伟大的历史学家的异同高低，这是一个多么精微而富有意趣的研究角度！

“班马异同”的讨论，是“《史记》学”的组成部分，历经大约两千年的各抒己见，在历史学界也并未达成完全一致的共识。这与问题的复杂性相关，也与研究者的立场和审视问题的角度不同相关。当然，学界的主流看法，还是客观存在的。在这里，我愿意介绍几种看法，以供感兴趣的朋友追踪这场古今史学大讨论的进展。

当代海外新儒学的代表性学者徐复观先生，以其犀利的眼光和笔锋，著有《史汉比较研究之一例》的长文，对《史》《汉》两书的体例和文字一一列目比较，使人们在全面比较中能够清晰地看出司马迁、班固不同的旨趣和不同的风格。他对两书的文字进行了有针对性的比较，得出了如下结论：史公的文体疏朗跌宕，富于变化，文句的组成较为圆满，篇章的结构线索分明，照应周密。而班氏的文体较为质重简朴，缺少变化，结构的线索不甚分明，文字较《史记》为古奥。在叙事上，史公较精确而能尽量保存历史形象生动的原貌；而班氏渐流于空洞，对人物渐流于抽象化，但《汉书》中有的传也写得很绵密。

韩国学者朴宰雨有《〈史记〉〈汉书〉比较研究》一书，可以视为当代学者研究这个问题的代表作。我列出该书第二章第二节“《史》《汉》所显示作者之精神倾向”的目录如下：

一《史记》变通古今与《汉书》尊显汉室

二《史记》兼尊儒道与《汉书》独崇儒术

三《史记》兼顾民间与《汉书》倾向上层

四《史记》感情移入与《汉书》不失客观

我认为，这四个“目”，把当代学人“班马异同”研究在思想与审美方面的重点问题，都强调出来了。

学术界对“班马异同”的争论还会继续下去，司马迁与班固的高下对比，也会继续存在，但是，在学术讨论之外，就一般的社会影响力而言，司马迁的居高之势，却早已经是不言而喻的事实。我站在太史公司马迁的墓前，目睹墓祠自然景观和人文景观之盛，这个感觉，油然而生。

我曾经于1982年和2015年两次到访位于扶风县的班固墓。班固，作为一位著名的历史学家，他的墓地，就在旷野之地的农田之中，没有任何保护性设施，也无风水优胜可言，更不见后世文人骚客前来凭吊的歌咏碑记，普普通通，宛如一位寻常农夫的归宿之地。特别是回忆起第一次身临其境的情况，如果不是有人解说，我几乎无法相信，沉寂在这里的一抔黄土，居然就是名震士林的班固之墓！我曾经为班固墓地的荒凉而沮丧，为社会对历史学家的淡忘而不平；而现在，在我第二次拜谒太史公墓祠的时刻，我突然想到的一个问题是：司马迁和班固，同样是影响深远的历史学家，但从墓地的规格高低迥异、人望的多

作者在扶风班固墓前留念

寡悬殊而言，两者对比，不可以同日而语！造成这种不同的原因何在？是我当时在勉力思考的一个问题。有两个答案，浮现在我的脑海中：

其一，司马迁正直进言而被下狱惨遭“腐刑”的遭遇，容易引发人们的同情之心，由“代鸣不平”发展到敬重和敬仰。

司马迁在撰写《史记》的过程中，不幸遭遇了“李陵之祸”。

天汉三年（前98），勇将李陵出击匈奴、兵败降敌的消息传来，在都城长安立即形成巨大的政治冲击波。在朝廷大臣对李陵一片痛诋的声浪之中，司马迁却提出了不同的看法。司马迁认为李陵“常思奋不顾身以徇国家之急”，推崇他是“奇士”，“有国士之风”，“虽古名将不过也”。指出李陵领兵远征，是“出万死不顾一生之计，赴公家之难”，而且作战神勇，“提步卒不满五千，深践戎马之地，足历王庭，垂饵虎口，横挑强胡”，迫使匈奴倾全国之兵前来围攻。李陵孤军深入，“转斗千里，矢尽道穷，救兵不至”，战败实非其罪。

司马迁之所以为李陵辩护，与他的侠义性情有关。先前在李陵的捷报传来时，“汉公卿王侯皆奉觞上寿”，祝贺皇帝任命了一位名将；而等到李陵败降的消息传来，大臣们的态度立刻大变，“全躯保妻子之臣随而媒孽其短”，对这种不惜落井下石以求自保的官场习气，司马迁作为一个性情中人，感觉“诚私心痛之”。他根本不会同流合污，甚至不允许自己以沉默而求自保。他看到了汉武帝“为之食不甘味，听朝不怡”“惨凄怛悼”的苦恼，当汉武帝征询他的意见之时，司马迁把自己的见解坦然相告。

没有想到的是，汉武帝勃然大怒，给司马迁强加上诋毁贰师将军李广利、为李陵游说两项罪名，将他逮捕下狱。审案的官员，又给他罗织了“诬上”的罪名。司马迁绝望了，请听他稍后致信知交好友任安追溯当时心态的一段话：“家贫，财赂不足以自赎，交游莫救，左右亲近不为一言。身非木石，独与法吏为伍，深幽囹圄之中，谁可告诉者！”结果他被处以“宫刑”。宫刑施于男子，使其丧失生育能力，由此又被称为“腐刑”。这是仅次于死刑的酷刑，而且带有明显的人格污辱色彩。惨遭宫刑，对于司马迁而言，除去生理上的阉割剧痛之外，更加难以承受的是心理上的摧残蹂躏。

士人素重“知耻”观念，司马迁排列了人生“受辱”的序列，称之为“最下腐刑，极矣”，他的精神已经到了崩溃的边缘，“是以肠一日而九回，居则忽忽若有所亡，出则不知所如往。每念斯耻，汗未尝不发背沾衣也”。他不止一次地想到结束自己的生命，但是，想到寄托了自己人生追求的历史巨著草创未就，决意“隐忍苟活”以完成自己的著作。

太始元年（前96）出狱之后，司马迁以“中人”之身升为中书令，可以伴侍皇帝、出入宫闱，就官场地位而言比太史令为高，但司马迁的心中之痛从来没有衰息，他认定自己只是“刑余之人”“埽除之隶”。他把生命的全部活力，都投入到创作之中。发愤著书数年，终于有了结果。在《报任安书》中，司马迁告诉老朋友“近自托于无能之辞，网罗天下放失旧闻，考之行事，稽其成败兴坏之理，凡百三十篇，亦欲以究天人之际，通古今之变，成一家之言”。其中流露的就是大作定稿之后的欣喜和自得。他甚至表示，只要完成了此书，能够“藏之名山”、流传后世，那么此前遭受污辱的代价就是值得的，“虽万被戮，岂有悔哉！” 在这个意义上说来，《史记》已经不仅仅是司马迁的作品，而是他奔涌的生命、呐喊的灵魂、是他的理念操守、精神寄托。

司马迁直言得罪、惨遭腐刑的经历，借助于他痛切陈词的《报任安书》，广为人知。凡是读过这篇私人通信、得知司马迁际遇的人，都会对司马迁油然而生同情和敬意。这种浓烈的感情，经过积淀和转化，就会成为对司马迁的敬仰。

班固的身世，也有足以令人扼腕叹息之处。班固，出生于世为官宦的家庭。汉明帝时，班固被任命为兰台令史，奉命编著国史，“潜精积思二十余年”，完成了我国第一部纪传体断代史《汉书》一百篇。

章帝效法西汉宣帝石渠阁故事，在白虎观召集名儒讨论五经同异，并亲自裁决。其目的是促进儒家思想与谶纬神学紧密结合，加强儒家思想在思想领域的统治地位。在这次会议上，班固以史官兼任记录，奉命把讨论结果整理成《白虎通德论》（又称《白虎通义》）。

汉和帝永元元年（公元 89），大将军窦宪奉旨远征匈奴，班固被任为幕府中护军随行，参预谋议。窦宪率精骑万余出塞远击，在稽落山（位于今蒙古国境内，是阿尔泰山东段北面的一支）大破北匈奴军队，前后俘获招抚匈奴部众二十万人，大获全胜。窦宪、耿秉作为指挥此次作战的汉军高级将帅，自然意气风发。他们登临远离汉塞三千余里的燕然山，“刻石勒功， 纪汉威德”，于是就诞生了纪胜颂德的名篇《封燕然山铭》。这篇大作，就出自随军参战的班固之手。班固是奉命而作，铭文被刻于石崖上（《后汉书·窦融传附窦宪传》。从南朝时期编订的《昭明文选》开始，班固所撰写的这篇摩崖铭文，被冠以《封燕然山铭》的雄名而流传于世），成为记载这场汉匈大战的重要摩崖文献。

班固还撰有《窦将军北征颂》一文，对窦宪北征匈奴大加歌颂。

从以上背景来看，班固在官场上的地位，所参与政务的广度和深度，都在司马迁之上。他也很自觉地给自己定位为朝廷利益的代言人。所以，当我们看到他指责司马迁的那些话语时，不得不感叹，班固的“正统立场”和“官方意识”实在是太过强烈了。

永元四年（92），窦宪因擅权暴虐致使汉和帝决定诛灭窦氏，班固受其株连而免官。后被仇家洛阳令种兢逮捕入狱，死在狱中，享年 61 岁。

班固的结局，就“命丧牢狱”而言，似乎比司马迁还要悲惨。但是，后人对班固的遭遇却没有对司马迁那样的同情。原因在于：班固在官场上的失势，是因为他参与到了党派斗争之中。而且，班固依靠的政治靠山窦宪，是专制朝政的权臣。等到窦宪倒台之后，班固作为窦宪党羽而被处罚，实在是“理所当然”。另外的一个因素，我们也不该忘记：司马迁有千古名函《报任安书》传世，为他赢得了无数人的敬重并代鸣不平，而班固却没有与之相同的私人书信传世。所以，班固命丧官家牢狱，却未曾收获司马迁那般因受“宫刑”而得到的尊重和敬仰。

其二，司马迁的“民间立场”和批判精神，比起班固的“正统立场”，更容易引发人们的敬佩之心。

班固尽管对司马迁的学术思想有所批评，但对《史记》的“实录”精神却是推崇备至：“善序事理，辨而不华，质而不俚，其文直，其事核，不虚美，不隐恶，故谓之实录。”

对开国皇帝刘邦，司马迁一方面描述了他的恢宏大度、知人善任，另一方面也如实地记载了他的“无赖”习气、诡诈之术。

对当朝皇帝汉武帝的失德之举，司马迁也敢于记录，并予以嘲讽、抨击。汉武帝重用酷吏，造成了严刑滥杀的负面作用，《史记·酷吏列传》给他们的群体定位是皇帝的鹰犬，一句“此皆以酷烈为声”，道出了酷吏服务于专制皇权的本质属性。汉武帝宠信方士、追求长生不老的荒唐行径，更成为嘲讽的对象。

徐复观先生的《论史记》，秉持其一贯反省传统中国文化中专制黑暗面的取向，强调司马迁及其《史记》对汉代专制政治的批判，实来自其中所蕴蓄的史学精神，与专制政治的要求，大相径庭。

不得不说，历史，往往喜欢作弄那些以官方代言人自居的人物。班固和《汉书》的史学成就当然很高。但是，他生前深度参与汉朝的政治、军事、思想文化的大事不少，自以“朝廷人”自居；没有料到的是，他本人也被汉朝的政治斗争所吞噬。在他屈死于牢狱之时，当时的舆论没有把他当作汉朝的“忠臣”看待。及至汉王朝覆亡之后，班固当年努力表现出来的维护汉家正统地位的史学观点，后世的人们更没有理由给予褒奖。

就此而论，司马迁论人论史，保持了更多个人的判断，不愿意让历史之学沦为政治的附庸，而且致力于以历史表达对政治的批判。司马迁的这种追求，这种境界，为他赢得了后世的尊重。太史公墓祠所享受的高规格，就是他被后人尊重的物化体现。而班固在过度参与政治的背景之下，成为维护“汉家正统”的历史学家，他选择的以“历史学”服务于现实政治的路径，根本无法赢得后世的尊重。

站在司马迁墓祠前，目睹司马迁身后殊荣的种种体现，联想班固墓葬沉寂的境况，两相对比，相差悬殊。抚今追昔，深有所得！自存内心，得闲时，或亦告同道。

说明：原载于王子今、高从宜、孙家洲、杜维民著：《出入龙门——晋陕黄河右岸的历史与文化》，西北大学出版社，2020年。收录于该书时，编辑对原文做过压缩删改。此次入编本书，恢复文章原貌。

“最北方的汉式宫殿”及其历史解读

2017 年 8 月，我参加了由中国人民大学国学院李肖教授组织的远赴俄罗斯南西伯利亚的考察活动。此次的考察路径，对我而言，最大的吸引力就是可以实地踏勘被称之为“最北方的汉式宫殿”。对于这座特殊的汉式宫殿，我早有神往之感。8 月 13 日，我与李肖教授、西北大学历史文化学院史党社教授等人到达哈卡斯自治共和国[①]米努辛斯科“地方志博物馆”，专程前来参观保存在这里的“汉式宫殿”出土文物。在这里我们见到了带有汉文化色彩的出土文物，特将在现场拍摄的若干照片附在文章中，呈献给感兴趣的读者朋友。

① 哈卡斯人居住地区，在苏联时期是哈卡斯民族自治州，1991 年苏联解体前改为哈卡斯自治共和国。

一、宫殿的位置与形制

这座“最北方汉式宫殿”遗址的发掘及其研究，在北部亚洲考古学领域，具有重要的意义，对于我们了解两汉之际汉匈关系的历史演变，更是具有独特的价值。遗憾的是：随着时间的推移，这座早年间被苏联考古学家发掘出来的汉式宫殿，已经很少为人所知了。

由于多年来关注这个重要宫殿遗址的人太少，以至于我们从网络上搜索，所得到的一篇介绍文章《最北面的汉代文化遗址——南西伯利亚的阿巴坎宫殿遗址》(作者署名张春)，说到遗址是“南西伯利亚地区汉式宫殿基址。位于今苏联哈卡斯自治州首府阿巴坎以南8公里”。仅就这个遗址位置的说明文字而言，表面上似乎精确到了以“公里”为计数单位，但是，以阿巴坎为地理坐标来做这样的方位叙述，对于未曾到过现场的人而言或许感觉是“言之凿凿”；而对于有机会到过现场的人而言，只能是发出一声苦笑了——两者之间的地理位置实在是相距甚远啊！

宛如“飞来峰”一般突然出现的“最北方的汉式宫殿”，位于今俄罗斯南西伯利亚地区的米努辛斯科平原上。该考古遗址所出土的文物，现在保存在哈卡斯自治共和国米努辛斯克地方志博物馆内。在俄罗斯的许多地区有“地方志博物馆”，其规格，大致相当于中国的省博物馆。

地方志博物馆的展陈内容通常由自然、历史、军事、民族等几部分构成。

这座汉式宫殿遗址，于1940年被偶然发现，不久就在苏联考古学家C. B. 吉谢列夫教授等人的主持之下，进行了考古发掘。此次考古发掘的最重要的主持人——吉谢列夫教授，时隔多年之后，在他的著作中，介绍了早年间的这个重大考古发现："1940年夏天在哈卡斯自治州首府阿巴干市以南八公里'力量'集体农庄附近修筑公路，挖掘了一条山岗的边缘，因而发现许多显然是中国起源的各种尺寸和形状的瓦。特别值得注意的是筒瓦（沿屋顶自上而下铺盖底层板瓦之间的接缝）的圆形瓦当……所有瓦当都有同样的汉字，是用两块制作相似的印模在泥坯未干时压印出来的。这些瓦当的拓片、摹本和照片，已交由阿列克谢耶夫研究。他断定文字是汉代的铭文为'天子千秋万岁常乐未央'。根据阿列克谢耶夫的意见，这句话的语法特征也是汉代的典型特征……1941、1945和1946年苏联科学院物质文化史研究所同哈卡斯研究所历史博物馆（哈卡斯博物馆和米努辛斯克博物馆）合组的工作队，全面研究了这座岗丘，发掘查明岗丘下面覆盖着一座草泥墙房屋的基址。经仔细考察，发现十六个房间，其中一些中心房间呈方形，面积为12米×12米，其余的房间从东西两面与之相邻……根据这些中心房间的四周有瓦当的瓦出土，应当认为屋顶同大部分中国建筑物一样是四面坡式。房屋中心部分的四周保存着较薄而且可能较矮的外墙。这些墙壁的下面也有带铭文的瓦当出土，据此可以推测外围房间的房顶是单面坡的瓦顶。它的上沿分别与中心房间的四壁相连。可见这座房屋可以复原为典型的中国建筑：平面正方形，上面盖有四面坡垂檐瓦顶。”①

对于苏联考古学家发掘出来的这座汉式宫殿的形制，中国学者以中山大学周连宽教授的描述最为简洁明了：“关于宫殿建筑的情况，据吉谢列夫说，中央大殿的四周都发现瓦当，足见大殿的屋顶是四斜面的。我们可以想象此大殿为全部建筑物的最高及最大部分，其四周则环绕着较矮的房屋，东南一角虽则为公路基地所掩，但从东北角的布置来推测当有房屋四间，总计大殿四周的房屋有十九间，连大殿本身共二十间。各房屋互相联属，大殿正门向南，与南面一屋相通，除大殿外，以此屋为最大，其东西宽与大殿相等，似系过厅即外宾进入的前堂。墙为黏土筑成，厚达二米，地下通暖气的渠道曲折回环，除通入大殿之外，

①（苏联）吉谢列夫著，莫润先译：《南西伯利亚古代史》（下册），第二编《匈奴——萨尔马特时期》，第七章《叶尼塞河流域的塔斯提克时期》，“五结语”。《西域史译丛》，新疆社会科学院民族研究所，1985年，第80页。地名的汉译有不同。该文的“阿巴干”，现在的标准译名是“阿巴坎”。

"最北方汉式宫殿"复原模型图

这是苏联学者根据考古发掘现场所见加以研究而复原的汉式宫殿模型图。作者于 2017 年 8 月 13 日在米努辛斯克地方志博物馆现场拍摄

并达半数以上的房屋。"屋顶用板瓦及筒瓦覆盖，屋檐有圆形瓦当，上有反印的"天子千秋万岁常乐未央"等吉语，还有汉文化特色鲜明的铜镜多面和铺首等文物出土。其年代应该是在公元前后。[①] 这座汉式宫殿出现在如此遥远的

① 参见周连宽：《苏联南西伯利亚所发现的中国式宫殿遗址》，《考古学报》，1956 年第 4 期，第 64 页。

宫殿遗址出土的反文汉字瓦当之一

作者于 2017 年 8 月 13 日在米努辛斯克地方志博物馆拍摄

匈奴控制的极北之地，确实为历史学家研究那个特定时期的汉匈关系提供了令人拍案称奇的材料。

从周连宽教授的行文来看，他也许没有到访这座宫殿的所在地做实地踏勘，联系到周先生在那个年代所遭遇的

宫殿遗址出土的反文汉字瓦当之二

作者于2017年8月13日在米努辛斯克地方志博物馆拍摄

极不如意的环境[①]，他似乎也没有远行出国考察的可能。周连宽先生仅仅根据苏联考古学家公开发表的文字，就对

① 周连宽（1905.2.10—1998.12.17）教授，是我国著名的图书馆学家、目录学家、档案学家、历史地理学家，中山大学资讯管理系教授和创办人之一。原名周梓贤，笔名苦竹斋主、蠹公、宽予。1954年起，周连宽先生成为文史大家陈寅恪先生的助手。他每日以半天帮助陈寅恪教授搜集整理资料，另外半天在中山大学图书馆工作。从此以后直到1969年陈寅恪教授逝世，周连宽先生一直是陈寅恪先生的得力助手之一。1956年11月，中山大学为了让周连宽先生专心做好陈寅恪先生的助手，遂将周连宽先生调至历史系资料室任主任。

宫殿遗址出土的铺首

作者于 2017 年 8 月 13 日在米努辛斯克地方志博物馆拍摄

这座宫殿的形制做出了更符合汉式建筑特点的描述，不得不令人佩服他的学术功力之深厚。

我们一行的领队李肖教授对当地接待方提出了希望实地踏勘宫殿出土地点的要求。接待方曾经表示了一定程度的为难，后来在我们的坚持之下，接待方陪同我们来到了出土地点。据接待方实地告知：在汉式宫殿出土之后，苏联政府为了加强运输能力，抢修了一条道路。这条道路把宫殿遗址完全覆盖（这个说法与上文转引吉谢列夫“东南一角部分覆盖”之说有所不同）。为了显示和记录这座被道路覆盖的古代宫殿遗址的准确位置，笔者在这个特殊的地点拍照留念。

尽管此次在宫殿遗址的实地踏勘，未能有更直接的发现，但是，依旧是一次难忘的经历。

中国学者对这所“最北方的汉式宫殿”的研究显然很不充分。郭沫若先生是曾经到访博物馆考察所藏文物的，但他是否到宫殿遗址所在地尚不得而知；对宫殿的时代和主人做过系统研究的周连宽先生识断过人，但是考虑到他撰写大作时是在 20 世纪 50 年代，也是他受到压抑的时候，他到南西伯利亚现场踏勘的可能性微乎其微。我们这次匆匆而来、匆匆而去的实地踏勘，难免浮光掠影之憾。那种亲临现场的感受，以及由此而产生的探讨历史真相的欲望之强烈，是枯坐书斋的人很难比拟的。我们一行在现场踏勘所得出的启发是：中国学术界应该更加重视和推进对北亚历史的研究。

二、宫殿“主人”的三种推测

这所宫殿的主人是谁？自然也就成为学界讨论的问题。苏联的学者、该宫殿遗址的发掘者吉谢列夫教授曾经推测是汉武帝时期的名将李陵败降匈奴之后，单于为了安抚李陵的思乡之情而建。

郭沫若先生曾经参与过讨论。他在《苏联纪行》里面说：“在我的想法，恐怕不是李陵的住居。馆中所陈列者只有瓦当和铜兽环，这些应该都是中国传去的，北匈奴境内没有可能自行制造……可能是汉家的公主下嫁时，王室为慰藉她的乡愁，特别建立此屋，以为陪媵的。”[①] 郭沫若先生的推论，动摇了苏联专家提出的“李陵宫”前说，有其价值；但是，他把这所宫殿的建造推论为汉家朝廷派人所为，是为“和亲”公主所建的“陪媵”建筑，却很难令人信服。

后来，周连宽先生对这个问题做了全新的讨论，他对宫殿主人是谁的前两个推论都做了否定：“综上所述，足证阿巴干宫殿遗址决非李陵的故居……由此可知，谓匈奴单于在远离龙庭五千余里的地方，筑一宫殿以处下嫁为阏氏的汉公主，殊难设想。”周连宽先生推测这个宫殿的真

① 转引自周连宽:《苏联南西伯利亚所发现的中国式宫殿遗址》,《考古学报》，1956 年第 4 期，第 55 页。

实主人应该具备以下五个条件：（一）其人可能生当王莽篡位时期，则与瓦当文字相符；（二）其人习尚中国风俗文化，否则不至弃其毳幕生活，而愿意住在这样一个中国式的宫殿里面；（三）其人必与汉有特殊密切的关系，否则汉廷不至帮助他建筑这个宫殿；（四）其时单于必对汉屈节称臣，否则，不至容许宫瓦有颂扬汉天子的吉语；（五）其治庭必在丁零，或距丁零不远。周先生进一步推论："根据上文所举五个条件，证以有关史料，我认为最适合于这个宫殿主人的是昭君的长女须卜居次云，亦称伊墨居次云。"①周先生的推论，有相当的合理性。如果没有新的考古成果出现可以否定他的推断依据，周先生的观点可以视为定论。也就是说，在现有的资料基础上，我们应该相信这座宫殿的主人，极有可能是王昭君的长女伊墨居次云和她的夫婿须卜当。他们最有可能取得了王莽新室政权的支持，并得到了匈奴时任单于的支持，得以在如此遥远的北方建成了这座汉式宫殿。

我们回顾在王莽辅政到废汉自立之初的短暂时期内，变幻莫测的历史风云，似乎为王莽处理好中原政权与匈奴之间的关系提供了难得的机遇。王莽新室代汉而立之后，中原与匈奴之间公开为敌的状态曾经出现过一次转机——

① 周连宽：《苏联南西伯利亚所发现的中国式宫殿遗址》，《考古学报》，1956年第4期，第61、62、63页。

与中原为敌多年的匈奴首领乌珠留单于逝世，时为王莽始建国五年（13）。当时，匈奴的用事大臣右骨都侯须卜当，是主张与中原修好的代表性人物，他的妻子就是王昭君的女儿伊墨居次云。西汉后期的王昭君曾经是汉匈结好的标志性人物，她的女儿伊墨居次云不仅继承了其母的文化符号，更与其夫君一道在匈奴的高层拥有相当的实权。他们夫妻二人都自觉地以王昭君事业的继承者自命，伊墨居次云经常表示应该与中原恢复“和亲”。当时有位对中原较为友好的匈奴贵族咸，此前曾经接受王莽颁赐的“孝单于”封号，再加之伊墨居次云素来与咸厚善，注意到咸前后为莽所拜，所以他们夫妻二人操纵政局，拥立咸为单于，号为“乌累若鞮单于”[①]。这位被拥立的新单于，本来无意与中原为敌，再加上伊墨居次云、须卜当两位贵族人物提议与中原王朝恢复“和亲”，在新莽政权与匈奴之间，关系趋向了缓和。

王莽天凤元年（14），伊墨居次云、须卜当派人到西河虎猛县的“制虏塞”下，告知守塞将吏欲见和亲侯。和亲侯王歙，就是王昭君兄长之子。中部都尉立即将情况奏闻朝廷，王莽喜出望外，派遣王歙、骑都尉展德侯王飒兄弟二人出使匈奴，王昭君家族的“和亲”符号作用，在这一轮的“新—匈”外交斡旋中，得到了双方的承认

① 班固:《汉书》卷九十四下《匈奴列传下》，中华书局，1962 年。

与运用。

在王昭君的女儿和女婿于匈奴拥有较高实权的背景之下，她们有亲附中原的情结，也有推进匈奴与中原关系密切的能力，但是，历史所提供的千载难逢的机遇，却被王莽的荒唐行为所破坏。

乌累若鞮单于在位时期，匈奴与新莽政权之间的关系相对缓和，军事冲突虽然时有发生，但是都处于较小规模。双方都在有意识地避免发生大的战争，匈奴一方发起的进攻，都被他们说成是“非官方”的失控事态；王莽一方，也乐得以此作为匈奴寇略的解释，以满足其政治需要。

王莽天凤五年（18），乌累若鞮单于病死，弟左贤王栾提舆继立，这就是呼都而尸道皋若鞮单于。他在位的时间（18—46）远超过其兄长。他为人刚愎自用，敢于杀戮。对于王莽新室政权而言，这位新继位的单于，是远比其前任乌累若鞮单于更难驾驭的强势对手。偏偏王莽的应对之策，又出现了施展谋略而手法拙劣的问题。新单于继立之后，对王莽新室表达过善意，曾经有遣使奉献之举。王莽寄希望借用王昭君女儿伊墨居次云与女婿须卜当在匈奴的影响力来牵制这位呼都而尸道皋若鞮单于。王莽遣和亲侯王歙至塞下，诱骗伊墨居次云与须卜当及其子至塞下，胁迫他们一家至长安，强拜须卜当为“须卜单于”，欲发兵北上，帮助“须卜单于”争夺大单于的位置。对于这种难登大雅之堂的做法，王莽大臣中很有政治和军事远见的严

作者在俄罗斯图瓦共和国做野外考察留影

尤提出了劝谏，王莽却不加采纳并且罢免了严尤的大司马之职。匈奴呼都而尸道皋若鞮单于得知消息，勃然大怒，发兵南下侵袭。边境沿线，连年烽火不断。王莽新室与匈奴的关系再次进入了严重冲突的阶段。

到地皇二年（21），被控制在长安而无法有所作为的须卜当郁郁而终，王莽把庶女嫁其子后安公奢，他依然想利用机会出兵辅立奢为匈奴单于，当然只能是幻想了。本来王昭君的女儿与女婿这支在匈奴内部的力量，是有可能为推进匈奴与中原的关系而有所贡献的，但是，王莽的自作聪明和胡乱作为，却把这个特殊家族的作用“归零”了，令人徒叹奈何！

以宫殿建筑为载体的汉文化，奇迹般出现在遥远的匈奴腹地之北，出现在汉人原本无所闻知的极北之地，除了让后人感叹文化与文化交流的方式可以如此多姿多彩、其生命力可以如此强大之外，当然我们也应该想到：如果没有中原与匈奴关系和好（至少是暂时缓和）的背景，单纯依靠一方的强势扩张，是不可想象的。由此而言，如此规模的“汉式宫殿”能够出现在遥远的北方，伊墨居次云与须卜当夫妻的“居中”之功，不可埋没。由于王莽处置失当，使得伊墨居次云与须卜当夫妻失去了在匈奴高层的影响力，这座地处北方的汉式宫殿，也就只能陷入落寞和荒芜。居今思古，多少感慨不知该如何付诸笔墨！

原载于《文史天地》2018 年第 4 期

“虎落”遗物考释

“虎落”，为治汉史者所熟知，是因为《汉书·晁错传》所载晁错“言守边备塞”的一段文字：“陛下幸忧边境，遣将吏发卒以治塞，甚大惠也。然令远方之卒守塞，一岁而更，不知胡人之能，不如选常居者，家室田作，且以备之。以便为之高城深堑，具蔺石，布渠答，复为一城其内，城间百五十步。要害之处，通川之道，调立城邑，毋下千家，为中周虎落。”晁错是把虎落作为募民守边的重要设施给予强调的。但是，何为“虎落”？古人的注释却颇有异同。《汉书·晁错传》的注文就有三家之说：郑氏曰：“虎落者，外蕃也。若今时竹虎也。”苏林曰：“作虎落于塞要下，以沙布其表，旦视其迹，以知匈奴来入，一名天田。”师古曰：“苏说非也。虎落者，以竹篾相连遮落之也。” 苏林之说，将“虎落”等同于“天田”，受到了颜师古的批评。而颜注把“虎落”的构建材质限定为

张德芳、孙家洲主编《居延敦煌汉简出土遗址实地考察论文集》书影

“竹篾”，这种说法似乎为后世学者奉为定论，明人彭大翼就有“虎落，以竹为藩篱也”[①]之说。此说是否确实无误，其实值得我们讨论。

劳榦先生利用居延汉简以研究汉代边境屯戍问题，将“虎落”重新提了出来。“秦汉的长城，据记载上说，却不全是城垣，有若干的地方，却是木栅。”而对“木栅”的说明是“又称做虎落或疆落”[②]（引者按：“疆”，原文如此，似乎以“彊”为是）。劳榦先生是把“虎落”作为长城的组成部分（或说是特殊形态）而论证的[③]，而且将文献中的“虎落”与居延汉简所见的“彊落”联系到一起，当然引人注目。

但是，虎落的形制究竟如何，因为缺乏实物例证，一直难以断言。

此次居延汉代遗址实地考察活动，却使我有机会在甲渠候官十六燧看到了虎落的遗迹和遗物。当我们一行到

① 彭大翼：《山堂肆考》卷二百三十四《补遗》。
② 劳榦：《释汉代之亭障与烽燧》，原载《历史语言研究所集刊》第十九本。亦载《劳榦学术论文集》，台北艺文印书馆，1976 年，第 700 页。劳榦原文为“疆”，当以“彊”为是。
③ 吴礽骧先生对“长城”的认识，可以进一步证实劳榦先生的观点，他说：“根据笔者多年田野调查的体验，如不改变长城即墙垣的观念，我们的长城调查与研究，就很难进一步深入。”吴礽骧：《战国秦长城与秦始皇长城》，载《西北史地》1990 年第 2 期。

达甲渠候官第十六燧时，这个因为新近出土了大量汉简和灶堂、供暖“火墙”而著名的汉代烽燧，令我倍感亲切。2005年9月至2006年7月，在中国人民大学国学院，我和谢桂华、王子今、宋超、刘华祝、徐世虹、刘乐贤、马怡、罗新、赵平安、邬文玲等志同道合的学者共同组成了“《额济纳汉简》研读班”。《额济纳汉简》（魏坚主编，广西师范大学出版社于2005年3月出版）共收录了1999年、2000年、2002年在额济纳地区新出土的汉简五百余枚。其中约有九十枚就出自第十六燧。魏坚所撰《额济纳旗汉代居延遗址调查与发掘述要》一文，使用了约三千字，平面图、剖面图各一幅，图版两幅，对第十六燧加以描述。据我看来，这是作者用力最多的一部分。其中对供暖“火墙”的记述，给我留下了深刻的印象。此外，他的一段话：“在烽燧的西侧十二点六米处，留有明显的两道塞墙，墙为南北向，较直，两墙外侧相距约九米，墙宽约六十厘米，残存高度仅十至二十厘米，其内即应为‘天田’。”[1]同样对我具有吸引力。以往阅读史书和汉简牍，对于“天田”有所关注和了解，学术界把它定位为“边塞侦迹设施”，魏燕利先生有专文论及：“在古文献中，‘天田’一词歧义有三，作为边塞侦迹设施的‘塞天田’为其一；近

① 魏坚：《额济纳旗汉代居延遗址调查与发掘述要》，《额济纳汉简》，广西师范大学出版社，2005年，第11页。

世随着西北地区大批汉简的出土，为我们揭开‘塞天田’的神秘面纱，提供了较丰富的新资料；汉‘塞天田’与汉长城相伴，既有其源流，又有其形制与效用；汉代边塞对它非常重视，并形成了一套系统严密的管理体制，成为汉代边塞防御体系中的有机组成部分。”[①] 因此，对于天田，我一直希望有机会加以实地踏勘。此次来到第十六燧，除了仔细观看室内的白垩墙面、供暖“火墙”之外，我很注意寻找塞墙和“天田”遗址。我在烽燧遗址外围踏勘，无意中发现在考古发掘形成的堆土边缘，有几个高出于地面约六七厘米的木桩，就询问陪同我们调查的额济纳旗文物所的那仁巴图先生。承蒙他热心告知：他参加了前几年的考古发掘，当时发现了有许多这样的树桩，在烽燧的外侧连成一线。只是考古发掘时，没有特意保护，现在大多已经压在土堆的下面了，露出地面的实在很少了。听完介绍，我留意观察，现场可以看到的仅仅有四五支，相距约有一米的距离。当时，似乎鬼使神差一般，我伸手试着将其中一支向上拔起，稍一用力就拔了出来。发现它埋入地下的一端并非根部，而是从一侧被削成锐角，砍削加工的痕迹非常明显，这是为了便于楔入地下。暴露于地表以上的部分，由于常年的风吹日晒，已经严重风化；而埋藏于地表

① 魏燕利：《汉“塞天田”新探》，《池州师专学报》2003 年第 6 期。

以下的部分，依然保留着树皮。它的横断面直径不足 4 厘米，长度约 30 厘米。它是以当地最为常见的胡杨木制成。我端详着这支胡杨木桩，忽然想到：这是否就是文献中所记载的“虎落”遗物？我先后询问相距不远的邢义田、王子今两位教授，他们也都很感兴趣。

我继续思考：它是否就是“虎落”？如果认定其为“虎落”，与我原来关于“虎落”的主观想象实在有很大差距。因为稍为回顾上引资料对“虎落”的描述，晁错依之为边邑的防御屏障，劳榦先生视为长城的组成部分，给人留下的是高大、坚固的感觉。而我们现在面对的这段胡杨木，却是如此纤细、单薄，似乎与“虎落”有着相当落差。

结束野外考察、返回北京之后，我检索了有关“虎落”的文献资料，现将其梳理如下：

在先秦文献中，《六韬》卷四《虎韬·军用》有一段三涉“虎落”的文字记载：“三军拒守：天罗虎落锁连，一部广一丈五尺，高八尺，百二十具。虎落剑刃扶胥，广一丈五尺，高八尺，五百二十具……山林野居，结虎落柴营。”这里的“虎落”是指与军队营寨相关的防御设施[①]。

① 徐勇将“天罗虎落”解释为“一种将网覆在竹篱上而制成的防御设备”；而将“虎落柴营”解释为“用竹木结成的营寨”。参见徐勇主编：《先秦兵书通解·〈六韬〉通解》，天津人民出版社，2002 年，第 293—295 页。

考虑到《六韬》的成书时间一般认定在战国晚期，与晁错的生活年代相去并不遥远，可以推测，书中所载的“虎落”应该与晁错所言大致一样。那么，两度出现的“高八尺”的标准数字，应该引起我们的注意。

西汉后期的扬雄在其《校猎赋》中实际也提及“虎落”，而称之为“虎路”：“尔乃虎路三嵏以为司马，围经百里而为殿门。”《汉书》的两个注释，给我们道出了其中内情。晋灼曰：“路，音落。”师古曰：“落，累也，以绳周绕之也。”[①]晋灼的注释指明了“虎路”即是“虎落”。颜师古的注释则是对“虎落”形制的说明，“以绳周绕之也”之说，可以诱导我们向“藩篱”方向思考问题。

在居延汉简中，与“彊落”相关的简文有两条：

（1）四百廿人代运薪上转薪立彊落上蒙涂辒车亥二百六十一丈率人日涂六尺二寸奇六尺　《居延新简》E.P.T59：15

（2）☐来南渡临莫隧彊落天田☐　《居延汉简释文合校》239.22

简（1）的关节点在于：“立彊落”所用之物是“薪”而非“竹”。则上引颜师古的注释，以“竹”限定“虎落”的材质，肯定需要修改。

简（2）的关节点在于：“彊落”与“天田”并存，而

① 班固：《汉书》卷八十七上《扬雄列传上》，中华书局，1962年。

且从上下文意推测，两者应该是毗邻关系。则上引苏林注释，将“虎落”等同于“天田”，肯定有误。

至此，我对于“虎落”的基本认识，可以归纳为以下数语：

1. 前人多以“竹”为“虎落”的材质，或许所言为原本的形制，但是在汉代的居延地区，少有竹材而多产胡杨，于是人们做出变通，以胡杨木作为“虎落”的制作原料。

2. “虎落”与“天田”，二者尽管可以配合使用，却并非一物①。

3. 称“虎落”为“木栅”可以成立。“虎落”的作用，与土石构筑的长城不同，作为一种“木栅”，它无法阻断跨越边境者的出入路径，而只是对走近边界的人起一种警示和阻碍作用。颜师古注称“以绳周绕之也”之说，表明了它是在边境线上竖起的一道藩篱。用于“周绕”的绳索，我颇疑即为出土简文中“绞”②的用途之一。同样的道理，“天田”的作用，也不在于阻止有人跨越边境线，而在于有人跨越边境线之后，留下足迹以作判断的凭证。

① 吴超先生在《天田与土河》一文中，有如下论断：“燧和燧之间有天田相连，天田和虎落同时存在，天田与土河不尽相同。”见《敦煌研究》2004年第2期。

② 如《额济纳汉简》所见“用绞千七百五十二丈”99ES17SH1：12。

4.“虎落”的高度，或许原本为八尺，但其实际作用既然不是“阻断”而是“标识”和“阻碍”，且在边远之地树立高达八尺的藩篱又特别不容易，那么降低藩篱的高度，就是最为方便的选择了。

5.“虎落”由早期的边界“藩篱”向防御性设施转变，特别是考虑到“以绳周绕”之说，它最有可能演变为“绊马索”之类的地面防御之物。明人方以智《通雅》卷三十五征引宋代文字学家徐铉校注《说文解字》之说：“竖散木为区落，曰柴离、疾黎、虎落也。”将“虎落”与“疾黎”并列，其形制与用途大概相去不远。

如果以上五点推论可以成立，那么，以上所说在十六燧所发现的胡杨木桩，就可能是“虎落”了。依据它的直径和地下埋藏深度，来推测其地面以上部分的高度，即便是考虑到以绳索联结所起的固结作用，大概也不会超过一米的高度。

此外，“虎落”不仅存在于先秦、秦汉时期，后世依然是一种重要的军事防御设施，而且在战阵之中发挥着作用。宋代王钦若等撰《册府元龟》卷一百二十四《帝王部·讲武》有如下记载：“周太祖广顺元年四月，河中言送器械至隰州，付汾州刺史王继勋。太祖收河中，得继勋、聂遇，皆西北山贼之魁。时刘崇侵挠，乃用聂遇为石州刺史，继勋为汾州刺史，各就险阻，设虎落，为行州招收贼寇，御边患焉。” 据此，王继勋作战以“虎落”为防

作者与张德芳先生、廖伯源先生在河西汉塞考察时合影

御之具，似乎颇有成效[1]。《宋史》卷四百一十二《孟珙传》也记载：“（孟）珙与傔盏约，南北军毋相犯，决堰水，布虎落。”很有意思的是，后世还把“虎落”当作军阵的代名词使用，使之成为一种特殊的符号。如，隋人杨

① 王继勋，《宋史》卷二百七十四有传，但本传中却未载其作战时使用虎落之事。

素“云横虎落阵，气抱龙城虹”之诗[①]，明人张岳“虎落周遭拥晓云，当年万马谁空群”[②]之句，皆可以为证。

鸣谢：在完成本文初稿之后，我曾经向王子今教授、马怡研究员求教，承蒙他们二位热心相助，提供了很有价值的补充、修改意见。他们的意见，我已经在修改时悉数采纳，本文由此得以增色。这使我再度享受到朋友相助的温馨和教益，特此致谢。

说明：原载于张德芳、孙家洲主编《居延敦煌汉简出土遗址实地考察论文集》，上海古籍出版社，2012年。赴居延考察的时间是2006年7月27日，赴敦煌考察的时间是2008年8月21日至8月27日。

①《乐府诗集》卷二十一《横吹曲辞一》，中华书局，1979年。
②《小山类稿》卷二十《过念涯营》。

第三辑 伏读·顿悟·呓语

“古史分期”与“百家争鸣”

“中国古代史分期”问题，特指从奴隶社会向封建社会的历史转折。对它的讨论，从20世纪30年代出现以来，迄今已有70多年的时间。其中，前50年的讨论，大体是在“五种社会形态”的体系之下进行的。可以把众多的分歧意见，区分为“三论五说”。三论是：西周封建论、战国封建论、魏晋封建论；五说是：春秋封建说、秦统一封建说、西汉封建说、东汉封建说、东晋封建说。林甘泉等先生合著的《中国古代史分期讨论五十年》一书，就是全面反映这一讨论过程和关键问题的结集之作。而最近20年间，出现了一种新的动态，就是摆脱“五种社会形态”的固有模式，重新审视中国是否存在过“奴隶社会”。如果奴隶社会被否定，古代史分期之争也就失去了存在的意义。相对而言，第一阶段的争论，在社会上引发的关注更为明显；而第二阶段的争论则基本上局限于历史学的范围之内，其学术意义之重大或许要在未来才能够充分显示。

在这场严肃而又旷日持久的学术大讨论中，许多有影响的历史学家倾注了他们的聪明才智。回顾70年来大讨论的过程，可以说它直接折射出“百家争鸣”的方针是否得到了真正的贯彻执行。

“古史分期”之争是“百家争鸣”的有益尝试

“西周封建论”的主要代表人物是范文澜、翦伯赞。“战国封建论”的掌门人则是郭沫若。他们都是著名的马克思主义史学家，不仅在文化教育界都有相当影响力，而且也得到了党和国家领导人的尊重。作为洞悉沧桑巨变、通达人情世故的大学者，他们互相尊重，没有因为“古史分期”上的不同观点而影响私人交谊。但是，学术观点的不同，在某些场合毕竟会出现如何合作的问题。中国历史博物馆落成之后，“中国通史陈列”按照何种分期观点来布置，就是一个无法回避的问题。据曾经长期任职于中国历史博物馆的老专家洪廷彦先生回忆，当初讨论这一问题时，大家都很慎重，因为这是最高级别的历史陈列，带有一定的权威性。一旦确定所依据的理论体系，必然会有利于其学说的传播，而对其他不同观点就会产生一定的不利影响。在这种情况之下，参与讨论的范文澜、翦伯赞两位先生，态度特别通达，主动提议按照“战国封建论”的观点布展。从而解决了这一棘手的问题。这一陈列体系，一直沿用到20

世纪末，对扩大“战国封建论”的知名度无疑是有作用的。

1961 年下半年，北京大学历史系接受“文科教材会议”委托，撰写《中国史纲要》。作为此书的主编，翦伯赞按照自己的思路，组建了一个由专家学者构成的精练写作班子。他的《关于处理若干历史问题的初步意见》，为《纲要》奠定了基本框架。他的基本思路得到了陆定一、周扬等中宣部领导的全力支持。在“古史分期”上是采用郭沫若的观点，还是坚持范文澜与翦伯赞本人的立场，翦伯赞也曾经表现出犹豫和为难。他表示，古史分期作为学术问题，理应百家争鸣；但编写教材，还是使用统一的表述为好。他甚至准备采用郭沫若的“战国封建论”。与国家一级的通史陈列体系相比较，在编写历史教材的过程中，学术观点的不同所产生的问题，更加不容易协调。因为这里不仅有主编人的署名问题，而且对自己并不服膺的学说展开正面论述难免存在障碍，在写作中需要面对的困难是非常明显的。在这种背景之下，曾有人提议，请中宣部加以决断。当时的领导人表现出提倡百家争鸣的诚意，请学者根据自己的观点著书立说。陆定一明确表示，既然是翦老主编，就可以按照自己素所主张的“西周封建论”来写，这样有利于百家争鸣。他还鼓励翦伯赞：“你都不敢写，谁还敢写！”于是，翦伯赞主编的这部教材，在古代史分期问题上采用了“西周封建论”。同为教育部认定的教材，出现了不同观点的并存，实属难得，这实际上成为历史学界“百家争鸣”的有益尝试。

多年之后，在陆定一经历了“文革”的劫难复出工作之时，他依然把这一开明的决策过程当作实际贯彻“双百”方针的范例来回顾：“郭沫若同志和范文澜同志都是马克思主义史学家，但是对中国历史的分期有不同的看法。当时正在编写一部中国历史教材，对于采用谁的观点有争论。有的同志要中宣部决定谁对谁错。我们认为，这是学术问题，要凭考古工作者发掘出来的东西，由历史学家去讨论决定，中宣部不能拍这个板。我把这件事情向毛主席汇报了，毛主席说，我同意你的意见，如果中宣部去管这些事，请马克思当部长，请恩格斯当副部长，再请列宁也当副部长，也管不了。”陆定一还由此引申说，社会科学应该有不同学派的并存，“学术与政治不同，只能自由讨论，不应该用戴‘政治帽子’和‘哲学帽子’的办法，打倒一个学派，提高一个学派”。他认为，这样的蠢事，历史上仅有梵蒂冈教皇、秦始皇、汉武帝干过。（转引自陈清泉《陆定一复出后的五篇文章》，《纵横》2003 年第 9 期）

这样的“内幕”公开之后，人们才得知，当年中宣部尊重学术自由、不以政治权威干预学术争鸣的理性态度，不仅体现出陆定一等人的开明，而且是经过毛主席认可的。在此回顾著名的“双百”方针的提出过程，或许是有益的：早在 1951 年和 1953 年，毛主席就分别提出了“百花齐放”和“百家争鸣”的两个口号，当时尚未引起社会的普遍关注。1956 年 4 月 28 日，毛主席在中央政治局扩大会议上，把它们共同表述为工作方针，提出：艺术问题上百花齐放，学术问题上百家争鸣，应该成为我们的方针。关于“百家争鸣”的内涵，毛主席的解释特别明确：“讲学术，这种学术可以，那种学术也可以，不要拿一种学术压倒一切。你如果是真理，信的人势必就会越多。”四天之后，毛主席在最高国务会议上正式向党内外公布了“双百”方针。它尽管实际上只是一种口号，但确实得到了全国人民，尤其是知识分子的衷心拥戴。时至今日我们重闻这些论述，也依然感到温馨和亲切。在当时的历史学界，真正自上而下地遵循、贯彻“百家争鸣”方针的典型事例其实并不太多。也正因为如此，后人才会把60年代的“古史分期”大讨论中的上述一幕，视为“百家争鸣”的典型案例。

“古史分期”讨论折射出历史学界的思想自由度

当着“百家争鸣”真正得到尊重和实施时，“古史分期”的讨论，就会得以正常展开；而一旦它成为束之高阁的装饰物，那么包括“古史分期”在内的任何学术问题，都不可能出现讨论的生机。

“魏晋封建论”在20世纪50年代，曾经一度很有社会影响，与“西周封建论”“战国封建论”鼎足而三。其主要代表人物是尚钺、何兹全、王仲荦三位先生。但1959年随着尚钺受到批判，“魏晋封建论”明显受到压抑。

尚钺是在1927年大革命失败之后加入中国共产党的老革命，1932年曾经出任中共满洲省委秘书长，不久因为受到“左倾”路线的排斥而被开除出党。新中国建立之后，尚钺的知名度较高，大概与两个因素有关：其一，尚钺1929年在吉林省毓文中学执教时，其中有一位来自朝鲜的学生，就是未来的朝鲜领袖金日成。金日成尊称尚钺是自己的“马列主义启蒙老师”。其二，尚钺在50年代的史学贡献，在社会上形成影响，并为高层领导所知悉。在一次国庆活动中，周恩来总理得知围拢在身边的学生来自中国人民大学，十分高兴地对他们说：“你们的尚钺老师，论证魏晋封建说，是古代史分期讨论中有影响的代表人物。你们应该引以自豪。”著名文学家苏叔阳，就是当时在场的学生之一。多年之后，苏叔阳对尚钺和韩大成先生联合指导的研究生毛佩琦追忆往事，依然不胜感慨。

20世纪50年代的尚钺，以中国人民大学为依托，在探讨古史分期、资本主义萌芽等当时最为引人注目的史学讨论中，做了大量的工作。1954年尚钺主编的《中国历史纲要》由人民出版社出版，不仅在国内引发关注，而且苏联、日本、波兰都出了译文本。他主持编辑的《奴隶社会历史译文集》《封建社会历史译文集》（1955年）、《中国奴隶制经济形态的片断探讨》《中国封建经济关系的若干问题》（1958年）等四部论文集由三联书店出版；他的《中国资本主义生产因素的萌芽及其增长》《先秦生产形态之探讨》等长篇论文，相继在《历史研究》发表。这些不俗的成果，使得尚钺及其学派势头颇盛。

到了1959年，在大规模的“反右倾”斗争中，尚钺被定为史学界的代表人物，受到全国性的重点批判。他的学术观点被批判为“修正主义”“反马克思主义、反对毛泽东思想”。几家有影响的学术刊物，都出了批尚钺的专号；《历史研究》编辑部将其中的重头文章汇集为《尚钺批判》。此后十余年，尚钺只能作为受批判的对象。在“十年浩劫”期间，尚钺及其眷属受到更为严重的摧残。晚年的尚钺总算熬到平反之时，在最后一篇文章中如此表达他的胸襟：“一个优秀的历史学家……他所争的不是一时之是非，而是万世之是非；所追求的不是一时的荣显，而是客观真理。”至于谈到多年的学术纷争，他说“我们留给子孙后世的，不应该是鏖战之后的残垣断壁，而应该是一座五彩缤纷的大花园”。这里所体现的是一位学者对“百家争鸣”的由衷渴望、殷殷呼吁。

“魏晋封建论”的另一位代表人物，是何兹全教授。1950年自美国归来，在北京师范大学历史系执教至今。何教授的令人景仰之处在于，几十年来不管时局如何变化，都持之以恒地潜心研究，终于成为魏晋封建论的集大成者。在20世纪50—60年代的多事之秋，何教授做了理性的选择，在自述之作《爱国一书生》中，他以幽默的笔触写道：回国之后自觉地“跟着共产党走，党说什么就是什么”，向共产党“投降”的思想，在几十年的政治运动中，挽救了自己的政治生命和学术生命，很少受冲击。何教授的理性，应该视之为学术界的幸运，因为这减少了冤狱，保全了一位泰斗。特别是何教授1991年出版的《中国古代社会研究》一书，现在无疑是代表了魏晋封建论最高水平的重要专著。

长期执教于山东大学的王仲荦，发表了多篇论述魏晋封建论的文章，特别是他1957年出版的专著《关于中国奴隶社会的瓦解及封建关系的形成问题》，当时是全面论证魏晋封建论的代表作。

对学术问题，学者持不同观点并展开争鸣，本来是正常的事情。但在政治运动的背景之下，使某种学术观点受到压抑，就是不正常的形态了。也正因为如此，有一位很有影响的“战国封建论”学者，在“魏晋封建论”处于低潮时，以“江泉”的笔名发表文章，最早把“魏晋封建论”列为与“西周封建论”“战国封建论”鼎足并立的学说。这说明，真正的学者，是希望在正常气氛中展开严肃的学术批评的，因而对论敌才会给予真正的尊重。

至于在“文革”期间，根本谈不上任何正常的学术讨论。包括郭沫若、范文澜在内的学术权威，都受到了冲击。翦伯赞最为不幸，在经历了多次批判之后，1968年12月18日，绝望无助的翦伯赞与妻子一道服药自尽，以死向黑暗作最后的抗议。1966年5月至6月，范文澜也承受着巨大的政治压力，当时正走红的“理论权威”陈伯达公开指责范文澜，逼迫他做检查。范文澜曾经连续给他所信任的同事写信，请他们“站在敌对方面”对自己“大加抨击”，“愈过头愈好”，原因是：如果自己人“不大大抨击，将来自有人出来抨击，那就被动了”。他还感叹：“人应保晚节，但晚节也不容易保。”让一位学界泰斗如此诚惶诚恐，几乎接近精神崩溃，“文革”之恐怖邪恶，由此可见一斑。范文澜要比翦伯赞幸运得多，毛主席适时地出面“保护”了。1966 年国庆节，范文澜在天安门城楼上参加庆祝活动。毛主席大声说：“范文澜同志，有人要打倒你，我不打倒你。”有了这简单的一句话，范文澜得以避过劫难。当然，在当时的特殊情况之下，在“分期”问题上，他不得不识趣地三缄其口了。转机似乎又出现了——1968 年 7 月间，毛主席派女儿给范文澜传话：中国需要一部通史，在没有新的写法以前，还是按照你那种方法写下去。身处不安与无奈之中的范文澜，为此而异常兴奋，不顾疾病缠身，立即组织写作班子，制订计划，全心全意地投身到毛主席交付的工作之中。但是，长期以来承受压抑的身体，却无法承载这种过度的兴奋，范文澜病倒了。他不顾身体并未康复，迫不及待地要出院工作，他向劝阻的亲友述说着毛主席的嘱托，表达着急切的心情：“索性出来写东西吧，时不我待呀！”结果，在出院的当夜，就因病情恶化而去世了。时为 1969 年 7 月 29 日，距离他的好友翦伯赞被迫自杀不足8个月。郭沫若的观点虽然取得了政治支持，但两个儿子死于非命，他本人的身心同样遭受摧残。所以，后来他以最直白的语言欢呼："大快人心事，粉碎四人帮！"既是为了民族灾难的结束，也宣泄了自身重获"解放"的真实感觉。

对于"文革"期间历史学界的概况，杨念群在《中华读书报》上有如下分析："由于'战国封建说'比较符合于当时意识形态构建历史理论的要求，所以被奉为正统，'魏晋说'自然成为异端，诠释'战国封建说'的历史著作几乎一统了天下。"这样的分析是否完全可信，或许可以见仁见智，但他道出了人们一种直接的感受。

"文革"结束之后，思想解放的春风，同样在历史学界呼唤着"百家争鸣"局面的复苏。"古史分期"的讨论，在沉寂多年之后，再度热烈起来。其中，"魏晋封建论"的复苏，最为引人注目。

1978年，在长春召开了"中国古代史分期问题学术讨论会"。发表在《历史研究》当年第12期上的"会议综述"，标题就是《冲破"禁区"，百家争鸣》，它甚至可以被视为历史学界思想解放的表现形式之一。

1979年对"战国封建论"的质疑，几乎是最集中的史学话题。《历史研究》分期刊出了一批知名学者的论战文章：何兹全《汉魏之际封建说》、金景芳《中国古代史分期商榷》（上、下）、郑昌淦《井田制的破坏和农民的分化——

兼论商鞅变法的性质及其作用》。尚钺以老病之躯，在《中国史研究》发表《关于古代史分期问题》，还有罗祖基《论与战国封建说的分歧》发表于《学术月刊》。其他刊物也有类似的文章刊出。而真正代表“战国说”与这股批判浪潮正面交锋的，只有两篇像样的文章：侯绍庄《怎样理解郭沫若同志的古代史分期学说》(《历史研究》)、田昌五《中国古代奴隶制向封建制过渡的问题》(《社会科学战线》)。稍后田昌五于1982年出版了《古代社会断代新论》，这是当时捍卫、发展郭沫若“战国封建论”的代表作。

作为中国人民大学历史系的本科生，我和同学们在课堂上就感受到了对“战国封建论”的质疑和批评。郑昌淦先生给我们讲授“中国古代史”，他用了多数时间在批判论敌之说。至今我们全班同学都记得，郑先生为了节约课堂板书时间，事先把有关史料抄写成“大字报”的形式，张挂在黑板旁，还揶揄说：我从“红卫兵”那里学来了“大字报”用于教学，大概是“文革”的唯一正面作用了。他说：“战国封建论”者为了论证商代有众多奴隶，把甲骨文中的“众”(眾)字解释为“在太阳底下从事集体耕作的奴隶”，他嘲讽说：“我们现在的人民公社的农民不是也在太阳底下集体耕作吗？怎么可以把这种劳动场景与奴隶社会相联系呢！”引起的是一片笑声。

1986年8月召开的“北戴河古代史分期讨论会”，是在郑昌淦先生的筹划之下在中国人民大学北戴河休养所召开的。参与筹备工作的有北京大学的俞伟超（后调任中国历史博物馆馆长）、北京师范大学的何兹全、北京市社会科学院的常征等人，均为持魏晋封建论的学者。郑昌淦先生所作的大会主题报告，就是以倡导学术自由、反对“一言堂”为重点的。会议的气氛非常活跃，讨论非常热烈。稍后在长春召开的先秦史学会年会，也把古代史分期问题作为议题之一，在客观上延续了北戴河会议的讨论。

何兹全《九十自我学术评论》（转引自《国学网》2002年12月25日）有一段话，有助于我们了解几十年来的变化：“‘文化大革命’以前，史学界居领导地位的是范老（文澜）和他的西周封建说。‘文化大革命’后（应该是“中”——引者注），郭老（沫若）的春秋战国封建说起而代替了范说。他们两家之说，都能和毛泽东的‘封建制度，自周秦以来一直延续了三千年左右’挂起钩来，汉魏之际封建说挂不上钩。汉魏之际封建说虽然没有受过政治迫害，压制是有的。空气也有重量，那个气氛是很重的。尚钺同志的遭遇，就是我的榜样，我是看在眼里，惊在魂里的。改革开放以来，学术气氛轻松、活泼、自由多了。近年来我写了不少文章，畅谈汉魏之际封建说。不但很少顾虑，而且敢于‘主动出击’和同志们公开争论问题了。”而且，何兹全先生在《光明日报》1999年1月29日发表的《争论历史分期不如退而研究历史发展的自然段》一文，使人更加敬佩何先生的人格和学术风范。作为“魏晋封建说”的代表人物，他没有沉醉于以往的争论之中，而是理性地思考争论70年的历史分期问题，坦承“史学界对这个问题的争论，已有‘公说公有理，婆说婆有理，各说各有理’的淡漠甚或腻烦情绪”，主张“我们先不要谈论分期问题……要换个角度先研究中国历史发展过程中客观存在的自然段落”。当年大讨论中硕果仅存的代表人物，都在以超脱的眼光来回顾这一学术史了——这实际上是新时期学术讨论多元化的象征之一。

“中国无奴隶社会”说的崛起，也构成了新时期史学讨论的焦点所在。雷海宗在50年代就认为中国没有经历过奴隶制社会，他的《世界史分期与上古中古史中的一些问题》一文（《历史教学》1957年7月号），在60年代遭受严厉的批判，却在80年代重新赢得了声誉。特别是1986年在长春召开的先秦史学会年会上，以张广志、沈长云等人的发言，成为“中国无奴隶社会”说重新崛起的标志之一。重构中国古代史体系的新尝试，是史学界令人注目的动态。白寿彝主编的多卷本通史，抛开了“奴隶社会”“封建社会”的表述方式，而代之以“上古时代”和“中古时代”此类只有时间意义的划分。曹大为等人在编写《中国大通史》时明确提出“不再套用斯大林提出的‘五种社会形态’单线演变模式作为裁断中国历史分期的标准”，该书把夏商周三代称作“宗法集耕型家国同构农耕社会”，把秦汉至清中期称作“专制个体型家国同构农耕社会”。谢维扬的《中国早期国家》一书在古史性质的判断、发展阶段的划分等方面充满了新意。晁福林在2003年出版的近著《先秦社会形态研究》中把“五种社会形态说”比喻为“陈陈相因”的“太仓之粟”，明确指出夏商—西周春秋—战国的社会形态无法套用旧的说法。曾经尽力捍卫“战国封建论”的田昌五，在1994年出版的《中国历史体系新论》中，也大大改变了以前的学术思路，构筑了一套新的中国古代史体系，他把五帝和夏商周称为族邦时代，战国直至清朝灭亡为封建帝制时代。这些新观点，其实是在“古代史分期”讨论的基础上加以深化而出现的。所以，不管这场争论的趋势与原本的意图出现了多大的背离，从学术发展史的意义上说来，它的重要性依然存在。

说明：本文曾经以缩写、改写的形式，在《人民政协报》《北京日报》发表。在撰写过程中，参考了陈其泰《范文澜学术思想评传》、王学典《翦伯赞学术思想评传》、何兹全《中国古代社会研究》，以及《庆祝何兹全先生九十岁论文集》《尚钺史学论文选集》等论著；并曾向几位前辈学者请教，承蒙他们对初稿加以细心的审查，纠正了许多不妥当的提法。特此说明，并向上述作者和前辈学者深致谢意！修订稿如仍有不当之处，则完全由我个人负责。

原载于《炎黄春秋》2007年第5期

盛衰巨变与“盛世”透视

盛衰巨变

盛世的缔造，需要几代人持之以恒的艰苦努力；但盛世的崩溃，却可以在极短的时间内定局。唐代的开元、天宝之盛，为古史所仅见，但“安史之乱”的狂飙吹散了旷代荣华，唐朝无可挽回地走向了衰世。康乾盛世是何等辉煌，但乾隆晚年所积累的统治危机，在嘉庆初年就以白莲教起事为标志猛然爆发，清朝自此踏上了风雨飘摇的道路。研究“盛极必衰”这一反复出现的历史现象，我们可以从中得到许多带有规律性的认识。

“靡不有初，鲜克有终”，出自《诗经·大雅·荡》的这句名言，在古代经史典籍中被反复征引。它告诫人们：有一个成功的开端并不困难，但真正能够把它长期保持下去却非常罕见。同样，创造盛世必不可少的求治之心和全力以赴的实干精神，往往会在成功的喜悦之中逐渐衰减和消解。《新唐书·地理志一》在总结隋朝“盛极必衰”的历史教训时，得出了“殆忽骄满，常因盛大，可不戒哉”的结论，实在具有普遍意义。创造贞观之治的唐太宗，也因滋生骄傲自大之心，无法真正做到善始善终。贞观十三年，魏徵针对唐太宗渐好奢纵的倾向，献上直言进谏名篇《十渐不克终疏》，指出唐太宗的志业与贞观初年相比，在十个方面都出现了今不如昔的变化，求治之心锐减而骄逸之心渐萌。好在唐太宗还能够听得进魏徵等人的谏言，引以为戒。唐玄宗的悲剧则向人们直白地展示出骄纵误国、懈怠败事的道理。唐玄宗有着过人的魄力和才智，曾把内乱不已的唐朝导向“开元盛世”，但在晚年已无心理政，把朝廷政事交付给杨国忠之流，以至造成“渔阳鼙鼓动地来，惊破霓裳羽衣曲”的悲惨局面，百年基业与一世盛名毁于一旦。其实，成于勤奋努力，毁于懈怠骄纵，这是一个并不深奥的道理，只是历代统治者有几人能善始而慎终呢？

上下相蒙，制度法律皆成官样文章。由盛而衰的变化，往往不在于制度、法律出现真空，而恰恰是制度与法律依然如故，却丧失了约束力，形同虚设，徒为具文。报喜不报忧、阿谀逢迎成为官场的公开秘密。这种上下相蒙的景况，甚至比制度、法律不健全更为可怕。汉代的察举制度，本来是为选拔国家所急需的各类人才而设立，它也为汉代盛世提供了源源不断的人才资源。但到东汉后期，虚伪浮华之风、官场请托之弊，日益严重，致成察举失实、名实相背的之病。正因为如此，对汉代的由盛转衰而痛心疾首的政论家王符，把法令是否真正得到贯彻执行，视为决定国家治乱的根本，“国无常治，又无常乱，法令行则国治，法令弛则国乱”（《潜夫论·述赦》）。上下相蒙的危害，历代贤哲多有指陈，并一再发出重视实效、摈除虚文的呼吁。但每当盛衰转变之际，良制美意往往流为虚文，使国家尊严受到戏弄和亵渎。

贪黩误国，渐成“覆舟”之局。贪官污吏横行不法，是吏治败坏的直接表现，也是一个政权丧失民心的快捷渠道。历代明于治体的统治者，都把防范和严惩贪污视为吏治根本。但令人触目惊心的是，贪官污吏总是禁而不绝。明清时期的州县衙门内，都树立着一方告诫官员不得贪污的“戒石铭”，其文为“尔俸尔禄，民膏民脂。下民易虐，上天难欺”。这是在动用道德良心和上天威严两种机制遏制官员的贪欲，用心良苦，然而作用非常有限。盛世明君虽然无法根除贪污之弊，但还有能力把贪污之害控制在一定范围之内，尚不至于导致大局糜烂。而在由盛转衰之际，朝廷对贪官污吏一旦失控，便会造成滔天大祸。唐玄宗时期，杨国忠以聚敛财物为乐事，生活极度奢侈腐化。安史之乱爆发，杨氏虽然被诛，但开元盛世却再也无法重现。清朝立国之初，就非常注意从反对贪污入手来整顿吏治。

然而，位居政枢的大官僚肆行贪污却一直是大清盛世挥之不去的噩梦。康熙时期的索额图、明珠，雍正年间的年羹尧、隆科多，固然是练达吏事的能臣，同时也是敢于侵吞国家府库的大贪污犯。特别是到乾隆中后期，虽屡兴严惩贪污的大案，但贪污之风却愈演愈烈。最具有讽刺意味的是，就在自称“严绳墨吏”的乾隆皇帝身边，出现了一位被称为“贪污之王”的大贪官和珅。贪官污吏横行，所造成的社会灾难是多方面的，既有吏治与社会风气的败坏，也有国家财产的化公为私，更重要的是它可以成为“官逼民反”的导火索，把民众推向政权的对立面。

“盛世”透视

盛世是一个充满诱惑、令人仰慕的政治术语和历史名词。它总是承载着过多的荣耀。其实，与热情的讴歌相比，对盛世加以理性的透视，无疑具有积极的意义。

与人们对盛世的期许之殷相比，真正的盛世其实很少。在我国四五千年的文明史上，名实相符的盛世能有几许？“成康之治”几乎成为“三代盛世”的代名词，而真正可以落实的也不过是“刑错（措）而不用”等有限的片段记载。真正有详实资料可供研究、并得到一致认可的盛世，只有三个历史时段：西汉自“文景之治”到武宣之世；唐代从“贞观之治”到“开元盛世”；清代的“康乾盛世”。

累计盛世的存续时间不过四百年左右（东汉前期的“明章之治”、明代中叶的“仁宣之治”能否归属盛世，见仁见智）。而平庸之世、衰乱之世，倒占据了古史的绝大比例。汉魏之交的历史学家荀悦在《申鉴·政体》中，把国家政局分为治、衰、弱、乖、乱、荒、叛、危、亡九种形态，“治世”仅居其一；而且某些时期的“治世”尚未达到“盛世”的境界，可见盛世出现的几率很低。有了这个基本估价，我们才可以理解，古人为何把“欣逢盛世”视为莫大的幸运。

青史对盛世的筛选凝聚着批判暴政的人文精神。有意思的是，盛世虽以国家的统一与强盛为要素，但并非所有达到这一条件的政权都能得到“盛世”的定评。某些历史时段，本来具备了盛世的一般特征，但煌煌青史却吝于以“盛世”为称。如隋朝的国力一度达到鼎盛，隋代粮仓库存之丰富，让后人惊诧不已；所开通的大运河，作为沟通南北经济文化交流的大动脉，也曾造福百代。其所成就，不可谓不大。又如武则天在位时，破格用人，严于治吏，大力发展农业，促成了社会的稳定，完成了由贞观之治向开元之治的过渡。再如明成祖亲征漠北，一手缔造有明一代军事力量的鼎盛；派遣郑和率船队“七下西洋”，又组织编撰《永乐大典》，也足称得上是旷代盛举。然而，历史定评从来不把隋炀帝、武则天、明成祖统治时期称为“盛世”。究其原因，或是奴役百姓、涂炭天下；或是任用酷吏、诛杀政敌过于酷滥；或是恃强横行、杀戮忠良而株连无辜。

传统史书对盛世的记载与歌颂，不可盲目崇信。对屈指可数的几个盛世阶段，史书都不乏歌功颂德之辞。然而，稍加冷眼旁观，就不难发现其中有大量的不实之辞、过誉之说。汉文帝时的政论家贾谊指出：那些说天下已经平安大治的人“非愚则谀”，真实的情况却是“可为痛哭者一，可为流涕者二，可为长大息者六，若其它背理而伤道者，难遍以疏举”（《汉书·贾谊传》）。汉景帝时，天下号为富强，但是晁错却在上书中为农民算账，得出的结论是：农夫终年辛劳，却入不敷出，生活在困苦之中。唐代的两大盛世，始终贯穿着无休止的宫廷权力之争，特别是玄宗后期，坐视关系国家大计的均田之法、府兵之制日趋瓦解而不事补救，终于养虎遗患，酿成大祸。康乾盛世在疆域事功、经济发展方面确有超越前代之处，但存在两大根本缺陷：其一，对思想的高压控制和暴力摧残，特别是大规模推行残酷的“文字狱”，暴露了中国古代文化专制的罪恶，这与汉唐时期宽容、开放的文化风貌相比，不知要落后多少；其二，在东西方文化交流以全新格局展开之时，乾隆朝却以夜郎自大的心态，关闭了与世界交流的大门，也就从根本上决定了中国的落伍和落后。历史上的“盛世”之说之所以不可盲目崇信，并不仅仅是因为旧史有“曲笔”之弊，而是旨在强调要科学地认识封建专制制度的本质并加以批判。章士钊先生在民国初年曾经指出："大抵以国家为逐利之资，实吾国数千年来治乱兴亡之恒轨……专制之效，或有可观，特亦赌而后赢者耳。"（章士钊:《国家与责任》，见《甲寅杂志存稿（上）》）这种认识真是入木三分，值得我们深思。

说明：原载于《光明日报》2003年06月24日，原题为《论中国古代的盛衰巨变》，原文约六千字。后被《新华文摘》2003年第10期全文收录。编入此书只收录最后两部分，以原来的两个小标题连缀而改为此文的标题。

从“犬马”之喻看君臣关系

中国传统文化有善用比喻的特点。许多深奥的道理，往往可以通过一个浅显的例证，给以深刻的揭示、准确的表达。以“犬马”来比喻古代的君臣关系，就是这样的例证之一。

以君主为赶车的驭手，而以群臣为驰驱效力的马匹，是自先秦以来惯用的一种比喻。善用其喻者，把君主的求贤行为比喻为“千金买马”，典型材料为郭隗答燕昭王的求贤之问（见《战国策·燕策一·燕昭王收破燕后即位》）；汉武帝的求贤诏，把卓绝超群的人才比喻为不愿接受羁縻的骏马：“盖有非常之功，必待非常之人，故马或奔踶而致千里，士或有负俗之累而立功名。夫泛驾之马，跅弛之士，亦在御之而已。”（《汉书·武帝纪》）恶用其喻者，则教唆统治者鞭笞天下。韩非论君主之道提出了一个著名的比喻：“今以国位为车，以势为马，以号令为辔，以刑罚为鞭筴。”（《韩非子·难势》）韩非还有一段御马之道的妙论：“王良、造父，天下之善御者也，然而使王良操左革而叱吒之，使造父操右革而鞭笞之，马不能行十里，共故也。……夫以王良、造父之巧，共辔而御不能使马，人主安能与其臣共权以为治？”（《韩非子·外储说右下》）借以论证君主必须厉行个人独裁，而不能与大臣分享权柄。

犬有忠主之名、效力之实，故自先秦以来也常用来比喻臣之事君。只是功臣如果与犬相连，就难免带有一种特定的悲剧色彩。春秋末年，在助越王勾践复仇称霸之后，范蠡选择了离国而去，并致书另一位大功臣文种，其中就有“蜚鸟尽，良弓藏；狡兔死，走狗烹”（《史记·越王勾践世家》）之说。文种留恋权势，最终受诛，成为兔死狗烹的第一个典型。

汉高祖刘邦，则把“功狗”的比喻运用到极致。其一，在开国之初，论功行赏，刘邦以萧何功最盛，先封为酂侯，引起了其他功臣的不满：“臣等身被坚执锐，多者百余战，少者数十合，攻城略地大小各有差。今萧何未尝有汗马之劳，徒持文墨议论，不战，顾反居臣等上，何也？”刘邦借题发挥说道：在打猎时，追杀兽兔的固然是狗，但是给猎狗发出指令告知兽兔藏身之处的则是人。“今诸君徒能得走兽耳，功狗也。至如萧何，发踪指示，功人也。”此论一出，“群臣皆莫敢言”（《史记·萧相国世家》)。因为主人已经把话说透，所立军功再大，也不过是“功狗”而已，还有什么资格争高低先后？刘邦的“功狗”之论，虽然极为不雅，但是却可以镇得住出身草莽的一批军功新贵。其二，诛杀韩信，使得“兔死狗烹”的影响力大增。在楚汉之争方殷之时，蒯通劝说手握重兵的韩信及早独立，以免将来为刘邦所算计，他引用文种、范蠡“立功成名而身死亡”的教训，提醒韩信防范“野兽已尽而猎狗亨”的悲剧重复上演。韩信终究不忍心背汉，数年之后，却被刘邦以诈谋擒获。韩信当即感叹：“果若人言，‘狡兔死，良狗烹；高鸟尽，良弓藏；敌国破，谋臣亡。’天下已定，我固当亨！”刘邦自感内疚，还不得不勉强解释。但最后韩信依然无法逃脱未央受诛之祸。刘邦得知韩信临死感叹“悔不用蒯通之言”，就将蒯通逮捕，欲加以杀害。蒯通则用狗只知忠实于自己的主人、而不管主人贤愚的道理，为自己辩护：“跖之狗吠尧，尧非不仁，狗固吠非其主。当是时，臣唯独知韩信，非知陛下也。”刘邦将其免罪开释。(《史记·淮阴侯传》)以“狗论”来比喻君臣关系，竟然可以如此各取所需，为我所用，其效果胜过多少庙堂正论！

自秦汉以下，大臣们在皇帝面前已经养成了以“犬马”自称的习惯。

汉武帝任命耿直大臣汲黯为淮阳太守。汲黯不愿意离开朝廷，因而一再婉辞，在殿上，汲黯泣诉于武帝：“臣自以为填沟壑，不复见陛下，不意陛下复收之。臣常有狗马之心，今病力，不能任郡事。臣愿为中郎，出入禁闼，补过拾遗，臣之愿也。”（《汉书·汲黯传》）此处的“狗马之心”，并非责骂之辞，也不带有丝毫的贬义，而是指近距离报效皇帝的一腔忠诚之念。西汉名将赵充国筹策边事，要自称“臣充国材下，犬马齿衰”（《汉书·赵充国传》）。南朝陈国的大臣章昭达为了表明忠君之心，就干脆说：“当效犬马之用，以尽臣节。”（《陈书·章昭达传》）

如果有臣子背叛君主，就会被指责为“不如犬马”。比如，东魏政权的实际开创者高欢，在击败强敌尔朱仲远入据洛阳之后，得知尔朱仲远的部下大将桥宁、张子期前来归降，虽然正值用人之际，高欢依然严责桥宁等人：“犬马尚识恩养，汝今犬马之不如!”随即将他们斩首。（《魏书·斛斯椿传》）其用意是在“教育”自己的部属，不可萌生叛主降敌之心。

在唐代出现了两个涉及君臣关系的“马论”，都令人充满了恐惧之感。其一，武则天为了折服敢于直言的大臣吉顼，别有用心地讲述了她早年间侍奉唐太宗的一件逸事：“太宗有马名师子（即狮子）骢，肥逸无能调驭者。朕为宫女侍侧，言于太宗曰：‘妾能制之，然须三物，一铁鞭，二铁檛，三匕首。铁鞭击之不服，则以檛檛其首，又不服，则以匕首断其喉。’太宗壮朕之志。”武则天所说的训马之术，其实就是她作为最高统治者驾驭群臣的铁血手段。因此她喝问吉顼“今日卿岂足污朕匕首邪!”只吓得吉顼“惶惧流汗，拜伏求生，乃止”(《资治通鉴·唐纪二十二·则天皇后久视元年》)。在如此严威之下，大臣无论有多高的志节才气，也只能俯首听命了。其二，中唐权相李林甫巧借“立仗马”的比喻，警告负有谏诤之责的谏官，不得批评朝政缺失：“明主在上，群臣将顺不暇，亦何所论？君等独不见立仗马乎，终日无声，而饫三品刍豆；一鸣，则黜之矣。后虽欲不鸣，得乎?”因此导致“谏争路绝”的局面。李林甫以这样的威吓手段，稳居相位十九年，蒙蔽天子耳目，谏官“无敢正言者”。(《新唐书·李林甫传》)他控制言路的个人目的达到了，但其消极后果却极为明显，在“万马齐喑”的官风之中，国家政治必然由盛转衰。

在专制体制的淫威面前，自甘以犬马自居的大臣确实历代不乏其人，甚至于为了当稳犬马而百般奔忙；但是也有人自尊自重，希望保持自己的人格独立，对君主以犬马待臣下的态度，明确表示抗议。战国时代的思想家孟子对齐宣王论君臣之间的对等呼应关系是：“君之视臣如手足；则臣视君如腹心；君之视臣如犬马，则臣视君如国人；君之视臣如土芥，则臣视君如寇雠。”(《孟子·离娄下》)这段名言的要义是告诫君主，他们对臣下的态度，将直接决定臣下对他们的态度，不尊重臣下势必反馈为灾难性的后果。汉文帝时期的政论家贾谊，谈到春秋战国之际的著名刺客豫让的行事阅历：豫让原本事奉中行氏，等到智伯攻灭中行氏，他未曾犹豫就改奉智伯为君主。可是后来赵氏灭智伯，豫让却一再为智伯复仇，到了不择手段的程度。有人追问豫让为何对先后两位主子的态度反差如此之大？豫让回答："中行众人畜我，我故众人事之；智伯国士遇我，我故国士报之。"贾谊就此评论说，同一个豫让，先是"反君事仇，行若狗彘"，后来"抗节致忠，行出虖列士"，根本的原因就在于君主待人的态度不同而使然。贾谊借题发挥，"故主上遇其大臣如遇犬马，彼将犬马自为也"，如果大臣们不以"人"的伦理约束自己，还有什么犯上作乱的事情不能做？所以，贾谊劝告皇帝要礼遇大臣（《汉书·贾谊传》），否则就无法得到他们的真心拥戴。孟子、贾谊之论，反对君主视臣子为犬马，确实是凤毛麟角，因而弥足珍贵。

专制的原则，就是使人不成其为人。"犬马"之喻，从一个层面证实了这一论断。

原载于《光明日报》2005年1月16日

“俗儒”批判的历史解读

俗儒，作为一个与大儒、通儒相对而言的贬义词，之所以名垂史册，大概与两位文化名流、政治权威对它的批判密切相关。

战国后期的思想家荀子把世间习称为“儒者”的人物按人品的高低分为四类：俗人、俗儒、雅儒、大儒。他郑重告诫统治者，用不同的儒会产生不同的政治效果。“人主用俗人，则万乘之国亡；用俗儒，则万乘之国存；用雅儒，则千乘之国安；用大儒，则百里之地，久而后三年，天下为一，诸侯为臣；用万乘之国，则举错而定，一朝而伯。”任用俗儒只能使一个大国得以维持生存，却无望使之得到发展，这与雅儒、大儒的功效有天壤之别。这种来自儒学阵营内部的严厉批判，主要集中在批评俗儒对儒学仅得其皮毛而不知精华，更缺乏在实际政治生活中加以发扬光大的能力，只是凭借儒家的声望博取官禄安享衣食而已。

而汉宣帝对俗儒的批判则与此完全不同。时为太子的汉元帝对其父的治国之道提出了不同看法："陛下持刑太深，宜用儒生。"宣帝立即申斥说："汉家自有制度，本以霸王道杂之，奈何纯任德教，用周政乎！且俗儒不达时宜，好是古非今，使人眩于名实，不知所守，何足委任！"（《汉书·元帝纪》）汉宣帝的这一番斥责，实在使得古代的儒者自感脸面无光，于是要设法疏解——原来是汉宣帝所遇到的儒者层次太低！请看司马光的解释："夫儒有君子，有小人。彼俗儒者，诚不足与为治也，独不可求真儒而用之乎？……乃曰王道不可行，儒者不可用，岂不过甚矣哉！"（《资治通鉴·汉纪十九》）从汉宣帝的话看，最根本的原因大概是儒者"好是古非今"。这很容易使人联想到经李斯奏请秦始皇颁行的"焚书令"："有敢偶语《诗》《书》者弃市，以古非今者族。"但由此也可推知生活在君主专制制度之下的儒生"是古非今"的苦衷。他们既不愿轻易放弃以天下为己任的责任感，又多缺乏在"天威"之下直言进谏的胆量，于是只好用赞美古代讽谏当世的手段，既保住项上人头，又对自己的社会责任感有个交代。

荀子对"俗儒"的嘲讽，在很大程度上是对士人的警示或告诫，士人不要做无益于世用的"书呆子"，更不可有贪图利禄之心。在这个意义上所指的"俗儒"与"通儒”的根本区别只在于俗儒缺乏变通，在观念和行为上迂腐而已。北朝时期对俗儒的一段嘲讽文字极尽其妙，“无所堪能，问一言辄酬数百，责其指归，或无要会。邺下谚云：‘博士买驴，书券三纸，未有驴字。’”（《颜氏家训·勉学》）

汉宣帝所批判的“俗儒”，其实是专指“不识时务”、敢于对当政者直言进谏的人。这些人的境界绝对不俗，恰恰是关注社会现实的儒学精英，是值得钦佩的有铮铮铁骨的人物。不管汉宣帝以及后世帝王权贵对他们如何深恶痛绝，这类敢于批评时政、为民请命的儒者倒是代不乏人。

如果抛开荀子、汉宣帝的特指内容，而把“俗儒”之“俗”还原为“流俗”“寻常”之义，那么，“俗儒”在文化史上最值得批判的罪过有两项：其一是“曲学阿世”，就是曲解学术原理，以逢迎当世统治者。汉武帝时期的儒师公孙弘堪称代表人物。著名学者辕固曾当面斥责他：“公孙子，务正学以言，无曲学以阿世！”尽管公孙弘在学林之中名声不佳，却得到皇帝的赏识，官至丞相。别人笑骂由他，好官我自做得。这样的人，可以身居高位，却难以逃脱“俗儒”之讥。其二是排斥俊杰、扼杀英才。人的才具不同、禀赋各异，本来是世间常情。俗儒习惯于循规蹈矩、亦步亦趋；卓拔英俊之材往往不甘受制于常习成规，自然与“俗儒”成为对立的两极。俗儒们自身的学术成就是无从谈起的，但沆瀣一气压制、摧残杰出人物却有着极大的能量。我们从东汉两位名士的坎坷经历就不难悟出这一点：桓谭“有隽才，博览无所不见，不为章句训诂，皆通其大义……尝疾俗儒高谈弘论，不切时务，由此见排摈”；荀淑“少有高行，博学而不好章句，多为俗儒所非”。这种英才受制于俗儒的悲剧，在中国历史上不知重复上演了多少次！于是“木秀于林，风必摧之……行高于人，众必非之”就成了人生哲理。怀一时高材的郑板桥不得不感叹“难得糊涂”；不识几个大字的乡间老太也知道“出头的椽子先烂”。这实在是中国文化的悲哀。造成这种民族意识，固然是君主专制政体的需要，但其中确也有俗儒的“贡献”！

当俗儒把文化学术当作阿谀权贵、排斥异己的利器时，就是地道的“小人儒”了。但如果一个时代，充斥着这样的俗儒，其责任自然不应完全由儒林来承担，而应从统治集团的“导向”作用去分析。楚汉之争时期的智者陈平，曾经当面对刘邦分析项羽和刘邦的待人之道不同，所招致的士人人品也不同：“项王为人，恭敬爱人，士之廉节好礼者多归之……今大王而少礼，士之廉节者不来……士之顽顿耆利无耻者亦多归汉。”此语对思考上述命题是很有典型意义的。由此也可知，士林学风的变化，确实折射了一个时代的特点。

原载于《光明日报》2004年2月17日

汉代的“布衣”意识

在以服饰显示等级身份的古代社会，布衣是与贵族相对立的平民百姓的统称。但在汉代，“布衣”一词还带有明显的褒义，享有一份特殊的尊荣。譬如，得士人死心追随的田横，不愿向刘邦俯首称臣，慨然自杀。刘邦为之流涕感叹：“嗟乎，有以！起布衣，兄弟三人更王，岂非贤哉！”并以王者之礼安葬田横。（《汉书·田儋传》）又如刘邦自己晚年在重病时，仍经常提起“吾以布衣提三尺取天下”（《汉书·高祖纪下》），显然是不能忘怀过去的“英雄本色”。再如，当时人论及游侠，总喜欢高标“布衣之侠”，以示卓尔不群。司马迁在《史记·游侠列传》中指出，那些“布衣之侠”“闾巷之侠”“匹夫之侠”凭借自己的人格魅力和处世方式，取得社会舆论的赞扬，比起孟尝君等人依托政治资源“招天下贤者，显名诸侯”要更为可贵，也更值得表彰。

在汉代，“布衣”能享有尊贵之誉，大概有两个原因：一是现实的政治制约。汉初的开国君臣，有相当一部分出身于布衣。刘邦从不回避起自布衣的经历，萧何得到他另眼相看的原因之一就是“高祖为布衣时，数以吏事护高祖”（《汉书·萧何传》）。因而，“大汉之开原也，奋布衣以登皇极”（《后汉书·班彪传》），“伏念高祖之起始自布衣……克成帝业”（《后汉书·刘陶传》）之类的话，成为当时的歌功颂德之词，就不足怪了。至于开国功臣韩信、陈平、王陵、陆贾、樊哙、周勃、灌婴等人，皆出自布衣。这就不能不使人对布衣另眼相看，甚至敬重有加。二是历史的文化基因。自春秋末年以来，随着贵族政治解体，学术下移，布衣之士成为传统文化的继承人和创造者，“春秋之后，周道浸坏，聘问歌咏不行于列国，学《诗》之士逸在布衣”（《汉书·艺文志》），反映的就是这样一个历史事实。特别是孔子以布衣兴学，开创了儒家学派，更为布衣争得百代美名。文帝时期的政论家贾山就有“布衣韦带之士，修身于内，成名于外，而使后世不绝息”之说（《汉书·贾山传》），布衣就是道德学问的代名词。自武帝以后，朝廷兴办太学，几乎被视为是对孔子之业的仿效。既然与孔子有了如此密切的关系，布衣的社会地位提高，也就有了足够的理由。

但是，上层社会有“布衣”意识，却并不一定会带来“平民化”的良好效应。汉初君臣的布衣意识，曾经表现为政治权力之争的心理诱因。刘邦偶然发现“诸将往往数人偶语”，他询问张良大家议论什么问题，张良出口惊人：“陛下不知乎？此谋反耳。”刘邦问，天下刚刚安定，何故而反？张良说：“陛下起布衣，与此属取天下……今军吏计功，天下不足以遍封，此属畏陛下不能尽封，又恐见疑过失及诛，故相聚谋反耳。”（《汉书·张良传》）刘邦为此加快大封功臣的步伐，以定人心。张良的推测是否正确，尚可见仁见智，但真实地反映出刘邦在称帝为尊之后，内心深处唯恐同起于布衣的诸将不承认其政治权威。在刘邦死后，吕后与亲信审食其商量，秘不发丧，准备乘机尽诛诸将，理由就是“诸将故与帝为编户民，北面为臣，心常鞅鞅。今乃事少主，非尽族是，天下不安”（《汉书·高祖纪下》）。这再一次把刘邦、吕后由“布衣”情结派生出的猜忌、防范之心赤裸裸地表现了出来。由此看来，刘邦“吾以布衣”云云，在自傲的表面之下，潜藏着深深的自卑。身为帝王而奢谈布衣，大概总有些不伦不类，不是矫情，就是卖弄。

而汉代布衣意识的最大价值则在于使一部分人独立于朝廷、权势之外，保持了一份人格的自尊。西汉元帝时，刚直立朝的诸葛丰在直谏奏疏中说：“夫以布衣之士，尚犹有刎颈之交，今以四海之大，曾无伏节死谊之臣，率尽苟合取容，阿党相为……臣诚耻之亡已。”（《汉书·诸葛丰传》）著名学者孔僖的曾祖父孔子建，生活在两汉之际，与名士崔篆相友善。及崔篆出仕王莽政权，并劝子建做官，孔子建对曰：“吾有布衣之心，子有衮冕之志，各从所好，不亦善乎！”（《后汉书·儒林列传·孔僖》）可见，布衣之心，就是志节与清高。孔子建因此而青史留名，让后人为之引以自傲。隐士樊英几次拒绝朝廷礼聘，顺帝以隆礼强请，被抬入殿中，犹不肯行君臣之礼。顺帝大怒说：“朕能生君，能杀君；能贵君，能贱君；能富君，能贫君。君何以慢朕命？”樊英针锋相对：“臣见暴君如见仇雠，立其朝犹不肯，可得而贵乎？虽在布衣之列，环堵之中，晏然自得，不易万乘之尊，又可得而贱乎？陛下焉能贵臣，焉能贱臣！臣非礼之禄，虽万钟不受；若申其志，虽箪食不厌也。陛下焉能富臣，焉能贫臣！”（《后汉书·方术列传上·樊英》）樊英把布衣面对政治高压所迸发出来的人格自尊发挥到了极致，这就是孟子所高标的“富贵不能淫，贫贱不能移，威武不能屈”的“大丈夫”本色（《孟子·滕文公》）。当布衣根本无意追求利禄功名乃至于参透生死时，皇帝可以胁迫天下人俯首的所有“利器”，顿时全然失效。

汉代以士人而论布衣，也有媚态毕露者。班彪的《王命论》本来就是为了论证君权天授而作，他特别担心刘邦起自布衣而夺得天下的前例成为草莽英雄仿效的对象，于是，不惜以长篇大论来劝阻、警告、谩骂：“由是言之，帝王之祚，必有明圣显懿之德，丰功厚利积累之业，然后精诚通于神明，流泽加于生民，故能为鬼神所福飨，天下所归往……世俗见高祖兴于布衣，不达其故，以为适遭暴乱，得奋其剑，游说之士至比天下于逐鹿，幸捷而得之，不知神器有命，不可以智力求也。悲夫！此世所以多乱臣贼子者也。”（《汉书·叙传上》）按照他的观点，刘邦虽然起于布衣，却早是天命所归之主，其他布衣如果有乘乱而起之心，那就是觊觎非望的乱臣贼子。刘邦只顾以起于布衣相夸耀，却没有想到有人可以步其后尘，夺其子孙江山。班彪之类人物就自觉地出来拾遗补阙，规劝其他布衣还是老老实实地当顺民吧。班彪所充当的角色，就是鲁迅先生所深恶痛绝的统治阶级的“帮闲”。

原载于《光明日报》2003 年 10 月 21 日

“掩卷而思”与“废书而叹”

读书经年，也就有了一点体会：一如不同的人有各异的性格，不同的书也有专属于自己的风格；因此，读不同的书，就应该有不同的读法。以此立论，想要真正读懂司马迁的《史记》，就需要带着强烈的情感，去读书。

最近几年，我与学生在谈到读《史记》的体会时，会说到大致如下的话：通常情况下，我们在说到读史书的基本方法时，一定要强调秉持客观、理性、超脱、冷静的基本立场，不宜带上过多的读者个人的情感在内——无疑这是必须的，历史学严谨立说的传统训练，要求读史应该如此入手；但是，论及读《史记》这部奇书，如果只知遵循上述方法，却是远远不够的。如何才能真正读懂《史记》？我有四项建议（或者称之为体会）：

（一）读懂《史记》所梳理的三千年历史脉络。这是该书最基本的内容。司马迁把上自黄帝下到汉武帝时代

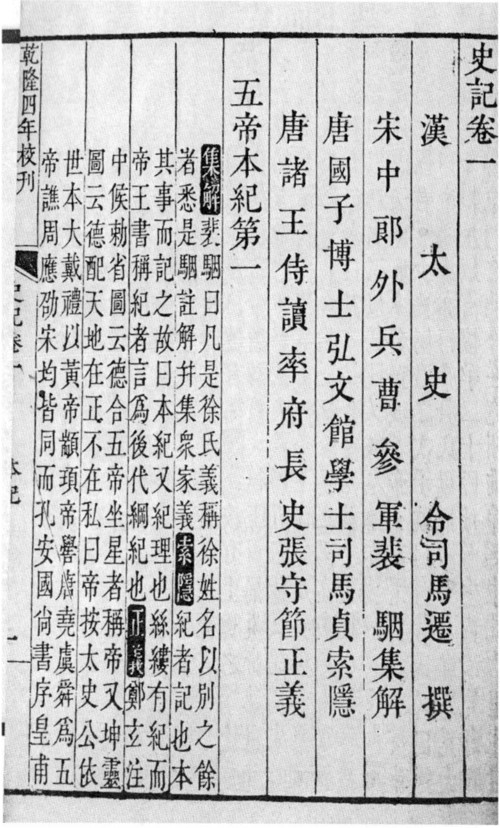
史記卷一
漢 太 史 令司馬遷 撰
宋中郎外兵曹參軍裴 駰集解
唐國子博士弘文館學士司馬貞索隱
唐諸王侍讀率府長史張守節正義

五帝本紀第一
集解裴駰曰凡是徐氏義稱徐姓名以別之餘者悉是駰註解并集衆家義索隱紀者記也本其事而記之故曰本紀又紀理也絲縷有紀而帝王書稱紀者言爲後代綱紀也正義鄭玄注中侯勑省圖云德合五帝坐星者稱帝又坤靈圖云德配天地在正不在私日帝按太史公依世本大戴禮以黃帝顓頊帝嚳唐堯虞舜爲五帝譙周應劭宋均皆同而孔安國尚書序皇甫

乾隆四年校刊
史記卷一 本紀 一

乾隆四年版《史记》书影

的历史脉络作了系统的记载，使得三千年的历史有了“头绪”，这是大历史学家的大手笔。当然也是后世读史者首先要埋头苦读的地方。（二）读懂司马迁的“笔法”与“寄托”。也就是要探索司马迁对于某个历史事件、历史人物“如何写”以及“有何寓意在其中”的问题。实际上是通过读《史记》来读懂司马迁之心。（三）读懂“人心”与“人性”。我始终相信：尽管我们与司马迁所生活的年代以及他书中所记叙的年代有着二千年至五千年的时间跨度，生活环境、社会制度以及文字、语言都有巨大的差异，但是在“人心”与“人性”这个层面，古今的变化却不很大。鉴古而知今，在这个意义上是较为容易理解的。（四）要实现以上三项要求，就应该“带着自己的感情甚至是激情”来读《史记》。

那么，在读书的过程之中，如何自我鉴定是否进入了“带着感情读《史记》”的状态？或者称之为境界？我的体会是：有两个成语，有助于我们进行自我鉴定。我借用来的两个成语是“掩卷而思”与“废书而叹”。

“掩卷而思”，就意味着读《史记》不可以一目十行地阅读，而是读到某些关键处，合起书来，纵意冥想，或者设身处地融入《史记》的世界，与其中的人物休戚相关；或者臆测司马迁的暗喻与寄托所在，与太史公神交面叙。英国哲学家弗朗西斯·培根有句读书的名言：“有些书只需浅尝，有些书可以狼吞，有些书要细嚼烂咽，慢慢消化。”用在这里，堪称得其所哉。《史记》就是需要“细嚼烂咽，慢慢消化”的书。

“废书而叹”，记录的是读书到了感情充溢、心绪激荡而无法排遣之际，浓烈情感的砰然爆发！可以把平时视若珍宝的书籍，怒掷于案头，继之以一声浩叹！其实，当年的司马迁在著述《史记》之时，就有过这样强烈的情感爆发。请看他的“情感自白”：“太史公读《春秋历谱谍》至周厉王，未尝不废书而叹也。”（《史记·十二诸侯年表序》）“太史公曰：余读《孟子》书，至梁惠王问‘何以利吾国’，未尝不废书而叹也。曰：嗟乎，利诚乱之始也!”（《史记·孟子荀卿列传序》）“太史公曰：余读功令，至于广厉学官之路，未尝不废书而叹也。”（《史记·儒林列传序》）在这三处，司马迁都使用了“未尝不废书而叹也”这样相同的语句，是在表达他著史过程中的感喟！司马迁著史有如此心路历程，后世善于读史者，理应有共同的情感表达形式。

为什么我特意强调要带着感情甚至是激情来读《史记》？这是由《史记》自身富有浓烈的情感所决定的。极而言之，如果读者仅仅是秉持客观、理性、超脱的立场来读《史记》，其中的微妙之处、精深之处，一定是感悟不到的，至少也是体会不足的。

我们应该注意到如下现象：两千年来，围绕着一部《史记》，尊之者，奉为“二十四史之首”“史学双璧”之一；贬之者则罗织罪名，百般挑剔。更有意思的是：褒贬双方都承认，《史记》有巨大的感染力。它可以控制读者的情绪和情感，使你身不由己地喜、怒、哀、乐，甚至于拍案而起！这种亘古仅见的“情感魅力”，我们该怎样认识？

《史记》的作者司马迁，是伟大的历史学家，也是一位才气纵横的性情中人。

司马迁著史，决不自甘做一个客观记述的“述史者”，他以自己的人生阅历和炽热的感情，去解读历史，褒贬人物，去创立自己的“一家之言”。《史记》有相当一部分属于司马迁的“当代史”，他发表评论不能不有所顾忌。对汉代历史和人物的评议，司马迁常用较为隐讳的方式，这就是后世学者总结出来的“寓论断于序事”的方法。读史者只要稍微留意，就不难体味出司马迁的感情。当然，司马迁并不满足于这种曲折地宣泄情感的方式，只要稍离文网，就将他的真情实感赤裸裸地表达出来，或慷慨激昂、或扼腕叹息，或冷嘲热讽，无不入木三分，感人肺腑。正如李长之先生的评论：“他那更根本的一点内心的宝藏，那便是他那浓挚、奔溢、冲决：对一切在同情着的感情。”（《司马迁之人格与风格》）由此可见：感情浓烈，容易引起人们的心灵震颤和共鸣，正是《史记》独具生命力的原因之一。

司马迁对于以一生心血凝聚而成的著作的自我评价，

同样也是充满了浓烈的情感。在《报任安书》的千古名篇中，流露的就有大作定稿之后的欣喜和自得。他甚至表示，只要此书能够“藏之名山”、流传后世，那么此前遭受的身心摧残，不得不忍受的屈辱，就都是值得的，“虽万被戮，岂有悔哉！” 在这个意义上说来，《史记》已经不仅仅是司马迁的作品，而是他奔涌的生命、呐喊的灵魂，是他的理念操守，精神寄托。

面对这样感情炽热的作者和著述，如果后世的读者，不知道要带着自己的情感去读《史记》，而一味地坚守“理性”“冷静”之类的治史大原则，谁敢说你能够真正进入了《史记》的世界、你读懂了司马迁的所思所想？

行笔至此，我愿意引用海峡对岸的明史专家王鸿泰教授的一段感叹之语：“这是一个浅薄——肤浅、薄幸的时代，我们的感情多只是扰嚷现实上的浮光掠影，飘风骤雨，轻易来去，少有积累。我们缺乏一种‘沉重的’、具有时间深度的感情。我们缺乏历史感……传统士人性喜藉古讽今，论理时动辄以史为鉴；激情时，则读史佐酒，痛快古事。而今，我们已难能尚友古人，更无暇替古人担忧。幸？或不幸？总之，我们对历史薄幸，因而情感肤浅。”（《重新解读晚明》）在情感肤浅的时代，论及读《史记》的方法，强调感情投入的重要，似乎更有其必要性。

原载于《人民日报》2015 年 6 月 16 日

从“说大人，则藐之”到“谈何容易”

标题中的两句名言，前者出于战国思想家孟子之口；后者出于汉武帝时期的名士东方朔的赋作。他们两位所说的都是“士人”面对君王说话时的心态和气势。两者之间的巨大落差，不言自明。

孟子曰：“说大人，则藐之，勿视其巍巍然。”这里表现出的是孟子作为士人的自信，他主张在游说大人物时，应该秉持蔑视对方的心态，根本不在意对方高高在上的样子。孟子为何有这样的定力和气势？他后面有段话做了解释：统治者自以为自高自大的凭借，不外乎是享受着华堂高屋、珍馐美食、妻妾成群、饮酒驰猎的奢华生活。他们因此就自以为高居人上了。可是这些诱惑，在我得志之时，根本不屑于占有和享受。而我胸中所拥有的，都是古代的圣制，恰恰是那些大人物所急需却不具备的，如此说来，我为何要惧怕他们啊？”（参见《孟子集注·尽心下》）在另外一处，孟子甚至曾经抨击制造了严重贫富分化、自己却安享奢侈生活的统治者是“率兽而食人”！

要真正理解孟子蔑视权贵的这种境界，实在还要从认识战国时代的政治环境和士林风气入手。战国之世，列国分立，“得士者昌，失士者亡”，形成社会共识，甚至有“士贵王不贵”之说。策士智者，在这种格局中，可以从容择主，他们的“底气”和自尊，来自于此。孟子游说诸国，宣传自己的政治主张，其实也有策士纵横之风。

“谈何容易”的感叹，见于东方朔的《非有先生论》中。这篇赋作，托名为“非有先生”与“吴王”的答对之词。“非有”，即是“无有”，也就是假借其人之名，而道出东方朔本人的内心声音。这实在是一种高压之下的无奈表达。

东方朔，以诙谐善辩著称。司马迁在《史记·滑稽列传》中，以重笔浓墨塑造了东方朔的形象。《汉书》的作者班固，称东方朔为“滑稽之雄”。东方朔身负卓越才干，文笔幽默华丽，言论寓壮于谐，他从容谈论于汉武帝之前，有补益时政之效。他职位虽低，却敢于嘲弄公卿，就是对皇帝也可以调侃取乐，宫中呼之为“狂人”。一次，汉武帝问他：“先生视朕何如主也？”东方朔用先扬后抑之法作答：以我看来陛下功德在五帝之上、三王之右。这是着力一扬，随后就是巧妙地贬抑：他一口气罗列了包括周公、孔子、太公、管仲在内的十多位历代圣人贤哲，佯作歌颂之辞“公卿在位咸得其人”。稍有正常理智的人，都知道不可能把历朝圣贤网罗于一时为朝臣，而所谓的皇帝功德，也就是揶揄之论了。武帝深知东方朔的本意所在，只能以哈哈一笑掩饰自己的尴尬。其实，东方朔本人并不甘心以俳优自居，他为无法正常施展自己的政治抱负和才干而痛苦不已。他的著名赋作《非有先生论》就是借非有先生之口，抨击时局黑暗，表达了他内心深处的矛盾和困惑：一方面不愿意“卑身贱体，悦色微辞”，去讨好君主而无益于国政，这是“志士仁人不忍为”；一方面又不敢“深言直谏”，惧怕一旦触怒君主旨意，就会大祸临头。这正是他感慨“谈何容易”的隐衷所在。先生对曰：“昔者关龙逢深谏于桀，而王子比干直言于纣，此二臣者，皆极虑尽忠，闵主泽不下流，而万民骚动，故直言其失，切谏其邪者，将以为君之荣，除主之祸也。今则不然，反以为诽谤君之行，无人臣之礼，果纷然伤于身，蒙不辜之名，戮及先人，为天下笑，故曰谈何容易！”（《汉书·东方朔传》）不敢“直谏”，只好以此来“讽谏”了！世事如此，实在无奈！

从“说大人，则藐之”到“谈何容易”的语句、气势之异，更是折射了时代之巨变！了解这种世变的人，可以寄寓多少浩叹于其中！

原载于《文史天地》2020年第1期“卷首语”

汉武帝“盛世”之累：“诽谤之法”与思想专制

“诽谤”一词，在先秦时期本来是一个与“批评”同义的中性词。人们甚至经常用“立诽谤之木”作为歌颂上古明君勇于招谏、纳谏的开明美德。“诽谤”作为国家立法严惩的政治罪名，可能形成于秦王朝“焚书坑儒”时期。

在“楚汉之争”的序幕开启之前，刘邦以沛公的身份初入关中，为笼络人心计，公开宣布废除秦的酷苛之法。其中就把“诽谤者族”作为苛法的典型而加以谴责，似乎“诽谤”之法理应首先被废止。事实却不然。西汉明令废止“诽谤”法，是在汉文帝二年（前178）五月。“除诽谤”与“去肉刑”成为汉文帝实行仁政的主要标志，为他赢得了崇高的声誉。

汉武帝时期，号为“盛世”。但是，恰恰在这一阶段，“诽谤”法不仅复行于世，而且更为酷烈。史称：“自公孙弘以《春秋》之义绳臣下取汉相，张汤以峻文决理为廷尉，于是见知之法生，而废格沮诽穷治之狱用矣。其明年，淮南、衡山、江都王谋反迹见，而公卿寻端治之，竟其党与，坐而死者数万人，吏益惨急而法令察。”其中的“废格沮诽”之意，张晏注释为：“官有所作，废格沮败诽谤，则穷治之也。”如淳进一步说明：“废格天子文法，使不行也。诽，谓非上所行，若颜异反唇之比也。”（《汉书·食货志下》）淮南王刘安之狱发生在元狩元年（前 122），那么，元朔六年（前 123）应该就是“诽谤”之法复行之时。上距汉文帝二年（前 178）明令废止“诽谤”之法的时间为 55 年。

汉武帝时期的“诽谤”法，较之秦始皇时代更为变本加厉，主要表现在“腹诽”之罪的出现。

“腹诽”正式作为罪名而出现，是在大农颜异受诛之时。汉武帝与张汤合谋制造了白鹿皮币，向颜异征求意见，颜异提出了不同看法，武帝不悦。张汤本来就与颜异有矛盾，及有人举告颜异发表异议，武帝让张汤审理颜异一案。于是，有了如下的记载：“（颜）异与客语，客语初令下有不便者，异不应，微反唇。（张）汤奏异当九卿见令不便，不入言，而腹诽，论死。自是之后，有腹诽之法，以此而公卿大夫多谄谀取容矣。”（《史记·平准书》）颜异被杀，《资治通鉴》系其事于元狩六年（前 117）。再加以考索，早于颜异被杀十余年的魏其侯窦婴与武安侯田蚡相争一案，所传达的法律信息，必须加以注意。田蚡强加给政敌魏其侯窦婴的罪名是“腹诽而心谤”（《汉书·窦婴传》），这成为导致窦婴最终被杀的原因之一。问题在于，不论“腹诽”的罪名是出现在窦婴被杀时，还是颜异受诛之时，它都要比“诽谤”更为周纳严苛。

以“诽谤”之法制裁人，至少还需要受害者发表批评言论的“不法行为”被确认；而“腹诽”之法，则完全可以出自统治者的主观臆断，不需要任何客观证据，执法的随意性空前增加，为枉法杀人开启了方便之门。无法确切定义的“微反唇”之类的面部表情，都可以作为“腹诽”定罪的依据，专制君主自然可以把臣民的生死置于绝对控制之下。从“诽谤”到“腹诽”的立法转变，形象地展示了汉武帝时代君主独裁制度的强化过程。

汉武帝复行“诽谤”之法，直接造成的政治黑暗，除了上述滥杀窦婴、颜异之外，还有一个案件——几乎使耿直敢言的名臣汲黯惨遭灭族之祸。汉远伐大宛得千里马，汉武帝亲自作歌以记其盛，并且作为宗庙祭祀之用。中尉汲黯进曰：“凡王者作乐，上以承祖宗，下以化兆民。今陛下得马，诗以为歌，协于宗庙，先帝百姓岂能知其音邪？”上默然不悦。丞相公孙弘曰：“黯诽谤圣制，当族。”（《史记·乐书》）汲黯虽然蒙恩保全，但公孙弘之言明确无误地表明，此时的“诽谤”之罪，依律当判灭族重刑，与秦始皇之制完全相同。《史记》没有载明其事年月，

《资治通鉴》则系其事于元狩三年（前 120），与前文所考汉武帝恢复“诽谤”之法的时间只相隔三年，两事可以互相参征。

“诽谤”之罪的恐怖气氛，足以钳制言路，扼杀思想，成为统治者强制推行舆论一律的工具。直到汉武帝死后若干年，正直士人只是因为实事求是地对汉武帝有所议论、有所批评，还要遭受牢狱之灾。如，东汉名儒孔僖，与朋友由读史而纵论古今，涉及对武帝的评价，被人上书举告“诽谤先帝，刺讥当世”。孔僖深知这一罪名一旦成立，就要面临杀身之祸，抢在被捕之前，主动上书汉章帝，就事情的原委，特别是“诽谤”罪的本来内涵加以说明，意在自救。他的自讼之辞是：“臣之愚意，以为凡言诽谤者，谓实无此事而虚加诬之也。至如孝武皇帝，政之美恶，显在汉史，坦如日月。是为直说书传实事，非虚谤也。”（《后汉书·儒林列传上》）孔僖以“实无此事而虚加诬之”作为对“诽谤”罪名的界定，既合于法理人情，又为自己找到了“无罪辩护”的立论基石，实在是莫大的政治智慧。孔僖强调他们对汉武帝的议论是据实而发，与“诽谤”的构成要素毫不相干。即便所言有不当之处，朝廷也应该以宽容之心相待，不可因此而加罪于人。否则，就有违开明之道。汉章帝阅奏，特旨不予追究，孔僖才得以幸免于难。

对一个亡故君主的议论，可以成为政治大案，这是专制政体之下死人拖住活人的典型。

如果我们愿意把政治开明作为判定“盛世”的标准之一，而在武帝时代“诽谤”之法变本加厉、思想专制的淫威波及后世，那就不得不说，这是汉武帝的“盛世”之累。推而广之，在研究古代社会所有的“盛世”时，崇尚人文精神的历史学家都不应该漠视对专制主义的批判。

原载于《中国社会科学院院报》2004年9月14日

汉代士人论“诽谤”罪名的构成因素

“诽谤”之法，从根本上说来，是专制君主控制思想的利器，也是冤狱丛生的渊薮。汉代士人屡屡指“诽谤”之法为秦人所造，且为害民覆国之暴政。汉初政论家贾谊在讨论秦“二世而亡”的原因时，就痛陈其弊：“忠谏者谓之诽谤，深计者谓之妖言。”[①] 宣帝时的名臣路温舒，也曾经就此而批评秦王朝：“正言者谓之诽谤，遏过者谓之妖言。”[②] 出于为国家筹划长远大计的人，敢于对朝廷决策失误挺身进谏的人，均被裁定为“妖言”“诽谤”，智者只

① 班固：《汉书》卷四十八《贾谊传》，中华书局，1962 年，第 2251 页。上引路温舒对秦之“诽谤”“妖言”之法的定性，恰恰可以与贾谊之言相互印证，表明它们均为实施思想专制、舆论一律而设。

② 班固：《汉书》卷五十一《路温舒传》，第 2369 页。

好三缄其口，坐视国家覆亡了。尽管汉代士人对“诽谤”之法的批评前后相继，不绝于耳，但是，除去汉文帝到汉武帝之间大约四五十年的时间被宣布罢废之外，在汉代它一直是国家悬为厉禁的政治罪名。最有意思的是：如此重要的、曾经制造过许多冤狱的立法，其构成要素却未见来自官方文献的明确界定。还需要陷入“诽谤”罪案的士人，在为自己辩护的过程之中，来加以论断。而这一辨析过程所折射出的政治见识，值得后人借鉴与珍惜。

围绕着对汉武帝的评价，自汉代以来就歧说纷纭。对汉武帝的“外事四夷”是否是穷兵黩武之举的讨论，以及对他奢侈无度、宠信巫术、追求升仙等问题的批评，表明了汉代士人的政治使命感。然而，在统治者看来，这就构成了“诽谤”之罪。

西汉儒学名臣夏侯胜，就曾经因为批评汉武帝而被下狱。宣帝即位之初，为了表达“欲褒先帝”的意愿，下诏丞相、御史，历数汉武帝的文治武功，令群臣为武帝议立庙乐。唯独担任长信少府的夏侯胜独持异见，他认为：“武帝虽有攘四夷广土斥境之功，然多杀士众，竭民财力，奢泰亡度，天下虚耗，百姓流离，物故者半。……亡德泽于民，不宜为立庙乐。”公卿共同提醒、反驳夏侯胜“此诏书也”，不料“为人质朴守正”，难免有点不识官场大体的夏侯胜仍然坚持已见，并且公开表态：“诏书不可用也。人臣之谊，宜直言正论，非苟阿意顺指。议已出口，虽死不悔。”于是，一语招来大祸，丞相、御史大夫等人劾奏夏侯胜“非议诏书，毁先帝，不道”，连同有意庇护他的丞相长史黄霸一道下狱，几乎为此丧命。后来，幸遇大赦，才保住性命[①]。

这一案件中，值得注意的是：其一，汉宣帝及其群臣考虑问题的出发点是国家利益，而夏侯胜则是从“民本”思想出发，着眼于武帝所作所为给百姓造成的灾难性后果。其二，夏侯胜所言汉武帝的过失，朝廷公卿并没有否认，也就是说夏侯胜之言是完全符合事实的，他只是按照自己所信仰的儒学理念，恪尽大臣“直言正论”的义务，说出了人人皆知的事实而已，但他却触犯了政治忌讳，为此他必须承受牢狱之灾，甚至差一点付出生命的代价。其三，夏侯胜坚持“为民请命”的立场，不为皇帝诏书的意旨而改变自己的观点，表现出仗义执言的胆略勇气、不为权势所屈的高风亮节；而那些高度适应了官场规则的朝廷大臣们，明知皇帝意旨有悖于事实真相，却不吝随声附和，甚至对敢讲真话的同僚不耻于落井下石，只有如此城府深沉的官僚，才可以官场得志。

东汉名儒孔僖也卷入了“诽谤先帝”案之中。孔僖，是孔子后裔，章帝时期的著名学者。孔僖与另一位学者崔

① 班固：《汉书》卷七十五《夏侯胜传》，第3156页。

骃相友善，同游太学，习《春秋》。在读到吴王夫差的衰亡史之时，孔僖废书而叹：“若是，所谓画龙不成反为狗者。”崔骃借题发挥：“然。昔孝武皇帝始为天子，年方十八，崇信圣道，师则先王，五六年间，号胜文、景。及后恣己，忘其前之为善。”崔骃并感叹：“书传若此多矣!”两位好友由读史而纵论古今，本来可以无话不说，也就无所顾忌，但是有一位邻房而居的太学生梁郁恰恰在座，梁郁借势自言自语，也是发问：“如此，武帝亦是狗邪?”这一问题，虽然可以从孔僖、崔骃的语言逻辑中推导而来，但实在是太过敏感，孔僖、崔骃只好默然不对。梁郁却把他们的态度视为故意冷落而怒恨不已。竟然暗中上书举告孔僖、崔骃“诽谤先帝，刺讥当世”，事下有司，崔骃被捕受讯。孔僖深知这一罪名一旦成立，就要面临杀身之祸，抢在被捕之前，主动上书汉章帝，就事情的原委，特别是“诽谤”罪的本来内涵加以说明，意在自救。他的自讼之辞是：“臣之愚意，以为凡言诽谤者，谓实无此事而虚加诬之也。至如孝武皇帝，政之美恶，显在汉史，坦如日月。是为直说书传实事，非虚谤也。夫帝者为善，则天下之善咸归焉；其不善，则天下之恶亦萃焉。斯皆有以致之，故不可以诛于人也。且陛下即位以来，政教未过，而德泽有加，天下所具也，臣等独何讥刺哉?假使所非实是，则固应悛改；倘其不当，亦宜含容，又何罪焉?陛下不推原大数，深自为计，徒肆私忿，以快其意。臣等受戮，死即死耳，顾天下之人，必回视易虑，以此事窥陛下心。自今以后，苟见不可之事，终莫复言者矣。臣之所以不爱其死，犹敢极言者，诚为陛下深惜此大业。陛下若不自惜，则臣何赖焉?”[1] 这是一篇高明的自我辩护书。它的要义在于：

其一，孔僖不去申诉自己和崔骃没有议论汉武帝，而是强调他们的议论是据实而发，与“诽谤”的构成要素毫不相干。汉武帝的作为及其历史影响，是人所共知的，后人的评议只要是符合事实的，朝廷就应该引以为戒，即便所言有不当之处，朝廷也应该以宽容之心相待，不可因此而加罪于人。孔僖“凡言诽谤者，谓实无此事而虚加诬之也”的定义，既合于法理人情，又为自己找到了“无罪辩护”的立论基石，实在是高明的政治见识。其二，孔僖强调保持舆论环境相对宽缓对于改善政治的积极意义，只有造成臣民敢于讲真话的气氛，国家才能真正稳定和发展。敢于让人发表不同意见，恰恰是统治者有自信力的表现。坚信政局是不可动摇的，难道还怕人“讥刺”不成？反言之，如果压制舆论，就是色厉内荏的表现。

孔僖所论，逻辑性极强，汉章帝在披阅他的上书之后，立即下诏不得追究此事，孔僖和崔骃得以躲过一劫。孔僖的见识和思辨能力，固然令人钦佩；汉章帝的仁厚宽

① 范晔:《后汉书》卷七十九上《儒林列传·孔僖传》，中华书局，1965 年，第 2561 页。

和、不以言论治人以罪的胸襟气度，也值得肃然起敬。

孔僖对“诽谤”罪名的理性定义，可以给人许多启示，产生若干联想。

约翰·W. 约翰逊（John W. Johnson）所撰《自由媒体的作用》，有《曾格案与煽动性诽谤罪》一节，指出：“在早年的北美洲大陆的各英属殖民地，人们对新闻出版自由的理解与今天不同。1734 年纽约报纸出版商约翰·彼得·曾格（John Peter Zenger）的案子便是一个说明。纽约的殖民地政府因曾格印发了一篇猛烈抨击该殖民地总督的文章，指控他犯有煽动性诽谤罪。……曾格通过他的律师对刊印这些指责承认不讳。他只是坚称自己有权发表对一个公职官员的批评，而只要批评属实，即使该官员受到耻笑也未尝不可。陪审团做出有历史意义的判决，宣告曾格无罪，进而确立起一项原则，即事实是反驳诽谤指控的依据。”[①] 根据这一原则，当被批评者是“公众人物”时，要确立批评者的“诽谤”罪名是非常困难的。

“诽谤”之法的立法宗旨，在于防范和惩治臣民对君主的批评，即便是符合事实的批评也是不允许存在的。孔僖所论“诽谤”的构成要素，与 1734 年纽约报纸出版商约翰·彼得·曾格的观点相比较，尽管时空悬隔，竟然有

① 转引自《美国参考》http：//usinfo.state.gov/regional/ea/mgck。

着内在的一致性，这不能不让人感叹不已。如果建立起“事实是反驳诽谤指控的依据”的理论依据，那么，在秦汉时代以“诽谤”之法定罪的大案，有相当一部分是根本无法立案的。孔僖只是一介书生，没有否定“诽谤”之法的权力，但是他所赋予的解释，却含有化解这一立法不合理内核的努力，其中甚至可以解读出抵制君主专制制度的朦胧追求。因此，他对“诽谤”之法适用范围的界定之说，不失为我国古代法律思想上的宝贵财富。

原载于《中国社会科学院院报》2007年7月31日

汉光武帝明诏禁绝“盛称虚美”

东汉政权的创建者——光武帝刘秀，在中国古代史上是有特殊风采、独到贡献的一位政治家。因为东汉政权被视为西汉的延续，刘秀被称为“中兴之主”，他的政治事业也被赞誉为“中兴之业”；实际上，刘秀是一代王朝的开国领袖。与刘秀同时代的名臣张纯，很有历史眼光，他评价刘秀“名为中兴”却“实同创革”（《后汉书》卷三十五《张纯传》）。南宋事功学派的代表性人物陈亮褒奖刘秀“自古中兴之盛，无出于光武矣”（《龙川文集》卷五《酌古论一》）。明末清初的思想家王夫之更是高度评价刘秀“允冠百王”，说到“三代而下取天下者惟光武独焉”（《读通鉴论》卷六《光武八》）。历代卓有远见的学者和政论家，为什么对光武帝如此尊崇有加？实在是一个值得探讨的问题。

其中，有一个视角，应该引起我们的关注——光武帝刘秀治国理政，保持着理性的头脑，他有鼓励大臣进谏的诚意，面对不留情面的当面批评，他有纳谏的雅量；更令人感慨的是：他对于阿谀逢迎的言论，保持着高度的警惕，曾经明诏严惩。

光武帝刘秀，青年时期曾经在太学里面接受过系统而严格的儒学教育，是一位有学术修养的开国皇帝；他的大臣中也不乏儒学修养高深的饱学之士。因此，“有儒者气象”，就成为后人对光武君臣的褒奖。有这样的学术根基，他们君臣之间的对话，就可以借助于援引儒学经典的方式进行。君臣之间的对话，可以在温文尔雅的气氛中展开，其内涵却可以极为深邃。正直立朝的大臣宋弘，是一位饱学之士，也是敢于当面直言批评皇帝的骨鲠之臣。某日，光武帝宴请部分大臣，御座新置屏风，其上有美女的图画，光武帝在言谈之间，多次凝视其上的美女。在场的宋弘满面严肃地说：“未见好德如好色者。”这是《论语·子罕》篇记载的孔子之语。光武帝刘秀知道这是宋弘对自己的严肃批评与提醒，他立即下令撤走有美女图像的屏风，并面带笑容对宋弘说：“闻义则服，可乎？”这个回答，是化用了《论语·述而》篇记载的孔子一句话“德之不修，学之不讲，闻义不能徙，不善不能改，是吾忧也”，光武帝以此表达了自己接受批评的诚意和知过能改的决心。宋弘也就给了他一个台阶下：“陛下进德，臣不胜其喜。”（《后汉书·宋弘传》）

后来，群臣中有人上言，称颂光武帝即位三十年的功德，建议举行“封禅泰山”的盛典。光武帝对这种阿谀逢迎的奏报，充满了鄙夷之情，他下达诏书予以批驳：“即位三十年，百姓怨气满腹，吾谁欺，欺天乎？……若郡县远遣吏上寿，盛称虚美，必髡，兼令屯田。”（《续汉志·祭祀志上》）光武帝深知，有的官员对皇帝歌功颂德，极尽阿谀逢迎之能事，无非是为了讨得皇帝的欢心，博得皇帝的青睐，最终无非是为他自己换来官场腾达的好处。针对这些官员的苟且逢迎之心，光武帝的应对无异于釜底抽薪——谁敢拍马溜须“盛称虚美”，我不仅不给予奖赏，还要严惩，施加“髡刑”（秦汉时期一种带有人格侮辱的刑罚），还要强制押送到边远地区从事屯田，也就是强制劳改。阿谀逢迎，不仅得不到好处，还要被严惩，群臣也就没有人前来拍马溜须了。

光武帝以明诏严词来处罚阿谀逢迎之徒的做法，令人感慨许多。如果说，读史可以明智，可以垂鉴，此等大节处，尤其值得一咏三叹！

原载于《文史天地》2018 年第 2 期《卷首论坛》

第四辑　家史·乡情·游子

春节忆旧：我的家史

丁酉春节，我出于挥之不去的思乡 + 忆旧情结，在微信的“朋友圈”里面，发了一组四篇短文，自题为《春节的儿时记忆》。撰写和发出这组微信时，只是为了回应自己在春节这个特定时段的“心血来潮”。虽然写得很认真，但是并没有想到要把这组文章加以整理而发表出来。出乎意料的是：这组文章在微信朋友圈里得到了许多朋友的好评，更有多位知名学者、也是我交往多年的好朋友先后给我提出建议：一定要把这份忆旧之作正式发表出去。按照朋友们的看法，这是以个案的形式，体现出中国社会的巨变，其中有凡人经历的巨变之真相。在朋友们的鼓励之下，我对微信的文字加以整理与充实，形成了这篇文章，呈现给感兴趣的读者（涉及当事人的姓名，我也不加避讳而列明，意在为感兴趣的读者到原地复核而提供便利）。至于这篇文章是否可以实现鼓励我发文的朋友们的愿望，具备某种透视社会变革的个案价值，我就完全不敢预判了。

一、老宅的春节记忆

1955年，我在故乡的老宅出生。我的故乡位于胶东半岛，当时的行政区划是：山东省掖南县虎崖区东宋村（掖县的行政区划多有变化，1941年至1956年期间，有“掖南县”与“掖县”并列）。1958年成立人民公社后，行政区划变为东宋公社东宋村。1988年2月24日，掖县被撤销，改名为莱州市，东宋公社改名为东宋镇。进入21世纪，随着“乡镇撤并”的推进，原来的东宋镇、神堂镇被撤销，合并为虎头崖镇。我的出生之地东宋村，原本是公社（镇）的“治所”而有一定程度的发展优势，居民曾经达到将近千户的规模。确实是一个“历史悠久”的大村子。由于这次乡镇撤并，失去了基层政权“首府”的地位，而迅速萎缩。我近年回老家，看到村庄落败的种种迹象，总是感到遗憾！

我的老家，坐落在“优游山”的东南侧，有“枕山为安”之势。按照传统的“风水之说”，属于“后有靠”的好环境。其实，这座优游山，海拔仅仅114米，也不过是一个较大的丘陵而已。但是，它位于“胶莱河平原区”的地理单元之内，相对高度就不容小视了。说它为周遭的第一制高点，是没有问题的。据说，附近的渔民驾船入海打渔，返程之时看到的第一个陆地，就是优游山的山顶。父老相传：优游山的得名，是宋朝的开国皇帝赵匡胤——他在“龙兴”之前，游历山川曾经到过我们这一带。在“东宋”村的西南 3 华里处有“大宋”、5 华里处还有“小宋”两个自然村，与“东宋”连为犄角之势，分布在优游山的阳面，似乎是以“古村地名学”的形式，默证着这片古老村落与宋王朝的某种关系。

东宋村的前辈人，有着很强烈的“本土自豪感”。最经典的一个说法是“一京二卫三东宋”。意谓：全国最有名的地方，北京位列第一，天津卫位列第二，我们东宋村只好“屈居”第三了。当然，这个说法调侃、自嘲的意味很浓；然而，也不完全是开玩笑的：在乡人的观念中，周围方圆几百里内的人，如果有谁不知道我们的东宋村，那就属于“没有见识”。这里，有个真实的案例：我的奶奶（中华人民共和国成立之后，有了姓名：冯玉兰），在七十年代末坐火车去兰州看望二儿子（我的二叔孙洪有），在潍坊火车站候车时，有位当地的女子来与我奶奶搭话，问老人家从哪里来？我奶奶很自豪地说“东宋”！对方愣了一下，接话：“东宋？不知道。”我奶奶就反唇相讥：“一京二卫三东宋！东宋，这么大的地方，你都不知道？看来你是没有见过世面的。”我奶奶返乡之后，还当作一段“开导无知者”的佳话告知家人和左邻右舍。当时在场的人，笑到肚子疼。

交代清楚了我的老家东宋村，再来说我们家的老宅，我记忆中老宅的春节往事。

（一）庭院深深　红灯串串

我们家，在民国时期，在我们东宋村是较为富有的家庭之一。有老宅，还有从事商业经营的“临街房”。我的父亲（孙洪善）、母亲（朱金菊）结婚是在老宅里面；我姐姐（孙家香）和我本人，是出生在老宅里面的。我的孩提时代也是在老宅度过的。我 8 岁时，有了“分家”之事。我的爷爷、奶奶与三叔一家继续住在老宅里面，我的母亲则带着我们，离开老宅，到了原来的“临街房”安身。不多久，又对房子做了两次翻盖，此后，我们就在改造之后的房子里面安身了。两处房宅相距也就是 200 米左右，但是，不论是房间的面积还是布局、规格，老宅都比我们母子在分家后居住的临街房要高出许多。所以，分家对我们母子这个小家庭而言，有点接近于“放逐”。而我对于童年时代的春节的记忆，偏偏全都是集中在老宅之内！

这座我出生之地的老宅，坐北朝南，是三进的大院落，总长度至少也有 80 米以上。没有错！我们家在土改的时候是被批斗的人家（详见下叙）。最外面是大车门，进门以后有一段路径，然后是影壁，绕过影壁，是耳屋，沿路再走，是南屋，进了南屋后才是宅院的核心：北方是正屋，左右有东西厢房，与南屋一道构成了四合院。其中，

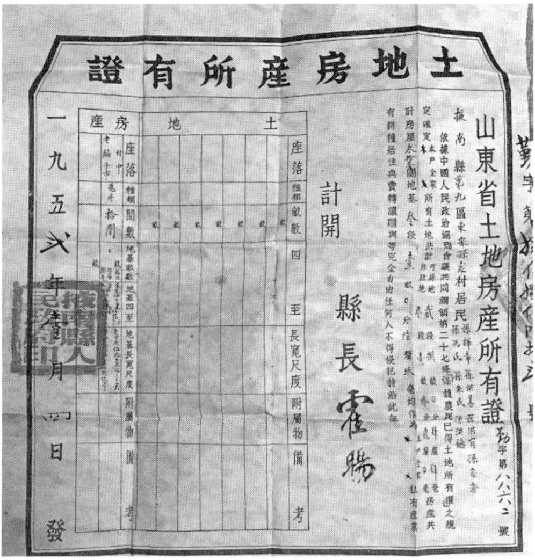

作者祖父1952年获颁的“土地房产所有证”

耳屋、南屋，都有一个穿堂间，也就是南北贯通的。从影壁到正屋之间的大门，是在同一条直线上，合计至少也有六十米的长度。除夕的傍晚，爷爷带着我这个长房长孙，依次点灯（我们可是要说“掌灯”的），顺序是由外到内，为的是给回家过年的祖先神灵引路。我们家的灯有各式各样的形状，有宫灯，有长方形的，有正方形的，还有菱形的，分别挂在影壁的前后、耳屋、南屋、庭院中心、正房的门口，南北纵贯成一条线，一眼望去，全是红红的灯笼！那个场景，对于孩提时代的我，真是壮观至极，终生难忘！

笔者按：如此一个祖上留传下来的庭院，分家时给了我的三叔。后来三叔转卖给了别人，被用作了木匠加工的作坊工场；几年之前就被完全毁弃了，残垣之内，衰草一片！我每次回老家，都会去那个院落的外面，驻足静观，心中凄然！我还带着儿子去凭吊故园，对他说：这里，是我出生的地方！这个老宅，特别是过年的那一长串灯笼，连同我的儿时记忆，早已刻骨铭心！

（二）春节的“禁忌与神秘”

在我儿时春节的记忆里，“禁忌与神秘”的印象，是最为深刻的。祖辈流传的一种说法是：过年时不仅祖先神灵都来家过年，还有百神下界。百神，也就包括了并不善良的神灵在内。所以，过年的禁忌就不胜枚举！除夕的傍晚，在前往大门之外的空阔处（各家都有固定的地方、每年不变）“请祖先”之前，有个重要仪式“撒尘”：凡是经行之处，都要在地面上铺上高粱秆或者是玉米秆。人行其上，发出响声，便于百神回避，不至于和人撞个满怀。撒尘之前要把脏水、垃圾都倒掉。因为撒尘以后，不能再倾倒任何垃圾之物。直到大年初三的晚上“启尘”（也就是撤除铺设在路面上的高粱秆、玉米秆）以后，才可以向外处理各类生活垃圾。五更天对孩子们的“禁语”，是相当严厉的。大人们除夕之夜不睡觉，忙着过年的种种神圣的程序，至于我们这些孩子们，吃了年夜饭，就被安排睡觉了。到了子时，我们被从热被窝里面叫起来，换穿过年才穿的新衣服。同时，母亲一定严厉叮嘱：“不许说话！”天气很冷，再加上那种特有的紧张和神秘感，我的牙齿都上下叩响、全身发抖！到了正间，要跟随长辈们给祖先上香和烧纸（也有忌讳，不能叫“烧纸”而只能叫“发纸”）。爷爷（孙辉章）也要严肃地压低声音警告：“不许说话！”直到我长大成人以后，才知道禁止孩子说话的原因：据说，孩子有一种特异功能，带有“慧眼”。也就是能够看到成年人看不到的鬼怪神灵。如果孩子们看到了再随口说出来，那就不好了。所以，大人们就对孩子发出“禁言令”。我们小的时候，没有大人做出解释，只是被警告“不许说话”。当然，大人们在春节期间特别是除夕一夜间，说话也只能是说好听的话！禁忌，对大人同样有效。譬如：不能说“完了”，只能说“好了”。“酒，喝好了吗？”“饭，吃好了吗？”——这就是：只说过年的话。我们家就有一个“会说过年话”的老人家——我的奶奶！子时煮饺子以及吃饺子，是过年的重头戏。语言禁忌当然也就更多。有一年，我奶奶在掌锅下饺子，我三婶在烧火，一不小心，火从灶膛里面掉出来了，还引燃了灶门前堆积待用的干草。一时之间，烟火突起！算是一场不大不小的“事故”吧。我的奶奶镇定自若，一边用大水瓢从锅里舀了一瓢水，泼到了灶前的草上熄灭了火头，一面高声喊道：“日子过得火炭红！”不小心造成的小小失火事故，在奶奶充满禁忌智慧的呼喊之下，就变成了“大吉大利”的话了！

我们村还有一个更会说“过年话”的典型人物（是我母亲多次说过的，因此而印象深刻）：老太太的儿子是渔民，在大年除夕，儿媳妇失手把一摞饭碗掉在地上摔碎了。慌乱之中，儿媳妇冲口说了一句话：“坏了！打了！”这当然不吉利！最一般的接话应该是“岁岁平安”，也就是利用同音字转化，把“打碎”的“碎”改为“岁岁”而后续“平安”，这是尽人皆知的转化“套话”。而我们的这位乡亲，可是不落俗套的！老太太横了儿媳妇一眼，接口说道：“好了！你能打我就能腌！”儿媳妇有点笨，没有跟得上婆婆的思路，又带着自责的口吻说：“打了很多……”老太太大声压住儿媳妇的话头：“你放心！你能打多少，我就能给你腌起多少来！”老太太的话语，有一个巧妙的语义转化：儿媳妇说的“打了”是指“打了碗”，老太太接口的说法是转移为“打鱼”了。在那个年代，对于渔民来说，打上来的鱼一旦卖不出去就会腐臭，用盐腌制，得以较长时间保存和出售，就可以避免经济受损。老太太的机智，就在于用“腌”来转移“打碗”而成“打鱼”，把儿媳妇所说的不吉利话升格为渔民家庭的吉利话了。乡亲们都确信：这家渔民在新的一年里打鱼赚了大钱，就是人家老太太在除夕之日会说“过年话”的缘故！

（三）“历代祖先神位”的故事

老家过春节一个重要的仪式就是祭祀祖先。在正房的正间，摆设供桌。供桌内侧，供奉的是“历代祖先神灵”——我的老家称之为“影”或者是“老影”。已经去世的先人，各按世系与同辈排行，具名排列其上。其实就是一份特殊的族谱（从宗族文化的角度，应该称之为“挂谱”。有的地方称之为“家堂”）。除夕的上午，就挂“影”，到正午时分，在“影”前，上贡品，上香。到傍晚去外面“请祖宗”回家。家里的老人们似乎都相信：历代先人的神灵都在“影”上，俯视着后人、享受贡品。在吃年夜饭之前，更要上香、“发纸”如仪。在供桌的前方，爷爷率先下跪磕头，口中还要祷告什么。然后，我们一家人再跪倒在爷爷的身后，一起磕头。我小时候很不愿意磕头。爷爷专门嘱咐我的母亲“把他按倒磕头”！

我虚岁 8 岁那年，我们家分家了。爷爷奶奶和三叔同住旧宅老院，母亲带着我们姐弟到外面的临街房居住。当然，春节还是要回老宅去给长辈拜年的。

后来，“文革”来了，“破四旧”的重要内容之一就是：要求各家各户上交“影”到由“造反派”控制的大队部，统一焚烧。我爷爷当然无法抗拒革命大潮，也就把我们家辈辈流传的“影”上交焚毁了。“文革”前期的几年，各家的正间都只是悬挂伟大领袖的画像，谁家也不敢说祭祖的事情。当然也就都没有挂“影”的举动。某一年的春节前夕，爷爷突然到了我们家，对我母亲说：“老影被烧了，我对不住祖先。祖宗的神灵回家过年没有一个容身的地方。我偷偷地画了一张影，就在你们家里偷偷供养着吧。不要让别人看到。”于是，我们家就有了一份爷爷手工制作的特殊家谱“影”。过年时，不敢挂在正间，就在东套间悄悄地摆了一个供桌，上面供奉着爷爷手笔写成的“影”，是爷爷用暗中保留多年的大红色“荧光纸”制作的。没有画像，只有远祖两代以及距离我们最近的四代祖先的名讳。是爷爷背诵下来又复制的。首行是四个大字“奉先思孝”。当然，尺寸是被压缩了的，只有对开纸大小。从那年开始，在我们这个孤儿寡母的家庭里，在外人不会进入的东套间，就有了祭祀祖先的神秘一角！我三叔是工人，思想比较“革命”，我爷爷居然不敢对他说此事，而是在不被别人关注的长媳家里，悄悄做了这样的安排。多年以后，老家都恢复了春节祭祖的旧日习俗，我们家也另外“请”了一个规格正常的“影”。其中的先人世系与名讳，都是根据爷爷当年默诵下来的内容填写的。爷爷没有等到“文革”结束就去世了，他没有看到春节恢复祭祖的那一天。2015 年的年底，我的母亲逝世。2016 年的年底，我回老家给母亲“烧周年”，返京的时候，70 岁的姐姐把大小两幅“影”都交给了我。我在父母墓前祷告：如果二老地下有知，请随我到北京过年。当年爷爷手制的秘密“小影”，因为纸张变脆，早就无法悬挂了。就当作我们家秘不示人的传家宝了。我每当想起这段特殊的家史，就会想到：文化的生命力之一就潜藏在民间！当年的“文革”，似乎可以冲决一切，可是穷乡僻壤的爷爷与家母联手，就做了一件保留我们家历史的一件大事！外间，谁都不知道。所以，有句俗语“民不与官斗”，也不妨悄悄改造成另外一句“官不与民斗”。官威强盛之时，民间做事而不发声，官方又如何能知晓？百姓们按照祖辈流传的规矩，私下该怎样做还是怎样做。

二、老宅所见证的社会变革

但愿我写的这一部分内容，对研究当代史的朋友，可以有点“史料价值”。本节的叙述内容，涉及“土改”的过程，主要是从我的爷爷、奶奶、母亲断断续续“说闲话”中听到的。我力求以客观、中立的文字表达。

（一）“土改”中老宅失而复得的缘由

我的原生家庭，在当地是殷实家庭，有个家庭作坊，起了个很高大上的名号“太合成”。在我的老家东宋村一带，说到“太合家”，老一代人都知道，在三里五村算是“有一号”。1946—1947年，在山东根据地，有一场社会影响很大的“土改”运动。据说，按照我们家的财富情况，本来是两可之间：政策掌握严一点，可以被划定为“富农”（那就难免被批斗了）；政策掌握宽松一点，也可以被划定为“上中农”的，也就不至于被批斗了。后来，我们家还是被清算被批斗了。可能是两个原因导致了“在劫难逃”：其一，我爷爷孙辉章平时为人，有点自恃家境富足和自以为精明，说话难免有些盛气凌人，特别是他得罪了几位村民，这几位村民也就是后来“贫农团”批斗他的积极分子；其二，我爷爷严重地冒犯了住在我们村里的一位解放军连长。这一段的具体情况，我爷爷从来不在我面前提起，似乎是他要极力回避和掩饰的“不光面”的事吧？倒是我的母亲和在我们生产小队当过保管员的邻里长辈孙汉卿（我一直尊称他“大爷”），几次对我说起。两位老人家的说法完全一致，都是带着对我爷爷某种嘲讽和调侃的语气来说这段“故事”的——大意如此：“你爷爷平时自以为伶牙俐齿、有点小聪明，到了关键时刻却不知道厉害。一句胡言乱语就让全家人跟着倒霉了。”据说是解放军的连长带着几位战士，到我们家借木梯子。我们老宅的南屋有二层结构，有个质量很好的梯子，在农村是很少见到的好木梯（若干年之后，我的孩提时代，就时常与小伙伴在那个木梯上爬上爬下），我爷爷不舍得借给部队使用，就怕人家“有借无还”，就说了一句特别“惹祸”的话：“我家里没有梯子，倒是有好多的‘童男女’。”这就惹祸了！因为，在我们老家的方言俚语中，这个“童男女”（我使用的是近音字，其实并不知道这三个字用得是否对），是指丧葬用品，也就是用泥巴和纸板、纸张等合成做出的人偶。在丧葬的不同场合使用，有的被焚烧，有的被放在棺木外面陪葬地下。我们家“太合成”商号经营的物品里面，此类“丧葬用品”占了很大的份额。所以，我爷爷说家里有这类东西，倒也说的是事实。但是，这句话也可以被理解为“用心恶毒”！因为只有出现死人，才需要此类送葬的物品。在炮火纷飞的战争年代，与死神相距最近的军人，其实是很忌讳说“死”的！所以，这位解放军连长勃然大怒，说：“好！你家不是有这些东西吗，我要！沿着你家门前一条街给我摆满了，明天就要！你拿不出来，看我怎样收拾你！”说罢，甩袖而去！我的爷爷这才明白过来：一句话出口，大祸临头了！

笔者按：我成年之后，曾经多次设身处地想过：如果我是当年的那位连长，也会毫不客气地收拾如此口出恶言的人！

随后发生的事情带有明显的暴力和报复色彩，在某种程度上也就可以理解了：连长和村里的“贫农团”联系，很快就决定以全村批斗大会的规格，按照“恶霸”的罪名，批斗了我的爷爷。批斗台上放置了一个长条凳，我爷爷被剥光了上衣，按倒并捆绑在长条凳上，丝毫动弹不得。当时是在隆冬季节，“贫农团”的批斗积极分子，把皮鞭结了一长串的疙瘩，放在冰冷的水里面浸泡，然后狠狠地抽打我爷爷的后背。据说，我爷爷被打得惨叫连天，哀嚎告饶，但是并没有得到宽恕。蘸水的皮鞭，一次又一次地在空中翻飞，在皮肉之间撕咬。爷爷现场被打得昏死过去，苏醒过来再接着打，导致他后背的皮肤连同肌肉全部被打烂。后来，在得到“宽大处理”之后，用了几个月的时间治疗。因为背部大面积皮肤和肌肉坏死，已经无法自愈，治疗是包括运用了“植皮”技术在内的。从爷爷自己的腿部分别取了多块皮肤移植到背部，其中还使用了部分鸡皮做移植的材料，才慢慢恢复起来。终于捡了一条命！

笔者按：多年之后，母亲对我说：“幸亏当时是冬天，你爷爷后背的创伤面没有腐烂发臭。如果是在夏天被那样毒打，只怕就没有命了。”爷爷的背部状态，我小时候是看到过的，颜色是暗紫的，有如同鱼鳞一般的印象，没有润滑与弹性的手感。直到现在写这段回忆文字的时候，我还存有一点好奇：在战乱中的1947年，我们老家那一带的医疗技术，居然可以做大面积的人体皮肤移植手术，而且确实成功了！还有，以鸡皮移植到人体上，和“异体不能移植”的西医理论是不能相容的啊，此说有医学的根据吗？可信吗？莫非，当年给我爷爷做治疗的是解放军的军医？他们对于治疗创伤和皮肤移植也许有高招？——反正，这是个秘密！

在爷爷被批斗的同时，我们家也被“内定”为“富农”而被“封门”清算了。在被“扫地出门”之后，全家人被临时安置到东北屋里面。这个东北屋，原本是我们家放置柴草的地方，现在成了全家七八口人的寄身之所。房子位于全村的东北角，没有邻里依傍挡风，门窗的密封性也不好。寒风怒号，室内结冰；更兼没有锅灶，全家断粮。眼见得陷入了绝境。

当时，国共双方的战事紧张，解放军有扩军的现实需要，当时有个明确的说法：凡是被批斗家庭的青壮年有人参军，他的家庭就会得到宽恕、得以从轻发落。我的父亲是家中长子，为了挽救这个家庭免于毁灭，他挺身而出，自愿报名，当了解放军。于是，我父亲完成了“披红戴花骑大马”的仪式，而成为解放军队伍中的一员。由于我父亲参军了，我们家成了“革命军人家属”，在村里的地位得到了根本性的提升：我爷爷被宽大处理，疮伤得到了救治。我们家的房屋，全部返还。其中就含有我上面所说的老宅院。而且，我们家的“家庭成分”也就下调了：由原来内定的富农改为中农。在那个特定的“土改”时期，被批斗家庭的子弟为了挽救家庭而参加解放军的，一定为数不少！因为在我的老家掖县（莱州）一带，流传着一个歇后语：“恶霸的儿子参军——假积极！”它所携带的时代信息，真是非常深刻而丰富！这个特殊的歇后语，一定是反映了某种当时常见的社会现象，而不是某个家庭单独的境遇和选择。它在我这一辈的青少年时代还是很流行的。现在，故乡的青少年都无从知晓了。这个已经消亡了的地域性歇后语，从主题而言，是嘲讽与批判。对于那些“家庭成分”不好的人而言，即便你是在战火纷飞的年代投身于解放军的军营，每次参战都冒着生命的危险去冲锋陷阵，却先要被打上“假积极”的特殊印记。这里面，有歧视，更有耻辱。这是多大的不公正！我有时候反复设想：我的父亲就在那样的时代气氛之下、那样的歇后语的笼罩之下，投身军伍，他都承受了什么、经历了什么？

在那个革命风潮激荡的背景之下，父亲当解放军真的是救了我们这个家庭。从我本人而言，如果我是富农的子弟，此后在我成长的过程中，是不可能获准读高中的！那么，我的命运会如何坎坷艰难，就完全不敢想象了！

我把父亲从军后的情况，概括如下：他在解放军的队伍里累计八年，从地方军队调入主力军队，先后参加过淮海战役、渡江战役、抗美援朝等恶战，居然没有一处负伤！也许是因为他没有文化吧，提拔得很慢，八年征战，立过一次三等功，最高职务只是排长。战争结束，部队领导征求意见：你是留在部队还是复员回老家？父亲的选择很明确：回家！“五亩地一头牛，老婆孩子热炕头”，对于他来说，有很大的吸引力。于是他老人家在和平降临之后解甲归田了！在我们大队，他当了第 5 生产小队的队长，还理所当然地当上了全村民兵连的连长。他时常和村里的人讲他的战阵经历，其中包括在朝鲜战场上，他救过宋时轮将军一条命！至于是确有其事、还是复员老兵有意吹牛，我对此不知真假。1960 年，在“大跃进”兴修农田水利的大背景之下，我们掖县兴修留驾水库的工程上马了。我父亲带本村的基干民兵组成的民工队去参加施工。施工现场爆破石头，出现了哑炮，需要排除，有八年陷阵经历的父亲就挺身而出。可是，我的父亲刚刚到达爆破点，那个哑

作者父亲的“革命军人证明书”和戎装照

作者父亲的纪念章

炮却突然爆炸！我的父亲，八年战火硝烟未受皮肉之伤，却在和平时代因公殉职于县级水库工地！什么是宿命？父亲的忌日是1960年的农历正月28日！我当时年仅四岁半！我母亲的精神几近崩溃！

（二）一度寄身我家老宅的悲剧人物

我父亲刚刚入伍时，参加的是解放军地方部队，正式番号是“海防队”。驻防地点就在掖县虎头崖（也就是现在虎头崖镇得名由来之地），距离我们村只有5华里的路程。地方部队的军纪并不特别严，加之附近村庄参军的新兵较多，我父亲时常得以回村、回家。正因此，我父亲在村里的影响力也就逐渐增大了。值得叙述的一件事是：我父亲以“革命军人”的身份，把被批斗而无处容身的地主孙立门收留到我们的老宅里。

孙立门的家庭，在我们掖县是名列前茅的大地主，号称是“掖县城西第一大财主”。因为他们家的先人在晚清时考取过“举人”，所以，在他们家的门前，不光有一个广场，还有一对高高耸立的旗杆，这是科举功名的标志。在相对偏僻的农村，居然出现了一位举人，当然是值得炫耀、也是可以博得乡邻尊重的盛事！因此，他们家就有了一个响亮的代号——“旗杆里头”。他们家的房子是在我们东宋村的核心位置连成一大片的（当年的“东宋公社政府”就征用了他们家的一部分房子。公社的大礼堂就是“旗杆里头”原来的客厅，一直沿用到我上小学为止，那真是雕梁画栋、富丽堂皇）。他们家宅院建筑群的气派之大，在全县境内应该是数一数二的。如果拿着我家“太合成”的几套房子与“旗杆里头”相比，真是“小巫见大巫”了！“旗杆里头”的大家长是孙冠英（字伟堂），既是当年掖县全境的大富豪、也是著名的士绅和文化名流。孙冠英的绘画，以花鸟见长，为当地收藏家所珍爱，至今都有流传。其中收藏在莱州博物馆的就有多幅。

笔者按：莱州博物馆的文物专家刘国庆先生，给我提供了多件电子版的孙冠英作品。还告知我：原籍山东掖县的书法绘画家刘颂年先生，在其代表作《书画百咏》中，就有对孙冠英绘画风格的咏赞诗：“折枝芍药学南沙，水墨芙蕖拟苦瓜。怪他用笔何荒率，夜雨春寒写落花。”特此向刘国庆先生致谢！诗中用典所涉及的人物：南沙，是指清代中期重要的宫廷画家蒋廷锡（号“南沙”）；苦瓜，是指明末大画家石涛。刘颂年先生对孙冠英绘画作品的欣赏之情，溢于言表。

应该说，孙冠英还是一位“有福气”的人。他在“土改”运动之前病故了，也就没有遭受批斗。他的后代则是“在劫难逃”。孙冠英有六个儿子，多数在外地，留在东宋村的两个儿子，都在“土改”中被批斗，全家被赶出家门。

其中孙冠英的第六子孙立门，在遭受批斗、无处容身之后，我父亲作为现役军人，以他独有的方式，提供了帮助和庇护。我父亲对村干部说：“我是革命军人，可以把孙立门两口子安排在我们家里，方便监督改造。”村干部感觉有理，也就同意了。如此，孙立门夫妻就住到了我家老宅的东厢房，一住就是多年。至于我父亲为什么敢于出面“收留”被扫地出门的地主孙立门？街坊邻里的解释是：“孙洪善为人善良，愿意接济倒霉的人。”我们家人也同意这个看法，但还有一点“内情”却是外间所不知道的：孙立门的妻子，与我奶奶的娘家是同一个村庄——距离我们东宋村 12 华里的冯家村，还是亲缘疏远的同宗姐妹。因此，我的父亲和母亲，没有外人在场的时候，都称呼孙立门的妻子为“三姑”。孙立门夫妻在那个特殊的年代，幸得我父亲出面“接纳”，才免于流离失所，自然对我父亲心存感激。我父亲对他们既有保护，也有开导。无人在场的时候，常常劝慰他们不要干傻事。有村干部在场的时候，我父亲则以训斥的口气说他们：“好好接受劳动改造，争取宽大处理。”

孙立门夫妻没有亲生子女，他们收养了一个穷人家的女孩做闺女。在“土改”大批斗时，在贫农团干部的诱导之下，这位十多岁的女孩站出来，揭发批判孙立门夫妻对她的欺凌和迫害，说他们之间的关系名义上是父母与女儿，实际上是地主、地主婆和丫鬟，或者干脆就是奴隶主与奴隶！公开宣布与他们断绝关系。女孩每次的揭露与批判，都是批斗孙立门夫妻的高潮。批斗的口号，往往在这个环节最为高涨。孙立门的妻子，曾经悄悄对我母亲说：“她撒谎！她丧了良心！”我母亲则赶紧说：“三姑，这话，可不敢说！”若干年之后，女孩长大成人了，她在出嫁前夜，悄悄来到我们家，想通过我的母亲给养父母磕头，我母亲带着她到了东厢房窗前，转达了她的心意。没有料到，里面传出的是决绝的话：“我们没有女儿！”孙立门夫妻坚决不开门。那位女孩，就在院子里面，冲着东厢房的窗户，跪下，实实在在地磕了三个响头，哭着，掉头，逃离了我们家。稍后片刻，东厢房内也传出了孙立门夫妻两人的干嚎！我母亲也陪着大哭了一场！稍后几天，孙立门的妻子又对我母亲说：“我也想明白了，她离开了我们，可以少受点罪，不用跟着我们倒霉，也好。”

后来，形势相对缓和了，孙立门的一个侄子“过继”给他养老，他们夫妻才离开了我们家的老宅。具体是哪一年，我回忆不清楚了。应该是在我父亲因公殉职之后不久吧？

说到我对孙立门的印象，主要是60年代形成的。他当时已经是“老地主”了。他见到我，总想对我笑；但是，我对他总是有点惧怕和反感——似乎那个笑容背后总有“不可告人”的目的。显然，那是我多年来接受“阶级斗争教育”的积累。我成年之后，才明白孙立门当年在苦难中“挤出来”的笑，确实是不正常的“强笑”，其中却含有他对我父亲的谢意在内。只是，我懂得人情世故太晚了，也就没有对他报以微笑，而只是逃避。说到我对孙立门具体的记忆，有两个难以忘记：其一，一直到我上小学为止，每到冬季下大雪，我们早上出门上学，路上的雪都被扫净了。我们村的东部，是孙姓集中居住的区域，扫雪就是地主孙立门和另外一位“坏分子”孙某某负责的，这是村里衡量他们“接受改造态度好坏”的一个测量指标。有几次，我出门早了，看到过他们二人拿着木锨和扫帚奋力扫雪的身影。有了他们的早起清扫，我们这批孩子，上学走路才平安无碍。但是，在当时，我的心中并未对他们有感激之情。似乎，他们如此做，就是理所应当。其二，在“文革”期间，他们夫妻二人被批斗的场景，至今难忘。夫妻二人被押解上了批斗台，再被架上半米高的木凳上，被强制弯腰，低头认罪。最惨的时候，是夫妻二人的脖子上各系上一根草绳，草绳的两端拴上砖头……不难想见，脖子被草绳磨得红肿淤血。台上台下的革命群众“打倒反动地主、地主婆”的口号，震天动地。还有人喝问：“老六，你交代 ××× 问题！”孙立门在战战兢兢中，刚刚说了几句话，就被怒声打断：“老六，你又说错了！”于是他又稀里糊涂地接口：“我又说错了？……”其实，在满腔怒火的革命群众面前，老地主孙立门总是没有说对的时候。于是，又激起了更大的批判声浪！

再后来，孙立门在批斗加劳改式的强制劳作中，悲凉地死去；相隔时日不久，他的妻子也在贫病交加之下死去。在她卧床之后，我母亲到她家去探望，她还心有不甘地问：“你说，这个世道就是这样了？”当时，我母亲不敢回答，又有谁敢回答？

他们夫妻二人，都没有活到政府给“地富反坏右”统一“摘帽”的那一天，就撒手人寰了。

在巨大的社会风潮席卷而下之时，个人的际遇甚至是生命，真是如同孤灯一盏，落叶一片！茫茫之中，谁是主宰？可有主宰？!

说明：原载于杜泽逊主编：《国学茶座》第 21 期，济南：山东人民出版社，2019 年。原篇题：《春节忆旧》。文字有修改，四张图版是此次新增。

东宋“传奇”两则

研究中国历史的学人，知道北宋、南宋，几乎没有人知道东宋。我计划弥补这个缺陷，用五年左右的时间，写一部《东宋》。东宋，是我的老家——莱州东宋村。祖辈流传说村名来自宋太祖赵匡胤。村子西南方向还有两个村庄，分别叫“大宋”和“小宋”。三宋并立，仿佛在诉说着这里与宋朝有无庸置辩的关系。

一、“烈士家属”的时代传奇

今天，先记叙一件可以“由小看大”的事情。

东宋的人家，有位我的小伙伴，小名叫“二章”。他上小学时比我高一级。他的家，在我们村是很有名的，他的外祖父是任登甲。任登甲的儿子（二章的舅舅）1947年参加了胶东的解放军，参军不多久，从部队上传来消息，说他战死沙场了，成了“烈士”。此后多年，他们家一直享有特殊的声誉和各种照顾。比如，每年春节之前，村里有主要领导参加，敲锣打鼓到他们家，给贴春联，还有慰问品。二章报名参军都不用政审！那是烈士家属啊。其实，最有实惠的是，别的社员家庭都不许做小买卖的时候，他们家就有做小买卖的特权！

二章的姥姥，也就是那位“烈士”的母亲，如果有什么事不高兴了，就可以到县政府直接告状！当时在村民的感觉中，他家是惹不起的。她姥姥经营着一个家庭小买卖——卖火烧外加炒花生。因为是“特许经营”，带有“垄断性”，全村唯此一家，他家的日子也就过得很滋润。

他们家享受了“烈属”的优待多年之后，出乎意料的事情发生了：等到海峡两岸关系缓和，台湾同胞可以到大陆探亲以后，二章的舅舅居然从台湾回来探亲了，而且身份是“前国军的荣军”！原来，他当年先当了解放军，后来在一场战斗中被俘，他就改当了“国军”，战斗了多年，1949 年“转战”到了台湾。他被俘的那场战斗，是解放军打了败仗，根本不了解他被俘以及“投敌”的事，战后就把失联的战士都当作“战死”上报了，他的“烈士”身份也就如此而来。“死而复生”本来就是一件家庭的幸事，对二章家而言，还有一个值得庆幸的事：因为要做“统战”工作，有海外关系的人家可以享受各种优待。所以，二章的姥姥和妈妈后来又享受“台属”的优待了。村民们议论说：他们家真是有福气，如果他“被俘投敌”的消息早点被政府知道了，他家就是“蒋匪匪属”，哪有好日子过？你看看——二章家多么有福气！时局变了，他们家可以两面沾光！

二、“九曲巷”传奇

东宋有个“九曲巷”，在三里五村很有知名度。这条小巷在本村的东北角，呈东西方向。它的总长度大约有200米，内部不是直路，随着几家住户房舍的前后位移前突或者后退，就形成了曲里拐弯的九曲巷。而且巷子的道路宽窄不一，最窄的地方不超过两米。这样的巷子在全国大概也很少见。

我对这条巷子实在是太熟悉了。我10岁那年，在分家之后，我随着母亲离开了我出生的老宅，搬到了新居。我的新居向北走不超过50米，就是九曲巷的西端巷口；而且这条九曲巷的东端出口，就是东宋村东北角的村头了，跨过一条南北方向的村边小路，正对着的就是我家的自留地。从我家出发去我们村最肥沃的土地后洼地，就要穿过九曲巷。所以，我是时常穿行九曲巷而熟知其地的。

第一次真切感受到九曲巷被人神秘化，那个过程我记忆得很清楚。某年正月初二，我舅舅家的大儿子洪淑带着他的弟弟和妹妹来我家“拜姑姑”，也就是来给我母亲拜年。母亲当然很高兴，就让我带他们到大街上走走看看。我出门稍微晚了一点，洪淑弟弟就带着弟弟妹妹先走出去了。等我追上他们时，他们正好站在九曲巷的西端出口那里，我就听到洪淑对他的弟弟妹妹在说话："这就是九曲巷。这里很神秘。进入都要挑选黄道吉日……经常有人进去就出不来了，里面有迷魂阵，时常还有迷雾出现……"听他如此一说，两个小孩真给吓住了。我在洪淑身后，忍不住"噗嗤"笑出声来！"哪有的事！我时常从这里走，从来没有碰到什么怪事。"洪淑脸上露出不好意思的表情，低声对我解释说："我也是听别人说的。"那一年，我大概十二三岁。我才知道，原来我时常穿行其中的九曲巷，外界还有如此神秘的传说。

作为生活在九曲巷近旁的人，我对这条小巷的神秘感和畏惧感，其实一直存在。只是它的形成与洪淑的描述无关，而是有另外两个原因。其一，巷子中间部位有几处荒废了的院落，半倒的院落，地面生长着各种野草，除了野麻、野葛之外，蕙菜、白缨擎、绿缨擎都可以长得很高。少年时代的我，每当走到那几处"破屋框子"前面，都内心紧张。其二，有一户特别的人家，女主人有个令人心惊的外号（绰号）"老妖"。家里的大人从我小时候就叮嘱："从老妖家门前走，别抬头，快走。"有个记忆，很难抹去：大人们告诉说：老妖会法术，可以飞檐走壁……等年岁渐长之后，慢慢得知了另外的情况："老妖"是来自南方的女子，她的丈夫是国民党军队的军官（她极有可能是妾），是我们村的人，她就随夫到了他家居住。她的丈夫在中华人民共和国成立之后的处境可想而知，后来很快就去世了。她就照顾着一双儿女，常住九曲巷的老屋之内了。她的儿子叫“连昌”，比我大五六岁，女儿还要更大一两岁，名字我记不清楚了，后来嫁到北边的潘家村去了。因为她家是 14 小队的，我和她家的直接交往不多。按照街坊辈，我称呼连昌“大哥”。他给我留下的印象不错，身量不高，很健壮，时常面带笑容。尽管他的出身不好，但是在乡邻间口碑不错，到“文革”后期，政治风潮开始降温，他还被推举为 14 小队的保管员。但是由于出身不好，很久没有娶妻。直到改革开放以后，我上了大学放假回到老家，才知道连昌大哥结婚了。

话题再回到连昌大哥的母亲“老妖”身上。在我的记忆中被定型的“老妖”是：50 岁上下年纪，常年穿一身黑色衣服，身材不高，沉默寡言。眼神最为特殊！有寂寞、冷漠、绝望，还有一丝不屈闪现。我没有见过她“飞檐走壁”，却见过她家所在的 14 小队开她的“批斗会”。更有一段我无法忘怀的记忆：某天傍晚，我路过她家门口，看到她执意要冲出大门，她的儿子连昌坚决堵在大门口，不许母亲出门。情急之下，她仰头大哭，而连昌跪在大门口，死死地抱住母亲的双腿，仰面大哭！母子两人的哭声是那样的哀婉而诡异。我当时见闻此景此情，只感到害怕，逃跑一般离开了。多年之后，我见到连昌，都没有勇气问他：那个傍晚母子二人为何那般扭缠和哀嚎？是不是他母亲要寻短见？设身处地为她考虑，生活在亡夫的老家，而这个老家对她并不友善，“老妖”的外号表达的就是歧视和敌意。在这个弱小的女人身上，曾经承担过什么？现在的我暗自思量：以后真要写《东宋》的话，应该和连昌大哥好好聊天，看能否发掘出关于“老妖”外号后面那些必定凄凉不堪的过去？

补记：我的同村好友孙吉成先生，与连昌大哥是小学的同班同学。他告知我：上学的时候，曾多次到连昌家去玩耍，看到了家里摆着连昌父亲的一张戎装照，中年军官，英气逼人，非常威武。几十年之后说起来，他还说：印象太深刻了！听完吉成的回忆，我产生了一个联想：“老妖”的名号，使得很多成年人不敢（不愿）进入她的家里，也就给了她一种特殊的“宽松”环境，她还可以在家里公开摆列丈夫的遗照，寄托哀思。她是一位未曾从“当年”走出来的女人！

有点“个案”意义的高考之路

我是 1978 年通过高考，从老家东宋公社进入到中国人民大学历史系读书的。显然，这是我人生道路上一个根本性的转折。四十多年过去再回顾这段经历时，我很佩服自己：能够抓住这个“生命的关键点”，“夺回了”参加考试的权利，是我人生智慧的一次闪光。

如下背景情况要做补充说明：我在 1977 年曾经以“社来社去”的名义读了一年的“工农兵大学”。所谓“社来社去”，就是“从公社来再回到公社去”。当时是到“莱阳农学院水利系”脱产读书，学制一年。这一年的所谓“大学”生活，我们没有学到什么真正的专业知识。当时的社会大环境，自不待言；还有一点也很重要：这个“莱阳农学院”的办学模式“左”得利害。当时在社会上有个公开的说法：“北有朝农，南有莱农。”“朝农”，就是辽宁省的“朝阳农学院”。莱阳农学院能够和这所“左”得成名的学校并列，其整体面貌也就可想而知了。

我记得当时有一门课程是“农田水利测量”，既要学习使用水准仪，也要学习以塑料管灌水而制作的“土设备”做农田水利测量。负责授课的老师是毕业不久的工农兵大学生，水平有限，态度也不认真。尽管他操作水准仪还比较熟练，但是满地拖拉着用注水的塑料管做测量，记录“前视度数”和“后视度数”，再做计算与设计，这位老师其实做不好，也讲不清楚。由于我在赴莱阳农学院读书之前，已经在老家的东宋公社做了三年的“水利技术员”，对于这两种测量方式早就是轻车熟路了。老师在现场讲课时发现了我懂得这一套，就干脆让我来讲解和示范操作。当时，我还有点小小的得意，回头再想，这是什么大学的学习生活啊。

我们这批人，是山东省最后一批“工农兵大学生”。到 1977 年底毕业时，还给我们每个人发了一个“大学毕业证书”。当时有一个说法：工农兵大学生只要有毕业证书的，就不许再参加正式的高考。我在毕业之前就暗自下定决心：一定要参加 1978 年的高考。所以，在回到了东宋公社之后，我就向组织上隐瞒了获得毕业证书的事，领导们也没有认真核查，我继续在公社的“水利站”担任“亦工亦农”水利技术员。因为当时有多项公社级的农田水利工程，我这个水利技术员要做测量—规划—施工多环节的工作，压力一直很大。我们公社的韩书记对工作要求也很严，知道我报名参加高考以后，就对我说：“我支持你参加高考，但是，水利方面的事很多，我只能给你一周时间复习考试。”我就在工作之余自行复习。考前的最后一周，韩书记兑现诺言，让我回家复习。后来，总算是老天开眼，录取的大红榜贴到了村头！多年以后，当我回老家探亲时，已经晋职到莱州市担任行政职务的韩书记时常请我喝酒，酒席间几乎都会说：“我当年只给了家洲一周的时间复习，没有想到他就考上了中国人民大学！”在场了解情况的人，也就说笑一番。

我内心的一个秘密却是：如果我当年不是鼓足勇气，没有听“组织上”的话，隐瞒了获得“工农兵大学生”毕业证书的情况，我就没有资格参加高考报名了。回想起来，这是我人生第一次“不听组织上的话”，当然不后悔！这事，是我一生命运的转折点，太重要了！

初入人民大学的“历险”回忆

1978—2008 年，三十年的光阴“弹指一挥间”。追忆我们共同的大学生涯，以及走上不同工作岗位之后的同学缘分，真有说不尽的故事与感慨。俗语有云：“年轻人生活在对未来的憧憬中，老年人沉湎于对往事的回忆中。”因此，喜欢回忆，就成了步入老年的表征之一。大概是出于不愿意承认自己正在进入老年阶段的心理作怪，现在的我们，往往以“忙碌”为理由，力图疏远回忆。然而，随着筹备我们“入校三十周年系列庆典活动”的展开，回忆，就成了势不可挡的存在，充满了我的生活。于是，我欣然接受着它，甚至是享受着它。坦然面对已经逝去的青春年华，也在追忆之中，感谢着同窗给予的帮助，品味着同窗的缘分以及它的延伸。蓦然之间发现：同学之间的情分与自己的成长之路是那样的密不可分。摘取思忆中的几个片段，与同学共享。

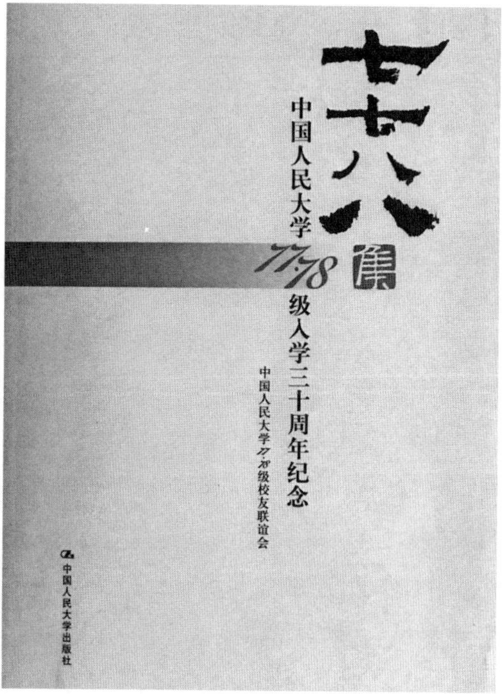

《七七八八集——中国人民大学77、78级入学三十周年纪念》书影

林明帮助我“作弊”通过了入学体检一关，这是一个保留了整整三十年的“秘密”。

收到中国人民大学的录取通知书，对于我们每一个78级的同学而言，都是天大的喜事；对于我而言，欣喜的程度可能要超过那些生活在城市的同学。我自幼生活在山东的一个世代务农的家庭，而且有着五岁丧父的不幸童年，说处于社会的底层，绝非夸大其词。有幸进入人大读书，在我的人生道路上绝对是“具有历史意义”的转机。因此，我珍惜这个时代的进步所赐予的机会，并且要想方设法保住这个机会，应该是一个容易被理解的选择了。

到校报到之后不久，一个意外的消息，却让我如雷击顶。历史系办公室通知：孙家洲入学体检不合格，被怀疑有肾炎，要求复查。我当时的第一感觉是天塌地陷一般，好不容易得来的求学生涯可能就要失之交臂，如何是好？我确实陷入了恐惧之中。

我努力让自己冷静下来，理清思路：我在原籍的几次体检，从来没有发现问题，因此，这次入校体检的肾指标不正常，应该是另有特殊原因。我认定：在离开老家前的三天之内，我日夜加班在自家的院内打了一眼“地瓜井”，一定是身体过于劳累而导致指标不正常。在接受体检复查的关键时刻，我动了“小心眼”：万一复查还是不合格，先前的喜悦、今后的前途岂非“一场空”？我还是找一位体检已经过关的同学代替我体检为好。但是，我与同学刚

中国人民大学
ZHONGGUO RENMIN DAXUE

一九七八年
七月
25
特刊(1)

热烈欢呼党中央国务院
批准恢复中国人民大学

我校召开师生员工大会
成仿吾校长传达中国人民大学复校文件

大干快上　只争朝夕
热烈欢呼中国人民大学正式恢复

短评

《中国人民大学学报》关于“复校”的报道

刚认识几天，这样“作弊”的事情，如何说得出口，而且谁愿意帮这样的忙呢？我抱着“豁出去”的心态，找了同宿舍的林明求援。我觉得，林明说话比较随意，可能愿意帮忙。天遂人愿，林明一口答应帮忙，只是叮嘱：“千万不要让别人知道。”体检复查之时，愿意帮忙的林明同学，

中国人民大学

ZHONGGUO RENMIN DAXUE

1978年10月30日　第543期　本期共四版

我校召开迎新大会

郭影秋副校長在会上作了重要講話

本报讯：十月二十四日下午，我校召开了热烈欢迎一九七八届新生大会。本科生、进修生、研究生一千多人怀着喜悦的心情聚集一堂，庆祝复校后的第一个新学年。

成仿吾校长、郭影秋、郜子言副校长和各系领导同志参加了大会。大会由郜子言副校长主持。他首先向同学们介绍了大家尊敬的成仿吾校长，郭影秋副校长，然后由郭影秋副校长给同学们讲了话。

郭副校长首先代表学校党委和全校师生员工向新同学们表示热烈欢迎。

接着，郭副校长着重阐明了我校在新形势下的战斗任务，对全校同志提出了具体要求。他说：我们面临一个新的起点。党的十一大提出了新时期的总任务，规定了在本世纪末把我国建设成四个现代化的社会主义强国的伟大战略目标。最近，华主席、党中央又作出了加快实现四个现代化的英明决策。全党、全军、全国人民正在紧张地动员起来，在科学、技术、教育、文化等领域，都以世界的先进水平为起点，为改变我国工业、农业、科学技术和国防等方面的落后面貌而斗争。我们的任务是要继承党的革命传统，继承人民大学的革命传统，在新的起点上大干快上，为加快实现四个现代化作出我们应有的贡献。为此，他要求同志们坚持和发扬实事求是、理论联系实际的作风，艰苦奋斗的作风、民主团结和遵守纪律的作风，靠这样的传统和作风，办好我们的人民大学。

郭副校长最后说，中国人民大学复办后的第一个新学年开始了。我们是在英明领袖华主席、党中央领导全中华民族进行新长征的伟大年代开始的，我们和全国人民一起都处在新长征的征途中。我们要象当年红军一样，"万水千山只等闲"，在新长征中夺取新胜利。

随后，中共党史系主任胡华教授向同学们作了《发扬中国人民大学的光荣革命传统》的报告。

会后，各系同学进行了热烈的讨论。他们表示，在新长征的征途中，我们来到了这所具有光荣革命传统的人民大学学习，是很幸福的。我们一定不辜负老一辈革命家对我们的殷切期望，努力学习，刻苦攻关，勇攀科学高峰。

《教学与研究》即將复刊

本报讯：随着中国人民大学正式恢复，我校主办的《教学与研究》，最近经中宣部和教育部批准复刊。第一期将于十一月底出版。

《教学与研究》于一九五三年创刊。它既是反映我校教学与科学研究成果的学报，也是全国高等学校政治理论教师和其他文科教师交流教学经验、开展学术讨论的共同园地，是哲学、社会科学综合性学术理论刊物。它的基本任务是：完整地、准确地宣传，捍卫马列主义毛泽东思想，深入揭批林彪、"四人帮"；坚持"双百"方针，提倡不同学派争鸣，促进提高教学与科学研究水平。主要服务对象为高等学校的政治理论专业和其它文科专业师生，专业和业余的社会科学研究工作者和中等学校的文科教师。今年第一期的主要內容有《"四人帮"上层建筑决定论批判》、《中国现代史上三次思想解放》、《塞缪尔森著〈经济学〉评介》和哲学、经济学、文史方面的论文，以及专题资料、学术动态等。

（孙铁林）

本报讯：复校后的第一届本科生、进修生共一千零七十七人，于十月二十、二十一日报到完毕，经过体检和办理各项入学手续之后，二十六日开始了紧张而有秩序的学习生活。

今年录取的新生分别在十五个系的二十一个专业、英语师资班和计划统计进修班学习。他们来自我国除台湾省外的二十九个省、市、自治区。其中五百七十三人是在北京市考区录取的，他们绝大多数是走读生。

我校在招生工作中认真贯彻了择优录取的方针，十分注意贯彻党在招生工作中的各项政策，保证了新生质量。

录取新生中比较突出的一点是政治质量较高。他们中间有的是在天安门悼念敬爱的周总理，反对"四人帮"而受到迫害的英勇战士；有相当一部分是战斗在工业生产第一线的普通工人；有的是在高中毕面貌的下乡或回乡知识青年上作出成绩的职工。还有许工作中的骨干或积极分子。评为品学兼优的应届毕业生考成绩都比较好。总分在四人数的百分之十七。全体新百七十九分以上。政治经济系新生的数学成绩都比较高的外语基础。

在录取新生的过程中，人、贫下中农和其它劳动人而且也注意贯彻有成份论不较了本人表现比较好、出身年；录取中贯彻执行了教育年在这次高考录取中要一视二十六岁以上青年占总人数的成绩普遍较高。同时，也和华侨子女。

成仿吾等領导同志亲切会見研究生

十月十二日下午，成仿吾校长、郭影秋、郜子言、胡林昀副校长在第五教室亲切会见了我校一九七八届全体研究生。一百多名研究生齐集一堂，同成老、郭副校长等学校领导同志见了面，并聆听了他们语重心长的讲话。

成老首先对研究生表示热烈欢迎。他说，你们是中国人民大学复办后的第一批研究生，是在我国进入新的历史时期入校的，也是在我校复办初期条件最困难的情况下入……化的关系。他说，要承认我们国家在科学技术、经济管理等方面的落后状况，但是我们也有决心、有条件能够赶上去，把林彪、"四人帮"耽误的时间夺回来。全……好基础。首先是打好马克思列宁主义、毛泽东思想的理论基础。不管搞什么专业的，没有这个理论基础，都是搞不好的。其次是外语。每个研究生，一定要在最……

《中国人民大学学报》关于"开学"的报道

按照我们两人的筹划，事先"潜入"校医院厕所内，届时给我"贡献"了一份送检的尿液。我的体检，就是如此"蒙混过关"的。

当时，我对林明特别感激，总想有所报答。无奈，出身贫困农家，实在无以为报。好像只做了一件小事：我们上学时，每月配给的粮票，有面票、米票之分。林明是上海人，习惯于吃大米，实在吃不下面食。而对于我这个山东人而言，吃面、吃米本来都无所谓。所以，每个月我用米票交换林明的面票，实在算不得有所回报。直到现在，我依然欠着林明一个大大的人情。

……

说明：原载于《七七八八集——中国人民大学77、78级入学三十周年纪念》，中国人民大学出版社，2008年。原题《同窗忆旧》，此为节选。

坎坷人生：我的发小三亮

一、擅长“辩理”的人

三亮，大名孙炳亮，乡邻多知其小名“三亮”。他家是14生产小队，与我家所在的5小队相近而杂居，父祖辈都是熟悉的乡民。他的父亲，就是我们孙家有名的“清理布袋子”。他父亲的乡里评价，显然没有给他带来尊严和荣耀。三亮本人也喜欢与人辩论，或许也是家族遗传吧？每当他非要与人辩论时，别人就会怼他一句“小清理布袋子”，每当这个时候，他就很委屈地不再辩白了。我认为他很不愿意“继承”他父亲的这个外号。

三亮比我低一辈，小一岁，上小学时本来比我低一级。但是，我们赶上了一次学制调整，他们的班集体“跳级”，他也就成了我的同班同学，我们两个人也就成了班主任老师说的“奇怪的好朋友”。我在班上是听话守纪律学习又好的学生，三亮则是有名的调皮捣蛋的学生。不仅时常和同学打架，老师的话他也时常顶撞。可是，他很“认”我这个朋友。有时候老师为了减少麻烦，就通过我转告老师对他的要求。我说的话，他基本不顶撞。

按照我的观察和体会，三亮为人很善良，也讲信用，讲义气。他的心思也不笨，只是不愿意学习。考试成绩就在下中游的范围内沉浮。到了推荐上高中时，他没有被推荐。由此说来他和我的“同学关系”就是在初中的几年。但是，我们的朋友交情却维持到他多年之后悲戚自杀时为止。

他所接受的教育，就是农村条件下、又不幸经历“文革”的初中教育，程度如何不难想见。他的一生都在最基层挣扎。但是，对于社会问题，他有独特的观察和思考。有时候他说出的话，我认为很有“穿透力”。有两个事例为证：

其一，在生产队开始布置“分田单干”之时，我母亲从一个弱势家庭主妇的角度，对我们说出了内心的担忧：“以后没有生产队了，全靠自己干，万一有个意外的事，怎么办啊？”我并不知道该如何回答母亲的担忧。那天恰好三亮在我们家里要，他立即接口开导我母亲：“您这样想，根本就不对。分田单干了，对你们这样的家庭，只有好处，没有坏处！您想想，有个生产队，您感觉是个依靠，可是您就没有想到——有个生产队，就有多少剥削我们的大小干部？大队、小队的干部，我们老少爷们在养着他们。包括抡着钥匙链的小队保管员在内！他们很少像我们那样干活，却拿着最高的工分！取消公社和生产队，应该感到担心的是他们，不是我们！再说，现在有这么个生产队，一年到头就是折腾我们这些社员，恨不得全年都干活，过年都休息不了几天！如果没有生产队了，就你们家里那点农田的活，我敢说全年有两个月就都干完了！剩下的十个月你就自由了！您就好好享受清福吧！”我母亲听完说，好像三亮说的有道理啊！这也是我第一次感觉到三亮看事，有他的高明之处！

其二，我考取大学以后，假期回老家，三亮来找我聊天。他突然说：“你看看，自从恢复高考，能考上大学的都是什么人?”我一时不知他的指向，就反问他。三亮胸有成竹地说：“能考上大学的人，基本上是‘地富反坏右’的孩子，再加上教师的孩子！像我这样的贫下中农的子弟，没有几个人考得上！你知道是什么原因吗？就是种管着！我这样的人，种里就没有读书的命！”听了这样的说法，我真是大吃一惊！不论他说得对否，他都在思考这个不知道有没有标准答案的问题！

二、性格倔强的“上岗驴”

11 月 21 日，我写过本村好友三亮，写的是他生命中的前半段。我最近事多，没有写这个系列，今日诸事稍缓，续补如下：

三亮从小性格倔强，不愿居于人下。包括日常语言，他也不愿委屈自己而照顾他人。他对某人即便有感激之情，也不愿意在语言上表达出来。我理解是他“要强”的表现之一。作为例外，他却多次在我们的几位老同学面前说“家洲是帮过我大忙的”。这句话的后面，有他一段不愿意对人细说的故事——一次失败了的“闯关东”行动。

那是在我读研究生的时候，某日，系办公室的老师通知我：有人在人大东门的门卫处找我，要我去看看。我事先不知道是谁，到了门口一看，原来是三亮来了。他的装束让我大吃一惊：他身穿绿色军大衣，脏得油光透亮。带了一个破旧的纸箱子，用一根绳子捆住，再用一根木棍挑着。三亮当时的装束，是很标准的“盲流”，人大的门卫不许他进入，问清楚他要进校找谁，就打电话让我去认人。等我到了现场，对门卫说“这是我老家的同学”，就带着三亮回到了我的宿舍。走在路上，三亮就眼泪汪汪地对我说：“爷们儿，对不住，我这样来，就是给你丢人来了。”到了我宿舍，我就问他“怎么这个模样了？”他说：在老家的日子没办法过了，他一狠心就“闯关东”到了黑龙江。但是，也没有找到合适的营生，身上的盘缠却花完了。他想尽了各种办法，终于倒了汽车倒火车，来到了北京找我。这一路上，三亮不知受了多大的罪。我的宿舍里恰好有一张空床，我安顿三亮住了下来。后来带他去颐和园、故宫参观，他的情绪才好了起来。我劝他回老家，他也同意了。我就给他买了回老家的火车票，还给了他一点路上用的钱，并一直送他到了车厢里才告别。我知道三亮倔强好胜的性格，回老家和老同学聚会时，我从来不说此事。但是，三亮倒是说了多次。等到多年以后三亮自杀身亡，我回顾与他几十年的交往，真正给他帮过忙的，也就是这么一次而已。

由于三亮的个性太强，说话太容易伤人，尤其是喝酒以后往往与人口角起来。如此，他交往的朋友越来越少。每逢我回老家，我们的同学都会有聚会，轮流做东是常态。过了若干年以后，我发现老同学聚会时，其他同学不愿意邀请三亮参加了。我就私下问一位同学。他很实在地说："三亮就是个上岗驴！我们的同学里面，实话说他混得最不济，老同学们并不因为他过得不好就歧视他。可是，你想想看，和他在一起喝酒时，他每次都借着酒劲，出口伤人，谁愿意花钱请客反而要忍受他的窝囊气？"不得不承认，这位同学说的是实话。所谓的"上岗驴"，是我老家的方言土语，大概意思就是把自己安顿得高出于别人，说话做事都要"压别人一头"，也许可以翻译为"霸凌"？

再过了几年，我回老家时，听家人和同学说到三亮酗酒闹事的几个段子。最"出名"的是：他曾经在村里和别人喝酒，喝高了，当场给人掀了酒桌，还动手打人。人家就打电话报警了。出警的领头警察，恰好是我们村出身的孙积善，他和三亮是小学和初中的同学。但是，两个人上学的时候，关系并不好。孙积善个子高大，小时候有个习惯，说话时先要发出“吭吭”的声音，也许是咽炎作怪？三亮就给他起了一个外号“吭”。这个外号迅速传播开来，为此积善还和三亮打过一架。孙积善高中毕业后被征召入伍当了打篮球的体育兵，后来转业回老家安排，到掖县当警察，好像是晋升当了中队长。那天，三亮酒后闹事，人家摆酒的人无奈之下只好报警，孙积善带了几个警察出警到了现场。按照我的印象，积善是个厚道人，是讲究老同学的面子的。如果三亮说话不伤害他，也不至于真的收拾三亮。问题是：恰恰三亮酒后说话没有自制力，他看到积善带着几个警察来到了现场，可能想起了小时候的不快，居然出口挑衅：“我以为是谁？原来是你啊？不就是个吭吗？你敢把我怎么样？”积善大怒之下，用了警察逮人的专业动作，实实在在地摔了三亮一个嘴啃泥——大匍匐！而且把他用警绳捆起来给押到县警察局关了好几天！

等到我回老家，和三亮单独聊天时，问他是否确有其事，他有点尴尬地苦笑了几声，还自我调侃：“小时候和吭打架，你别看他高出我一个脑袋，他打不过我。现在我打不过他了，他在部队里学的那套收拾人的本事，我不是对手了。”

我也曾经在私下劝他：不要动不动就和人叫板，尤其不要酒后闹事。他沉默片刻，说道：“有的事，你不懂得。

我就恼恨现在的人为什么那么势利眼！就拿我们两个人打个比方：你在北京的好大学工作，假期回来大家看到你都笑脸相迎的，可是有几个人给我个笑脸？你说一段话，大家说，你看人家就是有文化！可是，换了我来说，说的意思和你说的也差不多，他们就要笑话我：又在不懂装懂，胡说八道了！你说，这公平吗？这是不是势利眼！”面对发小说出的恨恨之语，我再次无言以对。

鲁迅和闰土，在成年以后也无法重温少年时代的童真交往。更何况，我不是鲁迅，三亮也不是闰土……

三、坚忍的性格与悲戚的结局

三亮为人，有坚忍的一面，为了不失面子，他可以吃苦。有一件小事，给我留下了很深的印象。那还是在上初中的时候，三亮似乎是无意中说过一句话，说他曾经“白口”（我老家的土语方言，也就是不用主食而直接吃下）吃了三头独头蒜。应该是带有“偶尔吹牛”的性质，可偏偏有同学和他过不去，几天后，在课间操的时候，那位同学当着全班同学的面，突然掏出了三头独头蒜：“三亮，你不是吃过吗？没有吹牛的话，就当着我们的面吃吃看？”谁都明白：这是“当面将军”啊！三亮略微犹豫了一下，伸手接了过来，真的是把三头独头蒜给吃了下去，没有任何“就”的主食入嘴！他给辣得满脸通红，双眼流泪，头顶流汗。但是，他决不反悔！这样的“坚忍”守信，其实真是受罪！

毕业以后，他为了“活得不比别人差”，同样坚忍地奋斗过。其实，有那么几年，三亮发展比较好。有几个标志性的事：一是他结婚了，还生了一个儿子；二是在东宋村南的大道旁边，盖了一栋二层楼，一层用为营业，他开设了一个“三亮汽车维修部”，二层是他和家人的生活用房。这个汽车维修部，曾经给他带来稳定的收入；三是在他家老房子南面不远处另外盖了一栋面积很小的二层楼。距离我家的房子不超过一百米。应该说，在当时的农村，以一人之力挣下了这样的“家当”，也是不容易！我记得，那年我过春节时回老家，三亮曾经在他的两处住房里请我和几个同学喝过酒。当时，他表现得很高兴，有点志得意满的感觉。但是，好景不长。他的汽车维修部由于说不清道不明的原因，收入越来越少。更麻烦的是，他的家庭不断出事，据说夫妻两人时常打仗……还有别的更不好听的说法，真假难辨，在村里流传。三亮的儿子到十多岁的时候，在村里的口碑似乎也不好。总之，三亮以及他的家庭，在村里没有获得他本人一直很看重的好评，三亮日益沉沦下去了。

后来，陷入多方困境中的三亮选择了自杀。他自杀的方式，很惨烈，也很决绝。他找了远离村头的一眼大机井，是直径十多米、年轻人可以在其中游泳的那种机井。他用铁链子固定了几块大石头在身上！如此，他纵身跳下以后，铁链子加上石头的重量，就直接把他坠入了井底！即便是他在生命的最后一瞬有了求生之心，也无法自救了。后来乡人发现他失踪了，四处寻找，最后在井口旁边，发现了三亮有意留下的线索——他的一双鞋。另外，井口边上还留着一个空罐头盒，里面塞满了烟蒂，还有十多个喝空了的啤酒瓶！从这些现场遗物不难看出，在生死边缘，三亮一定经历过反复的熬煎！最后，他选择的是义无反顾地赴水而死！按照我对三亮性格的了解，他在跳入机井之前，一定会大喊一句："拉倒吧！我这一辈子就这样交代了！"

三亮自杀的年份，我记不清楚了，距今大概有十年了？也就是他在五十多岁走上了不归路。我还时常回想起这位很有个性的发小。甚至多次想：当时三亮在跳进机井之前，会不会想起了我？他剩下的那么多烟头中，会不会有一个烟头是他念叨着我的名字而按下的？

据说，人的死亡，有几个层面：身体的死亡是一层，到后来世间没有人再思念他了，才是真正的死亡。在这个"新冠"肆虐的春节之前，我把三亮的一生写完，表明在这个世界上还有人在思念着他……

莱州方言中的“反秦”意识遗存

在我的家乡莱州，有个特殊的口头语言“秦”，读作第四声，用作形容词和动词。它被用来形容人的品行时，带有强烈的贬义。如果说：张三这个人“很秦”，那就比说他“坏”所赋予的批判性更强。“坏”，通常带有公开做恶而不加掩饰的意思，相比之下，“秦”就带有长期作恶、居心险恶、背后使坏和带有攻击性等义项的特殊含义。

在私下议论某个人的品行不好时，乡亲们就可以说“那个人有点秦”，或者说“那是个秦种”。

我和朋友们的青少年时代，就经常这样说。当小伙伴一起玩的时候，另外有人来捣乱破坏，我们就可以骂他：“你真秦！”“你待要秦死了！”甚至直接开骂“你真是个秦死皇”。

与之相关，还有一个相近的说法“秦头汉”。这是形容一个男人习惯性低头走路的步态。整个句子是兼顾男女的“扬头婆娘秦头汉”。是说仰头前行的女子和低头走路的汉子，都城府深沉，所谓“不好斗”，要远离他们。

我对这个特殊的方言，原本未曾多想。最近《大秦赋》引发民间舆论痛斥，我突然意识到：这个用作形容词和动词的方言“秦”，可能是战国末年到秦朝时期齐地人反秦意识的民间遗存。因为秦国在“吞并”齐国而完成天下统一之时，使用了重金收买齐国丞相后胜的狡诈手段，使得齐军不修武备，最后未经一战就解甲投降了。齐人心怀不服之气。所以，秦末天下叛秦，表现最勇武的，除了楚人之外，就是齐人。田儋—田荣—田横诸雄，都是反抗的英雄！

各地方言中，肯定保留着当地历史文化的某些残影。借助于某些特殊方言词汇，可以打开地域历史研究的独特窗口，这是毫无疑义的。从公元前 221 年齐国被秦灭国算起，延续到两千年之后的当代莱州方言中，还保留着“秦”发音的如此特殊的用法，从“历史语言”的角度追溯，应该与当地自古流传下来的“反秦”意识相关。这种历史感极强的“反秦意识”，实在是具有“语言活化石”的价值！感谢我老家的方言，让我有如此顿悟后的快感！

当然，我今天所做的即兴式的解读，不敢剧断为定论。这个方言现象的线索，确实是有研究价值的。

说明：我从小学到高中的同学、莱州私营企业家杨继光，我的同村老乡、在栖霞市工作已经退休的孙吉成先生，同村的老乡、现在北京做陶瓷艺术家的王丰年先生，莱州老乡、四川大学历史文化学院原祖杰教授等四位朋友，分别给我来信，确认了我所说的莱州方言记忆无误。这是我们青少年时代普遍使用过的方言。“秦”这个特殊的发音，在莱州口语中确实有强烈的贬义。他们还补充了某些具体的用法，我把他们的补充意见增加到原文之中了。

《莱州文史要览》后记

《莱州文史要览》即将付梓了，附赘数语，聊充后记。

追忆一年之前，莱州市委市政府领导希望我主持编写一部莱州文史方面的图书，要求是“真实权威、图文并茂”，希望一年之内成书。我当时很是犹豫。齐鲁自古重乡情。莱州是我的老家，我的青少年时代是在这片充满了温情回忆的热土上度过的。市委市政府领导提出的要求，我理解为是父老乡亲的信任和嘱托。就此而言，我没有推诿的理由。但是，我深知，此书的编写，绝非易事：时间紧，任务重；涉及学科领域若干，书成于众人之手——不论在哪个环节上都可能存在着不可知、不可控的因素。一旦出现问题，确实愧对父老乡亲了。我对一位知心朋友笑言：“万一写得不好，我可就再无脸面回老家了。”尽管心存畏难之意，但面对着一份不容推卸的乡情与信任，我只

孙家洲、杜金鹏主编《莱州文史要览》书影

能选择知难而上。

邀约各方面有真才实学的专家学者，搭建一个学术力量雄厚、学科结构合理、资源配置优化、可以共同做事的编委会，是编写好这本书的前提条件，也成为我首先要做的一件基础性工作。我首先想到必须倚重的两位著名专家——杜金鹏先生和刘凤鸣先生。杜金鹏先生是著名的考古学家，任职于中国社科院考古研究所，他参加夏代都城遗址“偃师二里头遗址”的考古工作长达十多年，是二里头遗址的主要发掘者之一；他主持商代都城遗址“偃师商城遗址”考古工作长达六年，取得一系列重大考古成果。现在担任中国社科院考古研究所大遗址保护中心主任。刘凤鸣先生曾经长期担任鲁东大学的学校领导，也是鲁东大学“胶东文化研究中心”（2011 年改称“胶东文化研究院”）的创办者和首任主任。他的代表作《山东半岛与东方海上丝绸之路》，系统地阐述了山东半岛在不同历史时期中韩日三国的经贸、文化交流和友好往来，被称之为海上丝绸之路研究的一部具有开创性、综合性和阶段总结性的力作。——天缘凑巧的是：杜金鹏和刘凤鸣两位先生与我一样，都是莱州游子！我与两位分别在相关的学术活动中结识于外地，当时也都为同为“乡党”而备感温馨，但是却没有机会在学术研究方面联手做事；现在可以借着这部书的编写工作，来共同为家乡的文化事业做点实实在在的事情了。我把这种缘分，理解为天意。当我向两位先生转达合作意愿的时候，两位先生慷慨允诺。因为此书中涉及文物古迹的部分所占比重很大，我诚邀杜金鹏先生和我共同担任主编。杜先生也答应了。此后，杜先生和我共同承担起这本书的组织编写工作。还有一位值得一说的青年才俊，应该单独介绍：中国人民大学历史学院的在读博士生、莱州学子程皓。他的硕士阶段是在首都师范大学师从李华瑞先生攻读宋史，博士阶段则在我院随毛佩琦先生攻读明史。程皓的两位导师都是我结识多年的朋友，程皓又是我的小老乡，我们的交往就自然多一些。我知道，程皓对于莱州掌故、乡土文献，有着近乎痴迷般的喜好。他广泛收集莱州的地方志、族谱、名士文集，并且利用各种机会，骑着自行车实地调查有关遗址遗物、拜访掌握地方传说的父老长者，经过多年的努力，他手中积累了大量的资料，三年之前，他曾经给我两个刻录的光盘，全是莱州资料。尽管他比我年轻一代，但是，论及对莱州乡土文化的熟谙，他确实在我之上。后来的编写过程也证明，在我们编委会内部，他确实是一位很称职的“无衔秘书长”。

在较短的时间内，我们搭建了一个很理想的编委会，成员来自北京、烟台、莱州三地七个单位。计有：

北京——中国社科院考古研究所，杜金鹏教授（考古学，大遗址保护）；中国人民大学历史学院，孙家洲教授（中国古代史），马利清博士、副教授（考古学），丁超博士（历史地理学），程皓在读博士生（中国古代史）；中国人民公安大学，任士英博士、教授（中国古代史）；三略研究院，王金岭研究员（国际关系学、知名摄影家）。

烟台——鲁东大学，刘凤鸣教授（古代交通史、胶东文化史），俞祖华教授（胶东文化研究院院长、中国近现代史、胶东文化史），赵慧峰教授（《鲁东大学学报》主编、中国近现代史、胶东文化史），吴旺宗博士（中国古代史、胶东文化史）。

莱州——莱州博物馆，刘国庆先生（考古与博物馆学、民俗学）；莱州党史研究室，孙玉光先生（现代史、党史）。

这是一个三地学术资源优化组合的编委会。其中还有两位先生的情况，我还要加以补充和强调：王金岭先生担负着重要的社会责任，他是三略研究院院长、中国太平洋地区合作委员会副秘书长兼国际合作部部长，同时，又是知名的摄影家。能够请他加盟我们这个学术团队，除了我与他多年至交的个人感情因素之外，更重要的是：他也是莱州籍的人。在工作中，我们的团队喜欢称他为“莱二代”。莱州的乡情，对他的感召力十分明显。他来莱州考察之后，又专程到莱州拍摄了若干高质量的照片，为本书增光添彩。刘国庆先生，是莱州博物馆研究部主任。他对于家乡的历史文化、古代遗址、公私文物收藏、乡土文献，有着全面的了解和深度研究，堪称是莱州考古资料的“活字典”。他提供给编委会无偿使用的各种资料，既有博物馆的库藏，也有自己的收藏品，甚至还有他本人正在写作过程中的研究论文素材。包括在文稿的后期修改过程中，刘国庆先生与程皓的贡献也是很大的。我庆幸，在莱州这样一个县级市的博物馆里面，居然有像刘国庆这样敬业和专业的优秀研究人员。

以刘国庆、孙玉光二先生为代表的莱州本土文史人才，与外地专家学者的结合与良好合作，使得我们的学术团队，始终处于高效良性的运行状态。外地学者（包括虽是莱州籍人、但多年在外地工作，对家乡的了解其实也有限的各位朋友）来参与本书的写作，又在较短时间内要求完稿，他们不得不面对一个难题：对莱州的当地情况，缺乏具体和系统的了解。这种欠缺，不是靠短期的实地调研加集中阅读资料，就可以完全弥补的。但是，外地的专家学者参与这项工作，至少有三个明显的优势：一、专业素养与学术能力的优势。我们邀请的专家，按照各自的学术领域甚至是研究专长，具体分工相关内容的撰述。二、以胸怀全局的意识和“长时段历史”的眼光，站在更高的层面，来审视和处理莱州这个“局部”在不同历史时期“全国”大局中的位置。有效地避免了囿于莱州、而缺乏总体感观的局限性。本书涉及的政区地理沿革、历史过程、历史人物的描述与评价，都带有全局性的关照，而不会出现“就莱州论莱州”的自说自话，就是鲜活的证明。三、对材料的鉴别与取舍，以至于文字表达，均符合严格的学术规范。以上三项优势，有效地保证了本书的学术质量。从而达到文字内容“准确权威”的预设要求。

要写好这部书，除了编委会专家的协同努力之外，还有一个特别重要的保障性前提——莱州市委市政府的大力支持。在我们的工作过程中，真切地感受到市委市政府领导、特别是李明书记对于写好这部书既有殷殷嘱托，更有实实在在的支持。在组织外地专家到莱州两次做实地考察和调研之时，李明书记都与专家当面交换意见，并且指定市委办公室的吕俊峰主任负责莱州各方面的统筹协调。吕俊峰主任对外地和本土专家都真诚尊重，抓工作细致周到。在工作即将结束的时候，我由衷地庆幸：我们组建了一个理想的学术班底，我们有善于筹划、决策高明的李明书记，我们遇到了能干实事、执行能力极强的吕俊峰主任。这样的组合，我愿意用“极一时之选”来加以概括。

在莱州领导的示范和推动之下，许多职能部门和方方面面的朋友，都以全力支持、无私奉献的精神，对本书的撰写、修改，做出了许多的贡献。其中，有很多人，默默地工作，贡献不菲，却不曾在执笔者的行列中留下自己的名字。再以照片的选择而言，许多朋友奉献出珍藏多年的旧照，任凭编委会从中择优选用。所以说，这本书的出版，其实还有许许多多“幕后英雄”的奉献与支撑。感谢高风亮节的父老乡亲！

在《莱州文史要览》付梓之前，我面前堆积着经历了六次讨论、六个版本的“写作大纲”，还有多次修改所形成的四个印刷工作本——这里面，凝聚着先生们多少心血！各位先生在百忙之中，抽出了宝贵的时间，帮助我完成了市委市政府的委托，共同完成了一部学术质量可以自信的著作。在这里，我由衷地向各位表示诚挚的感谢！

由于成书时间短促等方方面面的局限，呈现在各位读者面前的这本书，肯定存在着若干的不足，甚至是错误。编委会和我本人都热诚地期盼着诸位读者，随时提出宝贵的批评意见。

莱州游子　孙家洲

2013 年 3 月　于中国人民大学历史学院

原载于《莱州文史要览》，齐鲁书社，2013 年

退休感怀

今天，2020年8月3日，我年满65岁。按照学校的规定，以二级教授级别正式退休，校内有关手续已提前办理完毕，九月份就要开始领取“退休金”了。这当然是我人生旅程的一个重要节点。写下如下的几句话，对自己的前段人生，做个力求简洁的记录。

我于1978年参加“高考”，被中国人民大学“中国历史系”录取。这个系名，起码在中国大陆的大学里面是独具一格的，其中，当然有故事——这是我的老师们那一代学者的典故了。几年后，系名改定为“历史系”，与其他学校的系名归于一致。1982—1985年，我在人大历史系随郑昌淦先生读先秦史硕士研究生。毕业后留校任教至今。根据历史系当时师资力量梯队配置，我的专业方向被确定为秦汉史。从1978年进入人大算起，到现在退休为止，我在中国人民大学学习和工作整整度过了42个年头，

“教泽永铭”——作者退休纪念牌

执教 35 年。也经历了几番大风大浪，见识了一点人情世故，认识了多位值得尊重的好学者。除了“按部就班”地晋升职称之外，还做了几年的学院行政工作，先后担任国学院常务副院长、历史学院院长，主持两个学院的日常工作时间长达九年。我从老家东宋村的一个农家子弟，未有任何“背景”支撑，凭一己之力，为人为学，一路走到现在，自己内心感到很充实。

自己的几项遗憾之事：

一、没有出版真正具有传世价值的学术专著，论著的创新性有限。

二、自己没有攻读博士学位，没有撰写过博士学位论文，后来成为博士生导师，却要指导学生写博士论文，其实是勉为其难。

三、我先后在两个学院主持工作，虽然自知尽力了，但是都没有达到我理想中的发展标准。

四、还有一个遗憾，我现在不想说。留待 20 年之后，我 85 岁时，再说吧。

自己的几项得意之事：

一、给每届学生讲课都尽心尽力，学生给予的评价都很好。教学方面所获奖项（含人大、北京市、教育部），都是来自三尺讲台几十年的辛勤付出。我对所指导的研究生，尽心尽力，未敢懈怠。历届研究生对我的尊重，延续几十年，这也让我内心充满温馨和自得。

二、在担任院长期间，认真做好高层次人才的引进工作。屈指算来，经过我的努力而敦聘的著名教授，他们到人大之后，专业特长有了更好的发展空间，后来成为“国务院学科评议组”成员的有一位，被评为“长江学者”的有四位，先后担任院长和副院长的有五位。有朋友开玩笑说：许多院长引进人才往往是“武大郎开店”，引进的人才都比院长本人的学术水平要低，而你引进的人才很多人比你厉害。我也很乐意听到朋友如此评点既往的故事。说句“自大”一点的话：如果没有我努力聘请的这些学术高手进入人大，现在的“人大史学阵营”会逊色多多。

三、我担任院长期间，对院内的同事，从来不敢以院长自居，更不曾以院长的口吻与同事说话；同事们当面也不以“院长”称呼我。正因为如此，我在 2013 年卸任院长之后的七年，在历史学院只做教授，连“学术委员”的头衔都不保留，却没有同事对我的态度有“人走茶凉”的变化，自己的内心也没有任何失落。从根本上说来，我担任院长时，就没有把这个位置当作一个“官位”来看待。我以同事之心待同事，换来的是同事也不把我当作“官”来看待。

四、我有幸结识了一批志同道合的好朋友。山南海北有至交，肝胆相照存知己。朋友，给我以学术切磋之益，给我以生活乐趣和享受，更有体现为生命自身的存在。再说句悄悄话：其中多数真心交往的朋友是酒友。酒酣耳热之时，最能够流露出一个人的本性，酒场也就是交往人和淘汰人的最佳场所。按照我的体会：喝过一场“大酒”、彼此说过一番酒话的人，在交往的深度上，要远远超过几次的学术研讨会上无关痛痒的讨论切磋。

前 23 年，生活在老家莱州市东宋村；后 42 年，工作在中国人民大学。我至今为止的人生，可以简化为“东一人”。一笑为乐！

“北京教育先锋表彰大会”合影

中国人民大学历史学院院友会成立合影

退休之后的生活，如何安排？我早在内心自问多次。似乎也有大致的方向。其实不必刻意设计，总以“悠闲适意”为宗旨。笑看万事纷纷，我自直道而行。

作者所获“古文字与中华文明传承发展工程专家委员会委员”证书

聪明人，都深潜不露；不论退休与否，都不会如同这般敞开心扉。我本来就不会“深潜”，也就不惧“露拙”，草就《感怀》短文，发于微信之上。与朋友们同乐。

凤凰枝文丛

三升斋随笔	荣新江　著
八里桥畔论唐诗	薛天纬　著
跂予望之	刘跃进　著
潮打石城	程章灿　著
会心不远	高克勤　著
硬石岭曝言	王小盾　著
云鹿居漫笔	朱玉麒　著
老营房手记	孟宪实　著
读史杂评	孟彦弘　著
古典学术观澜集	刘　宁　著
龙沙论道集	刘　屹　著
春明卜邻集	史　睿　著
仰顾山房文稿	俞国林　著
马丁堂读书散记	姚崇新　著
远去的书香	苗怀明　著
汗室读书散记	王子今　著
西明堂散记	周伟洲　著
优游随笔	孙家洲　著
考古杂采	张庆捷　著
江安漫笔	霍　巍　著
简牍楼札记	张德芳　著

他乡甘露	沈卫荣　著
释名翼雅集	胡阿祥　著
壶兰轩杂录	游自勇　著
己亥随笔	顾　农　著
茗花斋杂组	王星琦　著
远去的星光	李　庆　著
梦雨轩随笔	曹　旭　著
半江楼随笔	张宏生　著
燕园师恩录	王景琳　著
鼓簧斋学术随笔	范子烨　著
纸上春台	潘建国　著
友于书斋漫录	王华宝　著
五库斋清史存识	何龄修　著
蜗室古今谈	丰家骅　著
平坡遵道集	李华瑞　著
竹外集	朱天曙　著
海外嫏嬛录	卞东波　著
耕读经史	顾　涛　著
南山杂谭	陈　峰　著
听雨集	周绚隆　著
帘卷西风	顾　钧　著